번역과 문화의 지평

한일비교문학·문화 총서 2

번역과 문화의 지평

초 판 인 쇄	2015년 01월 20일
초 판 발 행	2015년 01월 31일
편 저	한일비교문학연구회
저 자	최재철·성혜경·양동국·이한정·권정희· 이응수·김효숙·정응수·이예안·김성은
발 행 인	윤석현
발 행 처	도서출판 박문사
책 임 편 집	최인노·김선은·최현아
등 록 번 호	제2009-11호
우 편 주 소	⑨ 132-881 서울시 도봉구 우이천로 353 / 3F
대 표 전 화	02) 992 / 3253
전 송	02) 991 / 1285
홈 페 이 지	http://www.jncbms.co.kr
전 자 우 편	bakmunsa@hanmail.net

ISBN 978-89-98468-52-1   93830   정가 18,000원

* 이 책의 내용을 사전 허가 없이 전재하거나 복제할 경우 법적인 제재
  를 받게 됨을 알려드립니다.
** 잘못된 책은 구입하신 서점이나 본사에서 교환해 드립니다.

한일비교문학 · 문화 총서 2

번역과 문화의 지평

한일비교문학연구회 편

박문사

다케우치 노부오(竹內信夫) 교수 약력 소개

다케우치 노부오 교수는 1945년 오사카(大阪)에서 태어나 미군공습을 피해 본적지인 시코쿠(四国) 가가와현(香川県)에서 자랐다. 전쟁으로 집과 가족을 잃은 사람들, 굶주리고 부상당한 사람들이 집 근처 절(본가)에 찾아와 울면서 기도하는 모습을 지켜보았다. 그때 처음으로 신의 존재에 대해 생각하게 되었고 이 경험은 평생 각인되었다. 도쿄대학(東京大学) '전공투(全共鬪) 경험'과 소르본느 대학에서 프랑스 문학과 사상을 공부한 후 도쿄대학 문학부 조교, 메이지학원대학(明治学院大学) 전임강사, 도쿄공업대학 조교수, 도쿄대학 교양학부 조교수를 거쳐 도쿄대학 대학원 총합문화연구과 교수로 24년간 재직했다. 특히 말라르메 연구에 공헌이 크며 방대한 <말라르메 데이터베이스>를 작성했다. 번역서로는 모르스 팡게의 『자사(自死)의 일본사』, 『텍스트로서의 일본』, 레비스트로스의 『원근의 회상』, 『보다 듣다 읽다』 등이 있다. 50세를 기점으로 시작한 일본 불교 진언종(眞言宗)의 개조인 홍법대사 구카이(空海) 연구는 『구카이 입문-당대의 모더니스트』, 『구카이-말의 광휘(光輝)』 저작의 성과를 냈다. 2007년 정년퇴직 후에는 타 대학에 부임하는 통례를 따르지 않고 시코쿠에 귀향하여 연구와 집필, 번역에 힘을 쏟고 있다. 2007년부터는 매년 말 고승 '구카이의 길(道)'을 따라 걷는 행사를 개최하고 있으며, 2009년에 구카이서당(空海塾)을 열고 2013년에 구카이학회를 설립했다. 한편, 2010년부터 베르그송전집 전7권을 혼자서 번역 간행했으며, 2014년 『구카이의 사상』을 출간하는 등 변함없이 왕성한 연구와 번역 성과를 세상에 내놓고 있다.

도쿄대학 명예교수 다케우치 노부오(竹內信夫) 선생님의 고희(古稀)를 기념(記念)하여 한국의 벗들이 마음을 모아 이 책을 펴낸다.

이 책에 참여한 필자들은 한결같이 다케우치(竹內) 선생님이 도쿄대학 총합문화연구과 비교문학비교문화전공에 재임(1983~2007) 중 그와 더불어 학문적 대화, 인간적 교류를 나눈 한국의 연구자들이다. 다케우치 선생님의 동료도 있고 후배도 있고 제자도 있다. 필자들 중에는 일찍이는 1980년대의 푸릇했던 젊은 시절을 함께한 이도 있으며 은발이 된 선생님의 정년퇴임을 지켜본 이도 있다. 전공분야도 시, 소설, 문화, 이론, 사상 등 다양하다.

이렇게 여러 연구자들이 다케우치 노부오라는 한 사람을 둘러싸고 한 권의 책으로 모인 것은 우연이 아니다. 진정으로 학식과 덕망을 겸비한 선생님은 항시 달마와도 같이 자유로운 듯 그러나 고행의 깊이가 느껴지는 미소를 띤 얼굴로 다가와 우리를 '학문적 동지'이자 '벗'이라고 불렀다. 우리는 그를 마음으로부터 '학문적 동지'이며 '벗'으로 받아들였다. 이에 그의 '고희(古稀)' 70세를 멀리서나마 진심으로 축하하고자 한다.

다케우치 선생님의 고희를 축하하기 위해 우리는 '번역'이라는 주제를 골랐다. 필자들은 타자에 대한 관심과 언어에 대한 민감함이라는 지점에서 그와 근본적으로 소통하고 있다고 생각하기 때문이다. 프랑스 상징시 중에서도 난해하기로 유명한 말라르메를 계속 읽어 온 그다. 8, 9세기에 살았던 홍법대사 구카이(空海)를 이해하기 위해 한문 문장을 일일이 사전을 찾아가며 해독, 번역했던 때의 아득함을 토로하면서, 그의 사상을 이해하기 위해서는 '구카이가 쓴 문자의 미로'를 더듬어 가야만 한다고 말하며 '말의 光輝(빛남)'를 체득하기에 이른다. 이렇게 그는 반백년에 이르는 시간들을 타자의 '말'을 이해하기 위해 씨름해 왔다. 이 책의 필자들도 모두 넓은 의미에서, 타자의 텍스트에서 '말'을 길어와 '번역'하는 행위와 사상의 의미를 생각해 온 이들이다. 연구 대상과 사용 언어는 각각 다를지라도 '번역'이라는 문제를 공유하고 있다. 그렇기에 다케우치 선생님의 고희를 축하하는 자리에서 우리는 이『번역과 문화의 지평』이라는 테이블을 둘러싸고 다함께 즐길 수 있으리라 기대한다.

『번역과 문화의 지평』의 테이블에는 주인공 다케우치 선생님을 중심으로 총 아홉 명이 참석했다. 문제의식에 따라「제1부, 문학의 세계성과 번역의 시야」,「제2부, 합일과 일탈로서의 번역」,「제3부, 번역과 문화적 교섭」으로 나뉜다. 각 부별로 내용을 살펴보면 다음과 같다.

제1부「문학의 세계성과 번역의 시야」에 수록된「일본문학의 특수성과 국제성」은 오에 켄자부로의 초기 작품을 중심으로 개인적인 체험과 실존의 인식, 공생의 제안이라는 측면에 주목하여, 그가

작품에서 지역적 특수성을 보편적 인식으로 확대시키면서 국제적 공감을 획득했음을 보여준다. 또한 실제적으로 일본문학의 국제성을 확보하기 위한 방안으로, 두 측면 즉 지역적 특수성과 국제적 보편성을 확보한 문학작품을 발굴하고 후원한 데 있으며, 특히 각 언어권별로 장기간에 걸친 다수의 번역을 통해 적극적으로 작품을 해외에 소개한 실적의 중요성을 강조한다. 「무라카미 하루키의 <하나 레이만>론」은 하루키의 작품이 한국에서도 폭넓은 독자층을 가지지만 한국어 번역을 통해 그의 작품세계가 어디까지 전달되는지를 「하나 레이만」을 중심으로 검토한 글이다. 문학작품의 번역은 단순한 언어 전달이 아니라, 작가의 키워드 및 표현, 언어의 구축방식에 대한 이해를 바탕으로 할 필요가 있음을 지적한다. 그때 일견 가벼운 도회적 분위기의 내용으로 보이는 작품이 새로운 의미로 다가올 수 있다는 것을 알게 된다.

제2부 「합일과 일탈로서의 번역」에 수록된 「이바라기 노리코(茨木のり子)와 번역」은 이바라기 노리코가 한국현대시 62편을 번역해 엮은 앤솔로지 번역시집 『한국현대시선』(花神社)을 중심으로, 번역시의 특징과 시인의 번역관에 대해 검토한 글이다. 원작을 충실하게 번역하는 한편, 생략 등을 통해 번역자 자신의 시상과 사상을 투영한 이바라기의 번역 태도는 당시의 다른 근대시 번역과는 달리 수평적 문화교류의 지향성을 내포한 번역시를 창출해 냈다는 점에 특징이 있다고 필자는 강조한다. 「다니자키 준이치로(谷崎潤一郎)와 번역」은 다니자키가 서양문학을 일본어로 번역하고 또한 일본고전문학을 현대 일본어로 번역하는 과정에서 근대 구어문체의 혁신

을 도모하고 서양을 상대화하면서 일본적 주체를 재구축한 현장을 보여준다. 「<고향>에서 <조선의 얼굴(朝鮮の顔)>로」는 현진건의 「고향」과 이에 대한 일본어 번역 「창작번역 조선의 얼굴(創作飜譯 朝鮮の顔)」을 비교하는 작업을 통해 문학 번역의 문제점을 제기한다. 식민지 시기 창작과 일본어 번역 행위를 둘러싼 인식, 그리고 소설장르 구축의 프로세스를 규명하는 과정은, 이중 언어 상황에서 이질적 언어와 교섭하면서 형성된 한국현대문학의 특질과 번역 (불)가능성을 탐색하는 길을 열어 줄 것이다.

제3부 「번역과 문화적 교섭」에 수록된 「『계림정화 춘향전(鷄林情話 春香傳)』의 번역 양상」은 『춘향전』의 최초 외국어 번역본을 중심으로 원전의 세계가 어떻게 계승되고 변형되었는지를 보여주는 글이다. 「김동인의 번역·번안 작품 연구 서설」은 김동인이 남긴 4편의 번역과 2편의 번안에 대한 기본정보를 추적하고 번역텍스트를 확정하는 작업을 보여주는 것이다. 「근대한국의 루소 『사회계약론』 수용과 번역」은 루소의 사상이 19세기 말 일본의 나카에 조민(中江兆民)에 의해 『민약역해(民約譯解)』로 번역되고 이를 저본으로 다시 20세기 초 대한제국 시대에 「로사민약(盧梭民約)」으로 중역되는 과정을 비교 검토한 것이다. 이 과정에서 민약(民約), 자유, 권리 등 주요 개념들이 굴절된 상황을 주목한다. 그리고 「근대 기독교 사상 번역과 한자」는 한자문화권의 언어적 근대 문제를 '기독교'와 '번역'이라는 두 축으로 해명하고자 한 것이다. 근대 동아시아의 기독교 선교 역사를 통해 선교사들의 번역론과 기독교 문헌 번역에서 한자, 한문의 역할을 평가하고, 계몽의 필요성이 급박했던 동아시아에서 기

존의 한자와 한문을 활용한 신속한 번역이 호응했던 상황을 알려준다.

이 글들은 한국과 일본에서 번역의 행위와 사상이 어떻게 작동했는지, 번역에 의해 옮겨지는 텍스트들이 두 나라의 문학장과 사상계에서 어떤 의미를 갖는지 다시 생각하기를 촉구하고 있다. 수세기를 넘나들며 또한 서구와 한중일 동아시아를 아우르며 타자와 자신을 이어주는 것으로서 '번역이라는 문제'를 고민한 결과물들이다. 이 '번역이라는 문제'에 관심을 가지고 이 글을 읽는 분들과 함께 생각을 나눌 수 있으면 좋겠다. 한국과 일본 사이에 놓여 있는 차가운 바닷물이 대수랴. 겨울바다는 곧 봄을 맞이할 터이다. 세토나이카이(瀨戶內海)에 새봄을 알리는 바람 따라 벚꽃이 만개한 시코쿠(四国)의 자택 뜰에서 한국의 벗들이 보낸 우정의 표시를 손에 들고 기뻐하는 선생님의 모습이 선하다.

2015년 입춘
필자 일동

목 차

제 **I** 부

○ 문학의 세계성과
번역의 시야

제1장

일본문학의 특수성과 국제성
-오에 켄자부로(大江健三郎)를 중심으로-

┃최 재 철

1. 들어가며

'20세기 문학의 국제성'에 대한 공동연구(세부과제: '20세기 소설의 탈민족화와 보편성')[1]의 일환으로 참여한 이 글의 목적은, 현대 일본의 대표작가 중 노벨 문학상을 수상한 오에 켄자부로(大江健三郎, 1935 -) 문학을 대상으로 하여 <일본문학의 국제성>을 고찰하고, 더 나아가 한국문학의 세계화에 참고하고자 하는데 있다.

---

1 한국외대 외국문학연구소 주관, 한국학술진흥재단 후원 공동연구, 2003.12 - 2005.11.

선행연구(주제: '문학의 세계화과정 연구', '민족문학', '소수문학', 외국문학연구소 중
점연구, 1998-2000)에 이어서, 각 민족문학의 미시적 문제와 더불어 민
족 국가간·언어권간의 단절과 교류의 문제를 생각하는 일련의 공
동연구의 연속성에 비추어 볼 때 이러한 연구의 필요성은 자명하다.
문학의 국제 교류, 그 주고받기의 이상적인 기능과 국지성을 넘어선
보편성에 대해, 일본문학에서 그 구체적 예를 찾아보고자 하는 것이
다. 이 과제에 대해 같은 동양으로서 우리와 밀접하고 일찍이 그 문
학을 세계화하는데 앞서가는 일본문학의 국제성을 연구하는 것은
한국문학의 발전을 상정할 경우에 필요한 분야라고 하겠다.

그런데, 일본문학의 국제성에 관한 연구는 일부 해외의 연구성
과가 있으며,[2] 국내에서는 오에(大江) 문학에 대해 작품론을 주로 하
여 58편 정도(2012년도 조사)[3] 발표되었으나, 작가의 전체상과 관련하
여 국제성을 주제로 한 선행연구는 아직 없다고 본다.

먼저, 근·현대 일본문학의 서양문학 수용과 그 의의를 생각해보
고, 오에가 청소년기에 접한 세계문학을 간략히 짚어보며 그 국제성
의 기초를 파악해본 다음, 지역적 특수성을 보편화하면서 어떻게 국
제적 이해를 획득하였나, 그 국제성의 요인을 작품에 입각하여 실존
의 인식과 공생(共生)의 제안이라는 두 가지 측면을 중심으로 고찰하

---

2 武田勝彦 編, 『大江健三郎文學 - 海外の評價』, 創林社, 1987 등.

3 연구 논문 수는 일본 작가 중 3위로, 국내 18개 주요 일본 관련 학회 및 연구소의
   학술논문집에 2005-2011년도(7년간)에 게재된 논문을 검색한 통계이다. 참
   고로, 아쿠타가와(芥川龍之介/131편)가 1위, 2위는 소세키(夏目漱石/112편)이
   며, 그 다음은 가와바타(川端康成/57편), 하루키(村上春樹/53편), 다자이(太宰治
   /49편) 순이다. 최재철, 「한국의 일본근현대문학 연구의 현황과 과제」, 『일어일
   문학연구』제82집, 한국일어일문학회, 2012.12, 90-91쪽 참조.

기로 한다. 또한, 오에 작품의 번역 소개와 작가의 해외 교류 양상 등을 통해 일본문학과 세계문학 교류에 대해서도 생각해보고자 한다.

2. 서양문학의 수용과 오에 켄자부로

1) 근 · 현대 일본문학의 서양문학 수용과 그 의의

일본문학은 서양문학의 수용과 자극에 의해 새로운 전기를 마련하게 된다. 근대화 과정에서 새로운 정치제도의 도입으로 '정치소설'이 등장하였고, 서양문학의 번역 소개 [츠보우치 쇼오요(坪內逍遙)의 세익스피어, 모리 오오가이(森鷗外)의 괴테, 후타바테이 시메이(二葉亭四迷)의 투르게네프 번역 등]에 힘입어 일본의 문학은 근대적 자아의 각성과 개인의 발견이라는 주제를 도입하고 지식인의 심리묘사의 방법과 언문일치의 문체를 구사하여 19세기말에 근대문학의 기초를 닦게 된다. 이후 서구의 사실주의와 낭만주의, 그리고 자연주의 등 신문예사조를 도입하면서 일본의 근대문학은 발전을 이루고 20세기에 들어 성숙기를 맞이한다.

이러한 서양문학의 수용과정에서 당연하고도 자연스럽게 그 변용의 양상을 띠게 되는데, 예를 들면 서구의 자연주의가 사회 모순과 유전, 환경의 문제를 자연과학적 분석과 해부에 의해 철저하게 묘사하고자 하는 데에서 출발한 것과 달리, 일본의 자연주의는 군국주의의 시대적 압박으로 인하여 사회 모순의 지적과 해부에는 철저하지 못했으며, 작가 개인의 일상과 내면을 응시하고 천착하는데 집중한 결과 일본적인 문학의 한 특징으로 자리 잡게 되는 소위 '사소설(私小說)'을 발전시키게 되었다.

전후에는 민주주의 문학의 재정립과 신진 전후파 문학의 등장으로, 일본 현대문학은 이전의 문학과는 한 획을 긋는 새로운 방향을 모색하기에 이른다. 전후세대 작가인 오에 켄자부로나 아베 코오보(安部公房)는 이러한 전쟁의 폐해와 상흔, 극한 상황 속의 인간 실존의 표현 등을 특징으로 하는 전후문학의 흐름을 이어받았다. 또한, 같은 노벨 문학상 수상 작가로서 서양의 모더니즘의 영향 등으로 '신감각파'로 출발하면서도 일본적 전통에 더 많이 경도한 가와바타 야스나리(川端康成)와는 달리, 오에는 동경대학 불문학과 출신으로 프랑소와 라불레나 사르트르 등 프랑스 문학을 중심으로 한 서양문학에 보다 친숙해 있었으며, 전후민주주의 교육을 받아 보수적인 내셔널리티와는 거리를 두는 민주주의 신봉자로서, 일본문학의 지역적 특수성에 바탕을 두는 작가와는 달리 진보적 성향의 지식인 작가로 성장하여 국제적으로 인정받기에 이르렀다.

2) 오에(大江)문학의 국제성의 기초

<서양문학의 영향>

오에 문학의 국제성의 기초는 먼저 서양문학의 체험과 그 영향에 있다고 하겠다. 어린 시절부터 스웨덴 작가 라겔 레브의『닐스의 모험』등 서양문학을 탐독하였다. 특히 대학에서 프랑스문학을 전공하여 지도교수 와타나베 카즈오(渡辺一夫)의 휴머니즘연구의 영향으로 프랑소와 라블레를 비롯한 파스칼, 까뮈 등의 문학에 심취하였으며, 졸업논문은 「사르트르 소설의 이미지에 대하여」를 주제로 하는 등, 그의 문학의 휴머니즘과 초기 작품에 나타난 전후 상황에 대한 실존주의적 관심 등은 여기서 연유한다고 본다.

<서양 문학·문화 예술에 대한 관심과 인용의 다양성>

예를 들어, 장애아의 문제를 다룬 첫 단편소설 「하늘의 괴물 아구이」(1964)에서 비롯되는 서구의 문학(로망 롤랑, 윌리엄 블레이크), 영화(하베이), 그림(달리), 음악(바흐) 등에 대한 다양한 인용과 언급에서 보이듯이, 여러 작품에 서양 문학·문화 예술에 대한 오에의 관심의 정도는 지대하고 그 인용은 다양하다. 그러므로 오에 문학이 국제사회에서 받아들이기 쉬운 요소를 내장하고 있는 것이다.

<지역적 특수성의 보편화 추구>

오에문학의 국제성에는 서양문학에 대한 이해와 학습의 영향 못지않게 지역적 특수성을 보편적 특성과 맞닿게 하는 요소가 뒷받침되고 있다. 오에는 고향인 시코쿠(四国)의 산간 지역 '숲속 골짜기 마을(森の谷間の村)'에서의 원체험을 소재로 한 작품을 다수 발표하면서, '지정학적 장소'(예, 오오세무라(大瀬村))를 현실과 상상을 넘나들며 '신화적 우주' 공간으로 재구성하여 보편적 인식으로 확대시키는 측면이 있다. 이러한 경향은 초기 단편 「사육」(1958)을 비롯하여 『싹훑기 아이사냥』(1958), 『만엔 원년의 풋볼』(1967), 『동시대 게임』(1979)

등 주요 장편소설에서도 면면히 이어지고 있다는 점을 지적할 수 있다.

3. 오에(大江)문학의 국제성의 요인 분석

오에의 대표적인 작품 텍스트 자체를 분석해 보면, 그의 작품이 일본의 지역적 특수성에서 출발하면서, '장소'의 지정학적 구조를 넘어 '신화적 상상력'으로 국제적 보편성을 갖게 된 요인을 알게 된다. 오에는 일찍이 유년시절에 지은 최초의 시에서 '물방울 속의 또 다른 세계'를 노래하고 있다.

> 빗물 방울에
> 경치가 비치고 있네
> 물방울 속에
> 다른 세계가 있네[4]

감나무 잎에 맺힌 '물방울 속의 다른 세계'를 발견하고 경탄한 오에는 이후 자연을 면밀하게 관찰하고 거기서 또 다른 세계를 보고 그리는 상상력을 키워나가게 된다.

오에는 초기 작품에 보이는 일본의 전후 상황을 표현한 소위 '감

---

4 大江健三郎, 「私という小説家の作り方」, 『大江健三郎小說』第1卷<月報>, 新潮社, 1996.5, 1쪽.

금상황'을 통해 인간 실존에 대한 인식을 주로 표현한 이래, 장애인 문제(『하늘의 괴물 아구이』, 『개인적인 체험』, 1964년 외)를 비롯하여, 자연 환경 및 핵문제(『홍수는 내 영혼에 이르러』)와 인류·지구와 우주(『치료탑 혹성』)·자기와 타자·차별받는 소수집단, 즉 흑인, 재일한국인, 동성애자(『외침 소리』) 등과의 공생(共生)과 휴머니즘을 주제로 한 작품이 다수를 차지하고 있는데, 이러한 주제 개념들은 국지적인 문제를 떠나 '탈민족화'하여 국제적 보편성을 획득할 만한 요소를 이미 내재하고 있는 것이다.

1) 인간 실존의 인식

데뷔작 「기묘한 일」(1957)과 「사육」(1958), 「인간의 양」(1958), 「사자 (死者)의 오만」(1957), 『싹 훑기 아이사냥』(1962) 등에서 '감금상황'를 묘사하여, 인간의 고립감과 패전 후 일본 국내의 시대상황을 잘 드러내고 있는데, 이러한 전후문학적 특징은 결국 인간 실존의 인식이라는 사르트르적 요소를 자연스럽게 표현함으로써 보편적 공감대를 형성하게 되었다고 할 수 있다.

오에는 야스오카 쇼오타로오(安岡章太郎)와의 대담 「우리는 왜 쓰는가」(『文藝』, 1966.5)에서 스스로의 인간관계의 자폐적 고립감, 피해망상 등에 대하여 언급하고 있는데, 이는 「기묘한 일」, 「사자의 오만」 등 초기작에 보이는 타자와의 깊은 단절과 위화감과 연관되어 있다고 본다. 이점에 관해서는 마츠바라(松原新一)도 『오에 켄자부로의 세계』[5]에서 지적하고 있다.

또한, 무기력한 상태에 빠져 있는 전후 일본인의 감금된 상황은, 「기묘한 일」에서 밧줄에 묶여 도살당할 개에 비유되는 일본 청년들이나, 「타인의 발」에서 옴짝달싹못하는 요양소의 척추카리에스 환자 소년들, 그리고 「인간의 양」에서 미군 병사의 집단 횡포에 꼼짝 못하는 버스 안의 일본인 승객들에 대한 묘사 등에서도 확인할 수 있다. 여기서, 전혀 저항할 수 없는 특수 상황과 인간관계라는 실존주의적 인식의 한 전형을 발견하게 된다. 그리고, 작가의 내적 동기에서 연유하는 작품의 주제에 살을 붙여 사실성을 부여한 오에의 개성적인 산물이라는 점도 부연하지 않을 수 없다. 이러한 실존에 대한 작가 인식의 표현은 보편성을 띠고 국제성을 획득하기에 유리한 기반을 마련하게 되었다고 하겠다.

2) 공생(共生)의 제안

우선, 장애인과의 공생을 추구하는 작가의 주제 의식을 통하여 오에문학의 보편적 의의를 생각해보기로 한다. 뇌장애아들의 출생과 관련한 첫 단편소설 「하늘의 괴물 아구이」 이래 장편소설 『개인적인 체험』, 『조용한 생활』 등에서 장애인의 문제를 계속 제기하면서 장애인과 더불어 산다고 하는 과제를 심도 있게 추구하고 있다. 장애라는 지극히 개인적인 문제가 인류 전체의 보편적인 문제와 직간접으로 연결되어 있다는 점을 보여주고자 하는 작가의 노력의

---

5 松原新一, 『大江健三郎の世界』, 講談社, 1968.

흔적이 점철되어 있다.

또한, 에세이 『회복하는 가족』에서도 장애인을 둔 자신의 가족들의 '개인적인' 이야기를 진솔하게 적어 독자들의 감동을 불러일으킨 바 있다. 특히 장애자의 문제를 히로시마(広島) 원자폭탄 피폭자의 불행과 그들의 재활 치료, 갱생의 문제와 동시에 거론하고 있다는 점도 유의할 만하다고 하겠다. 오에는 일찍이 뇌장애 아들을 낳은 지 두 달 만에 히로시마를 방문하여 피폭 피해자들의 상처를 직접 둘러보았고, 아들이 성장하면서 함께 히로시마를 방문하여 그 피해의 참상을 직접 목격하고 실감케 함으로써 개인적인 불행이 인류 전체의 불행과 어떻게 겹쳐 있고 이를 어떻게 받아들여야 하는지를 생각하도록 한다.

『개인적인 체험』의 주인공 버드는 아들이 머리 뒤에 큰 혹이 달린 장애아로 태어나자 번민에 빠진다. 의사가 수술을 한다고 해도 식물인간이 될 수밖에 없다고 하자, 그는 자신에게 닥친 이 불행이 타인과 철저하게 격리된 지극히 '개인적인 짐'이라 생각하고 점점 고통의 나락에 빠진다.

> 버드에게 있어서 아이의 이상은 그것을 둘러싼 타인에게 이야기하기는커녕, 자신이 새삼스레 생각해 보려고 하기만 해도 극히 개인적인 뜨거운 수치의 감정이 목구멍으로 치밀어 오르는 버드 고유의 불행이었다. 그것은 지구상의 모든 타인들과 공통된 인류 전체에 관계되는 문제일 수가 없다는 기분이 든다.

이렇게 버드는 자기 자식의 절체절명의 불행에 함몰되어 현실 세계에 등을 돌리고 좌절과 도피와 방탕에 빠져든다. 이러한 우여곡절 뒤에 갖게 되는 다음과 같은 생각은, 아주 특별하고 개인적인 일이 일반적이며 보편적일 수 있다는 주제 의식을 드러내는 것이라고 할 수 있다.[6]

"이봐, 버드(バード). 이번 일이 이런 식으로 네 개인에 한정된 문제가 아니라, 나에게도 공통으로 관계된 문제였다고 한다면, 나는 훨씬 잘 너를 격려해줄 수 있었을 텐데."라고 마침내 히미코(火見子)가 버드의 가위눌림에 관하여 이야기한 것을 후회하는 가라앉은 어조로 말했다.

"분명 이것은 나 개인에 한정된 완전한 개인적인 체험이야."라고 버드는 말했다. "개인적인 체험 중에도 혼자서 그 체험의 동굴을 계속 따라 나아가면, 마침내는 인간 일반에게 관계되는 진실의 전망이 펼쳐지는 통로로 나갈 수 있는 그러한 체험은 있을 거야. 그 경우 여하튼 괴로워하는 개인에게는 괴로움 뒤의 열매가 주어지는 거지. 암흑의 동굴에서 쓴 맛은 봤지만 땅위에 나갈 수 있었던 것과 동시에 금화 포대를 손에 넣은 톰 소여같이! 하지만 지금 내가 개인적으로 체험하고 있는 고통이라는 것은 다른 모든 인간세계에서 고립된 나 혼자만의 수직동굴을 절망적으로 깊이 파나가고 있는 것에 지나지 않아. 똑같은 암흑의 굴속에서 괴로운 땀을 흘려도 나의 체험에서는 인

---

6 최재철, 「일본문학의 특수성과 국제성 － 가와바타(川端)와 오에(大江) 문학의 세계화 과정 －」, 『일어일문학연구』 제36집, 한국일어일문학회, 2000.6, 231쪽.

간적인 의미가 한 조각도 생겨나지 않아. 불모지이며 부끄러움뿐인 처참한 굴이야. 나의 톰 소여는 아주 깊은 수직동굴 밑바닥에서 미쳐 버릴 지도 몰라."(-중략-)

"이봐 버드, 나는 네가 이번 체험을 수직동굴식에서, 빠져나올 길이 있는 수평동굴식으로 바꿀 수 있었으면 하고 생각해."

『개인적인 체험』제10장)

장애아 때문에 고통스러워하는 버드는, '개인적인 체험 속에도 그 체험의 동굴을 빠져나가면, 마침내 인간 일반에게 관계되는 진실의 전망이 열리는 길로 나갈 수 있는 체험이 있음에 틀림없을 것이다'라는 생각을 하게 된다. 이 버드의 말 속에 이 작품에서 작가가 전달하고자 하는 메시지가 들어 있다고 볼 수 있다.

작가는 버드가 현재 빠져있는 수직동굴이 실은 동시대 누구나 빠질 수 있는 함정이며 현대 인류에게 그러한 위험한 함정이 점점 확대되어 가고 있음을 말하고 있는 것이다. 그 함정은 버드가 생각하듯 아무와도 소통할 수 없는 우물과 같은 수직동굴이 아니라, 실은 횡으로 놓여져 서로 연결될 수도 있는 수평동굴(洞穴)이라는 데에 '개인적인 체험'의 수평적 일반화의 가능성이 있는 것이다. 작품 『개인적인 체험』속에 드러난 개인적 체험이 보편적인 문제와 연결되어 있다는 것을 좀 더 구체적으로 이해하기 위하여 이 작품과 히로시마 피폭과의 연관성을 이해할 필요가 있다.『개인적인 체험』에 함몰되어 있는 주인공 버드의 '개인적인 불행'을 말하면서 작가는 전인류의 공존과 공멸에 관해 문제제기를 계속하고 있다(위

23

의 논문 참조).

오에는 『히로시마 노트』(1964-1965)에서 '결코 절망하지 않는, 그러나 결코 지나친 희망도 품지 않고 어떠한 상황에도 굴복하지 않으며 일상의 일을 계속하는' 히로시마 사람들의 모습을 적고 있다. 작가의 이러한 생각이 비슷한 시기에 씌어진 『개인적인 체험』의 결말 부분에 그대로 투영되어 있다고 볼 수 있다. 결국 버드는 장애 아들을 받아들이기로 결심하고 '희망'과 '인내'를 떠올리게 된다. 이로써 버드 역시 작가가 히로시마에서 발견한 '정통적인 인간에의 길'의 출발선에 서게 된 것이다.

히로시마의 원폭 피해자들이 연대하기 전 각자의 밀실에서 느꼈을 절망은, 버드의 폐쇄된 수직동굴과도 같은 '혼자만의 지옥'에서의 고통과 다르지 않을 것이다. 작가는 히로시마의 고통과 버드의 고통에서 어떤 동질감을 발견하는데, 거기에는 작가와 그들이 살아가고 있는 시대가 공통분모로 작용하고 있다. 다시 말해 오에는 버드의 불행과 히로시마의 비극을 현대를 살아가는 사람이라면 누구에게나 닥칠 수 있는 가능성으로 인식하고 있는 것이다. 『개인적인 체험』에 꾸준히 등장하는 핵실험이나 방사능으로 오염된 비 이야기는 이러한 양자의 관계를 암시하는 동시에, 개인적인 체험을 인류 전체의 보편적 문제로서 일반화하기 위한 장치로 볼 수 있다.

오에는 핵시대의 지구촌 인식과 인류의 공존이라는 커다란 현재 진행형 주제를 평론 『히로시마 노트』, 『핵시대 숲의 은둔자』, 『핵시대의 상상력』, 『원자폭탄 이후의 인간』 등과 장편소설 『홍수는 내 영혼에 이르러』 등에서 일찍부터 자주 본격적으로 지적하고 있는

데, 이것은 현대 한반도에 사는 우리 자신의 문제로도 시급한 과제이다.

이러한 오에의 노력의 지향점은 개인적인 장애와 불행이 개인이나 가족의 문제 이상으로, 이웃과 인류 전체가 그에 대한 관심과 책임을 공유하며 공생의 의지를 갖고 그 목표의 실현에 매진해야 한다는 데 있다고 하겠다.

3) 소수자 · 소외의 문제 추구

오에는 이데올로기나 정치 집단, 권력의 횡포에 대항하여 소외받는 집단과 개인의 자유를 끊임없이 주장한다. 『오키나와 노트』, 『오키나와 경험』(계간지 창간) 등이 그 일례일 것이다.

그리고 『싹훑기 아이사냥』('나'의 친구 '李/이')과 『외침소리』('吳鷹男/구레 다카오/오찬'), 『만엔 원년의 풋볼』('슈퍼마켓의 천황') 등에서 재일한국인의 정체성에 대한 적극적인 관심을 표하면서, 소수자와 소외의 문제에 대해 문학적 형상화를 꾀하고 있다.

또한, 소련 작가 솔제니친, 한국 작가 김지하의 석방 운동을 통하여 억압받는 표현의 자유와 인권에 대해 연대 투쟁을 실행하고 꾸준히 지지를 표명한 바 있는데, 최근에는 일본 '평화 헌법 9조'의 개정 반대와 야스쿠니 신사 참배 중지 요구, 역사교과서 왜곡 문제 지적 등 일본의 우경화에 대한 비판과 투쟁을 지속적으로 전개하고 있다. 이는 억압과 차별 철폐와 전쟁 반대, 아시아에 대한 관심과 배려, 이웃과 더불어 살아야 한다는 작가의 의지를 직접 행동으로 실천하는 것을 보여주고 있는 것이다.

이와 같이 장애인과의 공생의 연장선에서 핵문제 제기를 통한 지구촌과 인류의 공존, 숲의 이미지를 통한 자연과 환경 보존의 문제(『M/T와 숲의 이상한 이야기』), 우주와 지구·인간의 미래상(『치료탑』, 『치료탑 혹성』 등)의 주제와 소수자·소외의 문제 추구와 더불어, 이데올로기·정치 집단·권력의 횡포와 개인의 자유 억압에 대한 저항, 그리고 평화 추구와 아시아에 대한 관심 등을 꾸준히 제기하고 있다는 점은 국제적 보편성을 지향하는 오에문학의 일관된 방향과 일치하는 것이라고 본다.

4. 나가며 — 오에문학의 해외 번역 소개와 국제성 확보 노력

오에 켄자부로의 경우를 일례로 일본문학의 국제 교류와 국제성 확대에 기여한 사례를 살펴보면, 우선 일찍부터 해외 번역 소개가 다양하여 여러 언어권에 다수 작품의 번역이 망라되어 있다는 점이다. 오에 작품의 해외 번역은 1959년부터 1994년(노벨 문학상을 수상한 해)까지 19개 언어로 총 150여 종이 번역되었다. 초기 출세작인 「사육」, 「기묘한 일」 등 단편이 먼저 번역되기 시작하였고, 작품별로 보면 총 36개 작품이 소수언어권을 포함한 세계 각국어로 번역되었는데, 아쿠타가와(芥川)상 수상작인 단편 「사육」의 번역이 가장 이르고 많아, 1959년 이래 11개 언어로 모두 24종이 번역되었다. 그 다음은 『개인적인 체험』이 작품 발표 후 5년째인 1969년에 영어권에서 첫 번역이 나온 이래 1994년까지 9개 언어권에 20종의 번역이 출간되었다. 『만엔 원년의 풋볼』은 9개 언어권에 17종이 번역되었고,[7] 주요 작품이 『New York Times Book Review』(1968.7.7)를 비롯한 서구의 대표적인 각종 저널에 소개되는 등 세계 각국의 관심과 평가를 불러 일으켰다. 이러한 일본문학의 해외 소개를 가속화한 것은, 1951년에 쿠로사와 아키라(黒沢明) 감독이 아쿠타가와 류우노스케(芥川龍之介)의 작품을 영화화한 『라쇼몽(羅生門)』이 베니스 영화제에서 그랑프리를 차지한데 힘입은 바 크다고 본다.

오에를 가와바타(川端)의 경우와 대비해 보아도 동양권의 일본 작가가 노벨 문학상을 수상할 때까지, 작품이 처음 번역되어 해외에 소개되기 시작한 이래 33년-35년이 소요되며, 세계 약 20개 언어로 작품 총 150종 정도가 번역되었다는 통계상의 공통점이 있다는 사실을 알게 된다.[8]

또한, 오에는 대외 활동이 활발하여, 국내외의 강연과 세미나 심포지엄, 해외 작가와의 교류, 세계 작가 대회, 국제회의 참석, 세계 각국의 주요 인사 면담 인터뷰, 평화 운동 등에 전세계를 누빌 정도로 매년 몇 차례씩 대단히 적극적으로 참여하고 있다.

그리고 일본 문화예술의 해외 홍보와 교류, 인적·물적 교류가 일찍부터 대대적으로 활성화되었고, 동경올림픽(1964년) 개최 등으로 국가의 대외 이미지가 개선되어 작가·작품의 외적 지원과 홍보가

---

7 The Japan P.E.N Club, 『Japanese Literature in Foreign Languages 1945-1990』, Japan Book Publishers Association, 1990.
8 최재철 외, 『일본의 번역출판사업 연구-일본문학을 중심으로-』, 한국문학 번역원, 2006.12, 41-45쪽.

자연스레 이뤄져왔다는 점도 중요하다고 하겠다(위의 논문 참조).

끝으로, 이웃나라 일본문학의 국제성에 관한 본 연구를 포함한 「20세기 문학의 국제성」에 대한 공동연구는 외국문학 분야 연구자들뿐만 아니라 한국문학 관계자 및 관련 정책담당자, 일반 독자들에게 외국문학의 이해에 도움이 될 것이며, 인문학의 발전과 함께 한국문학의 국제성을 획득하는 방법의 제고와 한국문학의 세계화 방안 마련에 활용하게 되면 한국문학과 세계문학의 교류에 기여하리라고 본다.

이와 같이 일본문학의 국제성에 비추어 볼 때, 지역적 특수성에서 출발하면서도 국제적 보편성을 갖는 문학의 발굴과 작가의 적극적이고 다양한 해외 교류, 지속적 후원, 그리고 그 작품의 번역이 약 35년에 걸쳐서 세계 20여 개 언어로 총 150여 종이 해외에서 소개되어야 비로소 동양권의 문학이 일테면 '노벨 문학상'을 받을 만큼 국제성이 확보된다는 결론에 다다른다.

| 참고문헌 |

大江健三郎, 『大江健三郎全作品』(全6卷), 新潮社, 1971.
大江健三郎, 『大江健三郎小說』(全10卷), 新潮社, 1998.
_____, 『あいまいな日本の私』(岩波新書375), 岩波書店, 1995.
_____, 『恢復する家族』, 講談社, 1995.
_____, 『沖縄ノート』, 岩波書店, 1997.
_____, 『宙返り』, 講談社, 1999. 외 작품집, 단행본.
_____·すばる編集部 編, 『大江健三郎·再發見』, 集英社, 2001.

최재철, 「일본문학과 한국」, 『일본문학의 이해』, 민음사, 1995.

_____, 「일본문학의 세계화-카와바타의 경우-」, 『번역의 세계』, 1997.10-11.

_____ 외, 『중국문학과 일본문학』, 웅진출판, 1998.

_____, 「일본문학의 특수성과 국제성-카와바타(川端)와 오에(大江) 문학의 세계화
　　　　과정-」, 『일어일문학연구』제36집, 한국일어일문학회, 2000.6.

_____, 「일본문학의 특수성과 보편성」, 『노벨 문학상과 한국문학』, 월인, 2001.

_____ 외, 『일본의 번역출판사업 연구-일본문학을 중심으로-』, 한국문학 번역원,
　　　　2006.12.

_____, 「한국의 일본근현대문학 연구의 현황과 과제」, 『일어일문학연구』제82집, 한
　　　　국일어일문학회, 2012.12.

松原新一, 『大江健三郎の世界』, 講談社, 1968.

渡辺廣士, 『大江健三郎』(審美文庫15), 審美社, 1973.

篠原茂, 『大江健三郎論』, 東邦出版社, 1973.

『ユリイカ-詩と批評-』(第6卷3号), 靑土社, 1973.

武田友寿, 『救魂の文学』, 講談社, 1974.

『國文學-解釋と敎材の硏究-』(第24卷2号), 學燈社, 1979.2.

川西政明, 『大江健三郎論一未成の夢』, 講談社, 1979.

武田勝彦 編, 『大江健三郎文學-海外の評價』, 創林社, 1987.

榎本正樹, 『大江健三郎一80年代のテーマとモチーフ』, 審美社, 1989.

マサオ·ミヨシ(外)著, 『大江健三郎』(群像 日本の作家23), 小學館, 1992.

柴田勝二, 『大江健三郎論』, 有精堂, 1992.

黒古一夫, 『大江健三郎論-森の思想と生き方の原理』, 彩流社, 1994.

渡辺勝夫 編, 『大江健三郎』(群像特別編集), 講談社, 1995.

『国文學 解釈と敎材の研究』, 學燈社, 1997.2.

桑原丈和, 『大江健三郎論』, 三一書房, 1997.

篠原茂, 『大江健三郎 文学事典』, 森田出版, 1998.

小森陽一, 『歴史認識と小説一大江健三郎』, 講談社, 2002.

芳賀徹(外) 編, 『比較文學叢書』(全8卷), 東大出版會, 1973.

The Japan P.E.N Club, 『Japanese Literature in Foreign Languages 1945-1990』,
　　　　Japan Book Publishers Association, 1990. 외.

29

번역과 문화의 지평

제2장

무라카미 하루키의 「하나레이 만」론
─한국어 번역을 중심으로─

┃성 혜 경

1. 들어가며

무라카미 하루키(村上春樹)의 작품들은 일본은 물론이고 세계 각국
에서 번역을 통해 널리 읽히고 있으며 끊임없이 화제를 모으고 있
다. 처녀작『바람의 소리를 들어라(風の歌を聞け)』로 1979년에 군조(群
像) 신인상을 수상한 이래, 노마(野間) 문예신인상(1982), 다니자키 준
이치로(谷崎潤一郎) 상(1985), 요미우리(読売) 문학상(1996) 등 일본 유수의
문학상을 수상한 바 있는 하루키는 2006년에 프란츠 카프카 상
을 수상하면서 차기 노벨 문학상의 유력한 후보로까지 거론되고

있다.

『상실의 시대』, 『해변의 카프카』 등으로 국내에서도 폭넓은 독자층을 확보하고 있는 하루키의 작품들이 한국에서 어떻게 읽히고 있으며 수용되고 있는지는 흥미로운 과제라 하겠다. 한국인 독자들의 대다수는 번역을 통해서 그의 작품을 접하고 있는데, 한국어 번역을 통해 하루키 작품의 특징과 주제는 충분히 전달되고 있는지도 한 번쯤 진지하게 짚어 볼 필요가 있다고 생각된다.

「하나레이 만(ハナレイ·ベイ)」은 2005년에 발간된 『도쿄기담집(東京奇譚集)』에 수록된 작품이다. 『도쿄기담집』은 발매 직후부터 큰 주목을 받았으며 하루키 단편의 특색을 잘 나타내주는 작품집으로 높은 평가를 받고 있다. 5편의 이야기가 수록된 이 단편집에서 특히 이채를 발하는 것이 「하나레이 만」이다. 하루키는 '가족'을 그린 작품들이 거의 없는데, 「하나레이 만」은 하와이에서 비극적인 사고로 하나뿐인 아들을 잃은 어머니의 이야기를 다루고 있다. 아들을 잃은 어머니의 비탄과 통곡은 동서고금을 막론하고 수많은 문학작품과 회화, 조각 등을 통해 형상화되어 왔다. 이 보편적인 주제를 매우 현대적이며 하루키 특유의 건조한 문체로 그려낸 것이 「하나레이 만」이다.

하루키의 작품의 특징으로 '가벼움'을 들 수 있는데, 그 이면에 놀라운 깊이를 발견하게 되는 경우가 종종 있다. 「하나레이 만」의 내용 또한 일상의 디테일을 가벼운 필치로 그려내는 데 일관하고 있다. 그러나 그 가벼움의 배후에는 늘 그렇듯이 '상실'이라는 무거운 정신적 상흔이 자리하고 있다. 수시로 언급되는 음악에 관한 이야기들도 작품의 주제와 유기적인 연관을 가지며 절묘하게 전개되는 것을 볼 수 있다. 하루키 특유의 문체와 문학적 장치, 그리고 세심한 주의를 기울이며 정교하게 구축된 언어공간을 이해하고 정확하게 전달하기 위해서는 작가가 반복적으로 사용하는 키워드와 특별한 의미를 담고 있는 단어와 표현들에 주목할 필요가 있다.

하루키의 문장은 평이하면서도 섬세하다. 본고는 작가가 주제를 부각시키기 위해 반복해서 사용하고 있는 단어와 표현들에 주목하면서, 한국어 번역을 통해 이러한 부분이 어디까지 전달되고 있는지에 대해서 검토해 보고자 한다. 단어 하나하나에 담겨진 뜻이나 행간의 의미를 읽어내는 작업이 뒷받침될 때, 하루키 문학의 폭이 얼마나 넓어질 수 있는가를 확인하는 계기가 되리라 생각한다.

2. 「하나레이 만」

「하나레이 만」은 아들을 잃은 어머니의 슬픔을 무라카미 특유의 방식으로 그려낸 작품이다. 하와이에 있는 카우아이 섬의 하나레이 만(灣)에서 서핑을 하다 상어에게 물려 익사한 아들을 추억하며 매년 하나레이를 찾는 어머니의 모습을 담담하면서도 사실적인 필체로 써내려간 이 작품은 '상실'을 주제로 많은 작품을 써온 무라카미 문학세계의 연장선상에 있다. 무라카미는 자신의 문학에 대해 "내 소설의 주인공 대부분은 혼란이나 고독, 상실을 헤쳐가고 있지만 내가 그리고 싶은 것은 그들이 구원받기 위해서는, 홀로 어둠의 가장 깊은 부분까지 내려가지 않으면 안 되는 것이다. 그것이 게임의 룰이다."라고 밝힌 바 있다.[1] 「하나레이 만」은 이러한 하루키의 주제의식이 무엇보다도 잘 표출된 작품이라고 할 수 있다. 그러나 작가는 이를 직접적으로 보여주지 않는다. 하와이와 도쿄를 배경으로 펼쳐지는 이 이야기의 중심을 이루는 것은 주인공이 아들의 죽음을 계기로 처음 찾게 된 하나레이에서 만나게 된 사람들, 그곳에서 우연히 알게 된 두 일본인 젊은이들과 나누는 극히 일상적인 대화, 그리고 도쿄에서의 재회 장면이다. 표면적으로 전개되는 이야기만을 보고 행간의 의미를 읽어내지 못할 때, 이 이야기는 이국취미와 도시적 감각이 적절히 어우러진, '상실'을 주제로 한 또 하나의 가벼운 소품으로 간주되기 십상이다. 사실, 「하나레이 만」은 '아가씨와 잘 지내는 방법'으로 젊은이들 사이에서 널리 회자되고 있는 작품이다. 도쿄의 스타벅스 커피점에서 주인공 사치는 하나레이에서 만났던 두 젊은이 중 한 명과 재회하게 되는데, 그때 사치는 그에게 여자의 마음을 사로잡는 방법에 대해 다음과 같은 조언을 한다.

> "아가씨와 잘 지내는 방법은 세 가지밖에 없어. 첫째, 상대방의 애기를 잠자코 들어줄 것. 둘째, 입고 있는 옷을 칭찬해 줄 것. 셋째, 가능한 한 맛있는 음식을 많이 사줄 것. 어때, 간단하지? 그 정도로 했는

---

1 「조선인터뷰 '당신이 진정 구원 받으려면 홀로 어둠의 끝까지 가 봐야」, 『조선일보』, 2006.7.29.

데도 효과가 없다면, 차라리 단념하는 게 나아."

「女の子とうまくやる方法は三つしかない。ひとつ、相手の話を黙って聞いて
やること。ふたつ、着ている洋服をほめること。三つ、できるだけおいしいも
のを食べさせること。簡単でしょ。それだけやって駄目なら、とりあえずあきら
めた方がいい」[2]

 젊은 독자층들 사이에서 하루키의 작품들이 선풍적인 인기를 끌며 소비되고 있는 배경에는 이러한 경쾌하고 재치 있는 대사가 한 몫 하고 있음에 틀림없다. 어딘가 가벼우면서도 '쿨'하고 신선한 대사와, 등장인물들의 감각적이며 현대적인 풍속이 젊은이들을 매료시키면서 이른바 '하루키 붐'을 이어가고 있는 것이다. 그러나 이러한 요소들이 지나치게 부각된 나머지, 작가가 세심한 주의를 기울이며 구축한 언어공간 속에 내재된 깊은 의미를 읽어내지 못한다면 하루키 문학의 이해는 부분적인 것에 그치고 말 것이다.
 앞서 지적했듯이 이 작품에서 아들을 잃은 어머니의 슬픔은 직접적으로 그려지지 않는다. 그녀의 심경을 엿볼 수 있는 묘사나 표현이 극히 절제되어 있는 것이 특징이다. 처음 비보를 전해 들었을 때, 사치는 한동안 정신적 공황상태에 빠지나 이내 마음을 가다듬

---

2 한국어 번역: 무라카미 하루키, 임홍빈 역, 『도쿄기담집』, 문학사상사, 2007, 97
 -98쪽(이하 페이지만 표기).
 일본어 원문: 村上春樹, 『東京奇譚集』, 新潮文庫, 新潮社, 2005, 92쪽(이하 페이지만 표기).

고 침착하게 사고 현장으로 향한다. 아들의 시신을 화장하고 일주
일 동안 하나레이에 머물면서 그녀는 끝내 눈물 한 방울 보이지 않
는다. 상어에 물려 한 쪽 다리가 처참하게 잘려 나간 아들의 시신을
눈으로 확인하고도 아들을 끌어안고 오열하지 않을 뿐 아니라, 아
들의 유품인 서핑 보드를 보려고도 하지도 않는 사치의 모습은 냉
담하게 조차 느껴진다. 아들을 향한 그녀의 마음이 어떠했는지, 그
리고 아들의 비극적인 죽음을 그녀가 어떻게 받아들였는지에 대
해서는 그 어떤 직접적인 설명도 묘사도 찾아볼 수 없다. 그녀의
내면의 드라마는 간접적으로, 또는 문장의 여백을 통해 전해올 따
름이다.

생략과 간접적인 표현 방식을 특징으로 하는 일본문학은 번역자
에게는 큰 도전이 아닐 수 없다. 직접적으로 그려지고 있는 내용을
따라가는데 그치지 않고, 언외(言外)의 의미를 늘 생각해야 하기 때
문이다. 번역의 어려움과 한계가 여기에 있다. 특히 이야기 전개의
치밀성과 간결성, 그리고 응축성을 특징으로 하는 단편문학의 경
우, 단어 하나하나에 대한 세심한 주의는 물론이고, 작가가 구사
하는 독특한 문체와 문학적 장치 어느 하나도 놓쳐서는 안 될 것
이다.

이 작품에서 주인공 사치의 인물상은 무엇보다도 정교하게 구축
되고 있다. 하나뿐인 아들을 잃은 그녀의 충격과 슬픔은 직접적으
로 그려지지 않으나, 그 내면의 복잡하면서도 미묘한 감정의 변화
나 기복은 작가가 의식적으로 반복해서 사용하는 몇 가지 키워드
와, 감상을 배제한 간결한 사물화된 문장의 여백을 통해 전해져 온

다. 이 점에 대해서 구체적으로 논하기 전에 우선 사치가 어떤 인물로 그려지고 있는가를 살펴보기로 하겠다.

3. 사치의 인물상

아들을 잃은 지 10여 년이 지난 어느 가을, 사치는 매년 그렇게 해 왔듯이 하나레이를 찾는다. 그곳에서 사치는 히치하이크를 하기 위해 서 있는 두 명의 일본인 젊은이를 만나 목적지까지 태워주게 된다. 죽은 아들과 비슷한 나이의 이 젊은이들은 과거에 그의 아들이 그랬듯이 서핑을 하려고 이곳에 와 있었던 것이다. 아무런 준비도 사전 지식도 없이 무작정 이곳으로 온 이들의 무지와 무분별함에 사치는 한심해하고 어이없어 하며 여러 가지로 따끔한 충고를 준다. 그들의 무지를 가차없이 일깨우며 직접적으로 면박을 주는 사치의 모습에 젊은이들은 당황해한다. 그리고 그녀가 틀림없이 '단카이' 세대일 것이라고 말한다. 그러자 사치는 다음과 같이 대답한다.

> "나는 어떤 세대도 아니야. 나는 그냥 나일 뿐이야. 쉽게 다른 데 묶어 넣지않았으면 좋겠어."
> "거 봐요. 그렇게 말씀하시는 걸 보니 역시 단카이가 틀림없네요" 하고 땅딸보가 말했다. "금방 울컥 화를 내는 게 저희 어머니와 꼭 닮았어요."

"미리 말해두지만, <u>당신의 평범하지 않은</u> 어머니와 한데 엮이고 싶지
않아" 하고 사치는 말했다.   (73 – 74쪽)

「なんの世代でもない。私は私として生きているだけ。簡単にひとくくりにしな
いでほしいな」
「ほらね、そういうとこ、やっぱダンカイっすよ」とずんぐりは言った。「すぐに<u>ム
キになる</u>とこなんか、うちの<u>母親</u>そっくりだもんな」
「言っとくけど、あんたの<u>ろくでもない母親</u>といっしょにされたくないわね」とサ
チは言った。   (70쪽) (밑줄 인용자)

이 부분은 사치의 인물상을 파악하는데 중요한 단서를 제공한
다. 연령적으로 단카이에 속하는 사치는 정형화된 삶을 살아온 대
다수의 사람들과는 달리 철저하게 자신의 삶을 살아온 여성이다.[3]
자신의 진로를 스스로 선택하고 당차게 밀고 나가는 여성으로서
어디에도 소속되기를 거부하는 사치의 독립적이고 강한 자아를 엿
보게 하는 대목이다.

여기서 한국어 번역의 문제점을 몇 가지 지적해보도록 하겠다.
젊은이의 대사 중에 'ムキになる'라는 표현의 번역을 보면 '울컥 화
를 내는' 것으로 되어있다. 'ムキになる'에는 사소한 일에도 정색을
하고 대들거나 화를 낸다는 의미도 있으나 여기서는 화를 내기 보
다는 사소한 일에도 지나치게 진지하게 또는 심각하게 반응하는

---

3 '단카이(団塊)'란 1948년 무렵 일본의 베이비 붐 시대에 태어난 세대를 일컫
는다.

모습으로 보는 것이 타탕하다고 하겠다.[4] 작품 전체를 통해서 볼
때 사치는 지극히 냉정하고 이성적으로 행동하는 여성으로 그려지
고 있기 때문이다. 아들의 죽음 앞에서도 침착한 모습으로 일관하
는 사치에게서 '울컥 화를 내는' 모습이란 상상하기 어렵다. 이 작
품에서 사치는 지나칠 정도로 침착하고 논리적으로, 그리고 때로
는 직설적으로 자신의 의견을 피력하는 여성으로 그려지고 있는
데, 이러한 그녀의 성격이 아들과의 소통을 어렵게 한 요인 중의 하
나였을 것이라는 것은 쉽게 짐작해 볼 수 있다.

　사치를 '단카이' 세대라 단정 지으며 자신의 어머니와 똑 같다고
말하는 젊은이에게 사치는 '言っとくけど、あんたのろくでもない母親と
いっしょにされたくないわね' 라고 매몰차게 쏘아붙인다. 여기서 'ろく
でもない'란 '아무런 쓸모도 없다', '한심하다' 등의 의미로 번역문
의 '평범하지 않은'과는 거리가 멀다.[5] 이 한심한 젊은이의 어머니
라면 보지 않아도 알 수 있다는 심경에서 나온 말일 것이다. 상대방
의 어머니에 대해 '한심한', '하잘 것 없는' 이라는 의미의 이 단어
를 거침없이 내뱉는 사치는 전형적인 일본 여성과는 사뭇 다른 일
면을 가지고 있다. 가볍게 받아 넘길 수도 있었던 젊은이의 말에 이
처럼 강하게, 그리고 정면으로 반박하는 사치의 모습을 통해 우리
는 간접적으로나마 어머니로서의 사치의 모습을 상상해 보게 된
다. 자신의 잣대로 사물을 판단하며 직설적으로 표현하는 사치의
모습에서, 유연성을 가지고 그때그때의 상황에 맞춰 대처하는 포

4　'さほどにもないことに本気になること'(広辞苑) 'つまらないことに本気になる'(大辞林)
5　'何のねうちもない'(広辞苑) '無意味でなんの値打ちもない、くだらない'(大辞林)

용력 있는 어머니상을 상상하기는 쉽지 않다. 그런데 이 '로쿠데모나이(ろくでもな い'라는 단어를 하루키는 다음 대목에서도 사용하고 있다.

> 어째서 내게는 아들의 모습이 보이지 않는 것일까? 하고 그녀는 울면서 생각했다. 어째서 그 <u>변변치 않은</u> 두 사람의 서퍼에게는 보이고 내게는 보이지 않는 것일까? 이건 아무리 생각해도 불공평하다.
>
> (94쪽)

> どうして私には息子の姿を目にすることができないのだろう、と彼女は泣きながら思った。どうしてあの二人の<u>ろくでもない</u>サーファーにそれが見えて、自分には見えないだろう?それはどう考えても不公平ではいか?　　　　(89쪽)

이 작품에서 사치가 처음이자 마지막으로 눈물을 보이는 장면이다. 한쪽 다리가 잘려 나간 서퍼의 모습을 해변에서 보았다는 젊은이들의 말에 사치의 마음은 심한 동요를 느낀다. 아들의 유령임에 틀림없었다. 그러나 젊은이들 앞에서는 어디까지나 침착함을 잃지 않은 사치는 그 말을 들은 후 하루 종일 아들이 죽은 장소를 찾아다닌다. 매일 아침부터 저녁 늦게까지 바닷가를 돌아다니며 현지인 서퍼들에게도 외다리 일본인 서퍼에 대해 물어보았으나 아무도 그를 본적이 없다고 하였다. 하나레이를 떠나기 전날 밤, 짐을 정리하고 잠자리에 든 사치는 자신도 모르는 사이에 베개가 젖어있는 것을 발견한다. 아들과는 아무 상관도 없는 이 '한심한' 또는 '하잘 것 없는(ろくでもない)' 젊은이들에게는 모습을 보이면서 정작 어머니이자

10여 년을 아들을 잊지 못하고 이곳을 찾아오고 있는 자신에게는 모습을 보여주지 않는 아들에 대한 원망과 슬픔이 복받쳐 올라 그동안 참아왔던 눈물이 흘러내린 것이다. 그러나 다음날, 사치는 이러한 사실을 있는 그대로 모두 받아들이기로 하고, 언젠가 아들이 자신에게도 모습을 보여줄 날이 올 것을 믿으며 도쿄에서의 일상으로 복귀한다.

4. 두 일본인 젊은이

「하나레이 만」은 사치와 두 일본인 젊은이의 만남을 중심으로 전개된다. 이 작품에서 고유명사로 불리는 것은 사치와 그녀의 아들 데카시(テカシ), 그리고 일본계 미국인 경관 사카타(サカタ)뿐이다. 두 젊은이는 각각의 신체적 특징을 나타내는 '땅딸보(ずんぐり)' 와 '키다리(長身)'로 불린다. 사치와 이 두 젊은이와의 관계는 이 작품을 푸는 중요한 열쇠다. 앞서 인용한 사치의 말 "あんたのろくでもない母親といっしょにされたくないわね"의 한국어 번역은 "미리 말해두지만, 당신의 평범하지 않은 어머니와 한데 엮이고 싶지 않아"로 되어 있는데, 이들의 관계를 생각할 때 '당신'이라는 호칭은 부자연스러운 느낌이 든다. 키다리가 사치를 자기 어머니와 비교하고 있는 점을 보더라도 사치와 젊은이들 사이에는 자식과 부모 정도의 연령 및 세대차가 있음을 알 수 있기 때문이다. 사치가 그들에게 묵을 숙소를 정했는지를 묻는 장면에서도 젊은이들에 대한 호칭은 '당신들'

로 되어 있다.

"말도 안되는 소리 그만 하지" 하고 사치는 어처구니가 없다는 듯이
쏘아붙였다. "그런데 <u>당신들</u>, 하나레이에서 머물 곳은 정한 거야?

(70쪽)

「そんなわけないじゃないの」とサチはあきれて言った。「ところで<u>あんたたち</u>、
ハナレイで泊まるところは決ってんの？」

(67쪽)

사치는 22살에 재즈 연주가와 결혼해 24살에 아들을 낳았고, 그
아들을 19살 때 사고로 잃었다. 즉, 43살에 아들을 잃은 후 10여 년
을 하나레이를 오가는 생활을 하였으니 현재 50 중반을 바라보는
중년 여성인 셈이다. 사치가 하나레이에서 만난 두 명의 일본인 서
퍼는 아들과 비슷한 연령으로 여러 면에서 아들의 '분신'과도 같은
존재라 할 수 있다. 영어도 제대로 못하면서 미국인 흉내를 내며 히
치하이크를 하겠다고 길가에 어설프게 서있는 그들을 사치는 처음
에 그냥 무시하고 지나치려 했다. 그러나 이들을 그대로 내버려둘
수 없다고 순간적으로 생각했는지 사치는 차를 세우고 되돌아가서
그들을 태우게 된다. 이러한 행동은 어쩌면 사치의 내면에 잠들어
있던 모성의 무의식적인 발로였는지도 모른다. 목적지까지 가는
동안 차 안에서 대화를 나누면서 사치는 그들이 너무도 철이 없고
한심하다는 생각을 하면서도 결국은 안전한 숙소를 찾을 수 있도
록 세심하게 도와준다. 이들을 이처럼 끝까지 돌봐주게 된 것은, 사

치 스스로는 의식하지 않았더라도 이들이 아들을 떠올리게 했기 때문이었을 것이다. 「하나레이 만」은 아들과의 진정한 소통이 없었던 사치가 이 두 젊은이를 통해 아들을 새롭게 발견하고 진정한 화해를 향한 첫걸음을 내딛게 되는 이야기이다. 이러한 점들을 고려한다면 여기서 'あんたたち'는 '너희들'이라고 부르는 것이 자연스러울 뿐 아니라 작품 전개상 적절하다고 하겠다.[6]

히치하이크를 하려고 손을 들고 있는 그들을 처음 보았을 때, 사치의 눈에 비친 그들의 모습은 다음과 같았다.

> 그들은 커다란 스포츠백을 어깨에 둘러메고 '오노 패밀리 레스토랑' 앞에 서서 <u>별로 기대도 하지 않는 듯한 표정</u>으로 자동차를 향해 엄지손가락을 들어보이고 있었다.
> (67쪽)

> 彼らは大きなスポーツバックを肩から下げて、「オノ・ファミリー・レストラン」の前に立ち、<u>頼りなさそうに</u>車に向かって親指を上げていた。
> (64쪽)

원문의 '頼りなさそうに'는 작가가 젊은이들의 모습을 묘사할 때 반복적으로 사용하고 있는 표현이다. 즉, 한국어 번역의 "별로 기대도 하지 않는 듯한 표정"이라는 의미가 아니라, 무엇에도 확신이 없고 자신감이 결여된 미덥지 않은 모습을 강조하기 위해서 선택된 단어가 이 '頼りない'인 것이다. 갈색으로 염색한 머리를 어깨까

---

6 작품의 후반에서는 '너희들'로 번역하고 있다.

지 늘어뜨리고, 후줄근한 티셔츠와 축 늘어진 반바지에 샌들을 신
고 있는 두 젊은이는 자신감이나 진지한 곳이라곤 찾아볼 수 없는,
그저 한심하고 철없는 젊은이들의 모습이었다. 공부에는 관심이
없고 여자아이들하고 놀아나며 서핑에만 빠져 지내던 지난날의 아
들과 별반 다를 것이 없는 것이 그들의 모습이었던 것이다. 그런데
이튿날 사치는 바닷가에서 그들의 또 다른 일면을 보게 된다.

> 이튿날 아침, 사치가 여느 때처럼 모래사장에 앉아서 바다를 바라보
> 고 있는데, 그 젊은 일본인 2인조가 나타나서 서핑을 하기 시작했다.
> 자못 <u>어설프게만 보이</u>던 겉모습과는 달리 두 사람의 서핑 실력은 상
> 당했다.   (76쪽)

> 翌日の朝、サチがいつものように砂浜に座って海を眺めていると、その日本
> 人の若い二組がやってきて、サーフィンを始めた。いかにも<u>頼りなさそうな見</u>
> <u>かけ</u>に比べて、二人のサーフィンの腕は確だった。   (72쪽)

> 파도를 타고 있을 때의 그들은 무척이나 활력이 넘쳐 보였다. 눈이
> 밝게 빛나고, 자신감에 가득 차 있었다. 나약한 구석은 전혀 없었다.
> 틀림없이 학교 공부는 뒷전으로 하고 자나 깨나 파도타기에 열중했
> 을 것이다. 그녀의 죽은 아들이 예전에 그랬던 것처럼.   (76쪽)

> 波に乗っているときの彼らは、とても生き生きとして見えた。目が明るく輝き、
> 自信に満ちていた。弱々しいところはまったくない。きっと学校の勉強なんか

しないで、波乗りに明け暮れているのだろう。彼女の死んでしまった息子が
かつてそうであったように。

(72-73쪽)

사치가 처음 보았던 이들의 '頼りなさそう'한 겉모습과는 달리 멋
지게 파도를 타는 그들의 모습은 자신감과 생동감이 넘치는 것이
었다. 이 모습을 보면서 자신의 아들 역시 서핑을 하는 순간만큼은
어느 누구보다도 활력 넘치는 건강하고 멋진 청년이었을 것이라
는 사실을 깨닫게 된다. 사치의 기억 속에 아들은 집중력도 없고
어떤 것이든 한 번 시작한 일은 끝까지 해내는 일이 없고, "진지한
이야기가 나오면 피해 버리고, 금세 적당한 거짓말을 둘러대"는
아이였을 뿐이다. 그러나 파도를 타는 두 젊은이들의 모습을 보면
서 사치는 지금까지 생각지도 못했던 아들의 또 다른 면모를 발견
하게 되고, 이를 계기로 아들을 조금씩 이해하고 받아들이게 되는
것이다.

5. 아들과의 소통

도쿄에서의 일상으로 복귀한 사치는 어느 날 스타벅스에서 땅딸
보(ずんぐり)와 우연히 만나게 되는데, 헤어지기 직전에 그들이 나누는
마지막 대화는 많은 것을 시사한다. 여자의 마음을 사로잡는 방법
을 사치로부터 전수받은 땅딸보는 감사의 마음을 다음과 같이 전
한다.

45

"늘 좋은 말씀해주셔서 감사합니다. 정말 많은 도움이 되었어요" 하고 그는 말했다.

"둘이 잘됐으면 좋겠네."

"열심히 노력해 보겠습니다" 하고 땅딸보가 말했다. 그리고 자신의 테이블로 돌아가기 위해 몸을 일으키더니 잠시 생각하고 나서 손을 내밀었다. "아주머니도 힘내세요."

사치는 그 손을 잡았다. "있잖아. 너희가 하나레이만에서 상어한테 잡아먹히지 않아서 정말 다행이야."

"아니, 그곳에도 상어가 나와요? 정말이에요?"

"나오고 말고" 하고 사치는 말했다. "진짜야." (98-99쪽)

「いつもご忠告ありがとうございます。助かります」と彼は言った。

「うまくいくといいけどね」

「がんばりますよ」とずんぐりは言った。そして自分のテーブルに戻るために立ち上がり、ちょっと考えてから手を差し出した。「おばさんもがんばってください」

サチはその手を握った。「あのさ、あんたたち、ハナレイ・ベイで鮫に食われなくてほんとうによかったよね」

「あの、あそこって鮫出るんですか。マジに？」

「出るよ」とサチは言った。「マジに」 (93쪽)

　이 부분은 언뜻 보기에는 카페에서 두 사람이 나누는 극히 일상적이며 의례적인 대화로 보이나 자세히 보면 작가가 이 대화 속에 많은 의미를 담고 있음을 알 수 있다. 우선, 땅딸보를 대하는 사치

의 태도가 그와 처음 만났을 때와는 사뭇 다른 것이 눈에 띈다. 젊은이들의 무지를 거침없이 지적하며 매몰차게 쏘아붙이던 사치의 모습은 사라지고, 그들을 이해하고 그들의 눈높이에 맞추려는 마음이 전해지는 이 대목에서 사치의 내면의 변화를 읽을 수 있다. 그들에게 아들의 비극이 되풀이되지 않은 것을 진정으로 기뻐하는 마음을 전하는 마지막 대사에서 사치는 의식적으로 젊은이들 특유의 말투인 'マジに'를 사용하고 있는데, 이는 이 작품의 백미라고 하겠다.

하나레이에서 두 젊은이들을 만나기 전의 사치는 자신의 시점으로 밖에 아들을 보지 못했고, 그래서 아들과 진정한 소통을 이루지 못했다. 자기의 뜻대로 되지 않는 아들과 언쟁하는 것이 싫어서 내키지 않으면서도 하와이행을 용인하고 말았고, 그 결과 아들을 19살의 젊은 나이에 이국에서 참혹하게 죽게 했던 것이다. 위 대목에서 젊은이들이 자주 쓰는 말투인 "マジに"를 사치에게 반복하게 함으로써 작가는 이들 사이의 교감과, 사치의 내면의 변화를 절묘하게 표현하고 있다. 이는 "정말이에요?", "진짜야"라고 하는 한국어 번역을 통해서는 전달되기 어려운 부분이다.[7] 'マジに'가 가지는 뉘앙스를 그대로 전할 수 있는 한국어 표현이 없기 때문에 번역의 과정에서 소실되는 부분이 생기는 것은 어쩔 수 없는지 모르겠다. 번역을 하다보면 언어적 차이에 의해 원작의 의도나 뉘앙스를 충분히 살리지 못하는 경우가 종종 발생한다. 문화와 언어체계가 다

7 여기서 "マジに"는 최근 젊은이들이 자주 사용하는 "레알", "리얼리" 등의 느낌에 가깝다고 하겠다.

른 문학 작품의 완벽한 재현이란 불가능하다. 그러나 번역의 완성도는 원전에 조금이라도 가까이 다가가려는 노력의 결과로 얻어지는 것인 만큼 다양한 시도는 필요하다고 생각된다. 예를 들면, 이 작품에서 중요한 역할을 하는 두 젊은이들의 말투의 번역이 그런 경우다.

> "하지만 이건 너무 작잖아요."(69쪽)(「でも小せえなあ」(66쪽))
> "일단은 서핑을 하려고요."(69쪽)(「いちおう、サーフィンとか」(66쪽))
> "저희는 들어본 적도 없는데요."(72쪽)(「聞いたことないっすね」(69쪽))
> "위험한 거네요."(73쪽)(「あぶねえ」(69쪽))
> "굉장히 잘 치시네요. 대단한데요."(86쪽) (「すげえうまいっすねえ。プロなんだ」(81쪽))
> "다이너스 카드가 있잖아요."(86쪽)(「ダイナース・カードがありますもん」(82쪽))
> "굉장히 즐거웠어요."(91쪽)(「すげえ楽しかった」(86쪽))
> "최고였어요."(91쪽)(「サイコーだったす」(86쪽))

한국어 번역을 원문과 비교해 보면 젊은이들의 말투가 지나치게 정중하고 반듯하다는 것을 알 수 있다. 이 작품은, 겉으로 보기에는 인생의 목적이나 계획도 없이 세상 편하게 즐기는 데만 관심이 있는 한심하고 세상 물정 모르는 젊은이들에게도 자신만의 생동감 넘치고 '빛나는' 세계가 있으며, 그러한 모습을 사치가 인식하게 되면서 죽은 아들에게 마음을 열고 조금씩 다가가는 이야기이다. 젊은이들 특유의 반듯하지 못하고 어딘가 불량스럽기조차 한 말투

는 작품의 주제와 밀접한 연관이 있는 만큼 이를 살리기 위한 노력
은 필수적이라 하겠다. 이에 완벽하게 상응하는 번역은 불가능하
더라도 한국 젊은이들이 자주 사용하는 말투를 사용하는 등의 시
도를 통해 차별화를 꾀하는 방법도 가능하지 않았나 생각된다.

6. 하루키 문학과 음악

무라카미 작품이 늘 그렇듯이 「하나레이 만」에도 음악에 관련된
이야기가 많이 나온다. 음악은 단지 배경음악으로 쓰이는 것이 아
니라 작품의 주제와 밀접한 관계를 가지므로 번역에 있어서 세심
한 주의가 필요한 부분이다

사치는 3주간 하나레이에서 체류하는 동안 가끔 피아노 바에서
피아노를 치는데, 어느 날 덩치가 큰 백인 남자가 들어와서 다음과
같이 말한다.

> "아무거나 한 곡 연주해 주시오. <u>밝은 곡으로</u>. 바비 대런 Bobby
> Darin 의 <비욘드 더 시 Beyond the Sea> 알고 있소? 지금 그 노래를
> 부르고 싶거든."
> (88쪽)

> 「なんかピアノ弾いてくれよ。<u>景気のいいやつ</u>。ボビー・ダーリンの『ビヨンド・
> ザ・シー』知ってるか？歌いたいんだ」
> (83쪽)

49

여기서 「景気のいいやつ」는 이야기의 전개상 '밝은 곡'보다는 '신나는 곡'을 의미한다고 보아야 하겠다. 이 바에는 전속 피아니스트가 있는데, 그가 연주하는 작품들에 대한 다음과 같은 설명이 앞서 나왔기 때문이다.

> <발리하이 Bail-hi>나 <블루 하와이 Blue Hawaii> 같은 <u>자연친화적인 음악</u>을 주로 연주했다.   (84쪽)

> 『バリハイ』とか『フルー・ハワイ』といったような<u>人畜無害な音楽</u>を主に演奏した。   (79쪽)

여기서 원문의 "人畜無害な音楽"을 "자연친화적인 음악"으로 번역하고 있는데 이는 적절한 번역이라고 하기는 어렵다. 뮤지컬 영화 『남태평양』(1949)에 나오는 <발리하이>나 엘비스 프레슬리의 <블루 하와이>는 자연친화적이라기보다는 여성 취향의 부드럽고 감미로운 분위기를 특징으로 하는 노래들이기 때문이다. 여기서 "人畜無害"라고 쓰고 있는 것은 그것이 자극적이지 않고 어른 아이 할 것 없이 누가 들어도 해가 되지 않는 노래라는 의미에서이다. 이 작품의 무대가 된 카우아이 해변은 『남태평양』의 로케이션지로 유명한 곳으로 지금도 많은 관광객들이 이곳을 찾고 있다. 특히 <발리하이(Bali Ha'i)>는 매혹의 섬 발리하이로 유인하는 감미로운 선율의 노래로 이곳을 '특별한 소망과 꿈이 언덕에 꽃피고', '하늘과 바다가 만나는 섬'으로 묘사하고 있다. 이 영화를 본 세대에게 <발리

하이>는 추억의 노래로 남아있다. 무라카미는 이러한 노래들을 언급함으로써 대다수의 사람들이 가지고 있는 '평화로운 낙원' 또는 '꿈의 섬'으로서의 하와이의 이미지를 환기시키고 있다. 그리고 또 한편으로는 사람의 목숨과 환경을 한 순간에 빼앗아가고 파괴시키는 혹독한 자연과, 마약과 동성애로 얼룩진 하와이의 어두운 단면을 동시에 보여주고 있다.

힘차고 신나는 음악을 연주해 보라는 남자의 무례한 태도에 사치는 당당한 태도로 거절한다. 자신은 이곳에 고용된 사람이 아니니 신청곡은 바의 전속 피아니스트에게 부탁하라는 사치의 말에 남자는 다음과 같이 대답한다.

> "저런 얼간이 녀석은 흐느적거리는 엉덩이 음악밖에는 연주를 못한 다니까. 그런 게 아니고, 나는 당신의 피아노 반주로 기분을 내고 싶단 말이오. 10달러 주겠소."
>
> (88쪽)

> 「あんなフルーツケーキには、へなへなのオカマ音楽しか弾けない。じゃなくて、あんたのピアノでしゃきっとやってもらいたいんだ。10ドルやるよ」
>
> (83-84쪽)

여기서 원문의 "フルーツケーキ"는 동성애자, 즉 호모라는 의미로 자주 쓰이는 속어로, 이는 이어지는 "へなへなのオカマ音楽"이라는 표현을 통해서도 금방 유추할 수 있다. 'オカマ'란 남색 또는 그 상대라는 의미로 쓰이는 말이다. 앞서 나온 <발리하이>나 <블루 하

와이>와 같은 여성 취향의 게이들이나 듣고 좋아할 감미로운 음악에 대한 혐오감과 멸시를 노골적으로 드러낸 말이라 할 수 있다.

하와이를 평화로운 낙원 같은 곳으로만 알고 있었다는 땅딸보에게 사치는, "그럼, 예전의 엘비스 시대와는 전혀 다르니까" 하고 응답한다. 이에 대해 키다리(長身)가 엉뚱한 대답을 하는 것이 다음 장면이다.

> "평화로운 낙원 같은 곳인 줄 알았는데, 아닌가 보군요" 하고 땅딸보가 말했다.
> "그럼, 예전의 엘비스 시대와는 전혀 다르니까"하고 사치는 말했다.
> "잘은 모르겠지만, 엘비스 코스텔로 Elvis Costello 는 꽤 늙은 영감인가 보죠?" 하고 키 큰 쪽이 말했다.
> 사치는 그때부터 한동안, 아무 말도 하지 않은 채 운전만 했다. (74쪽)

> 「平和なパラダイスっていうんでもないんだ」とずんぐりが言った。
> 「ああ、もうエルヴィスの時代とは違うからね」とサチは言った。
> 「よく知らないけど、エルヴィス・コステロってもうかなりのオヤジですよね」と長身が言った。
> サチはそれからしばらく、何も言わずに運転をした。   (70－71쪽)

엘비스 코스텔로(Elvis Costello, 1954－)는 1970년대 백인 청년문화를 선도하던 펑크 록, 뉴웨이브 음악을 대표하는 영국 출신의 가수다. 한편, 영화 <Love Me Tender(1956)>, <Blue Hawaii(1961)> 등에 출

연해 많은 사람들의 마음을 사로잡았던 엘비스 프레슬리(Elvis
Presley, 1935 – 1977)는 '로큰롤의 황제' '세기의 연인'으로 불리며 한
시대를 풍미했던 미국의 가수다. 사치의 세대라면 더 이상의 설명
이 필요 없는 '엘비스(프레슬리)'에 대해 언급한 것이었는데, 사치와
는 사고도 취향도 전혀 다른 이른바 신세대인 키다리에게는 '엘비
스'라는 이름은 또 다른 엘비스, 즉 엘비스 코스텔로를 가까스로 떠
올리게 할 뿐이었다. 대화를 어떻게든 이어가려고 키다리가 생각
해낸 말이 "エルヴィス・コステロってもうかなりのオヤジですよね"이다. 낙
원과 같은 평화로운 이미지의 하와이를 대표하는 사람이라면 분
명 지금쯤 나이가 들었을 것이라는 생각에 '이젠 상당히 나이든
노인이겠네요'라는 의미로 내뱉은 말이다. 이 부분의 한국어 번역
인 "꽤 늙은 영감인가 보죠?"는 언뜻 보기에는 큰 무리가 없어 보
이지만 미묘한 뉘앙스의 차이가 느껴진다. 번역문처럼 '질문형'의
경우는 키다리가 단순히 몰라서 사치에게 물어보는 것이 되는데,
사실은 키다리가 자기도 나름대로 안다고 맞장구치며 건넨 말이
기 때문이다. 사소한 것 같지만 이 대화가 의미를 가지는 것은 이
어지는 문장 때문이다. 이 말을 들은 사치의 반응은 다음과 같다.
"サチはそれからしばらく、何も言わずに運転した。" 즉, 자동차 안에서
의 두 젊은이들과의 대화는 이것으로 끝이 나고 마는 것이다. 이 장
면에서 주목해야 할 것은 키다리의 이 말에 사치는 젊은이들과 자
신과의 사이에는 그 어떤 접점도 없음을 깨닫고 대화를 포기한다
는 점이다.

「하나레이 만」에는 사치와 아들과의 관계가 어떠했는지에 대해

서는 직접적으로 묘사되고 있지 않다. 어디까지나 사치의 시점에서 본 아들의 모습이 적혀있을 뿐이다. 아들이 서핑을 하기 위해서 하나레이에 가겠다고 우겼을 때 사치는 마지못해 허락하고 만다. 다투는 것도 지겨웠을 뿐 아니라 이 문제에 대해 아들과 얼굴을 맞대고 논쟁을 하는 것이 싫었기 때문이다.

> 별로 내키진 않았지만 다투는 것에도 신물이 나, 사치는 마지못해 여비를 마련해 주었다. 긴 논쟁은 그녀의 특기가 아니었다.　　(83쪽)

> 気が進まなかったが、言いあいをするのにも疲れて、サチはしぶしぶ旅費を出してやった。長い論争は彼女の得意とするこころではなかった。　　(79쪽)

끝까지 인내심을 가지고 아들과 이야기를 나누면서 시비를 가리고, 어머니로서 아들을 훈육하고 가르치는 것을 사치는 일찌감치 포기했다. 아들은 그저 한심하고 마음에 들지 않았으며 자신에게는 감당하기 어려운 아이였던 것이다. 하나레이를 오가는 10여 년은, 아들의 존재를 생각하고, 자신과 아들과의 관계를 회복해가는 과정이었다. 그러나 두 젊은이들과 만나기까지 사치는 여전히 자신의 입장에서 밖에 생각할 수 없었고, 그래서 그 여정은 "기계적"으로 되풀이되는 일상의 반복에 지나지 않았다. 진정한 성찰과 깨달음의 계기를 제공해 준 것은 뜻밖에도 이 한심하고 별 볼일 없는 젊은이들이었다. 앞서 지적했듯이 마냥 한심하게만 보였던 이들이 다음날 바닷가에서 서핑을 하는 모습을 본 사치는 그들의 또 다른 일면을 발견하고 자신의 아들을 떠올리게 된다. 그리고 자신이 알지 못했던 아들의 모습을 새롭게 인식하게 되는 것이다.

사치의 인물상을 조명하는데 있어서 음악에 관련된 다음 에피소드도 중요한 단서를 제공한다. 고등학교 시절, 어떤 음악이든 귀로 듣기만 하면 완벽하게 피아노로 재현해내는 천부적인 재능을 타고난 사치는 피아노에 심취하게 되지만 자기만의 '독창적인' 음악을 만들어 낼 수 없다는 사실에 좌절하고 피아니스트로서의 꿈을 접었다.

> 그러나 사치는 도저히 피아니스트가 될 수 없을 것 같았다. 그녀가 할 수 있는 것은 <u>원곡을 정확하게 따라하는 것</u>뿐이었기 때문이다. 있는 그대로 치는 것은 간단했다. 그러나 <u>자기 자신만의 음악</u>을 만들어 낼 수는 없었다. 자유롭게 연주해 보라고 하면, 무엇을 어떻게 쳐야 할지 알 수가 없었다. 자유로이 치기 시작하면, 그것은 결국 무엇인가의 <u>모방이 되어버렸다</u>. (78쪽)

> しかしサチはプロのピアニストにはなれそうになかった。彼女にできるのは<u>オリジナルを正確にコピーすること</u>だけだったからだ。そこにあるとおりに弾くのは簡単だった。しかし<u>自分自身の音楽</u>を作り出すことができない。自由に弾いていいと言われても、何をどう弾けばいいのかわからない。自由に弾き始めると、それは結局のところ、<u>何かのコピーになってしまった</u>。 (74쪽)

여기서 주목해야 할 단어가 원문에 나오는 "오리지날(original)"과

"카피(copy)"이다. 사치는 자신의 재능의 한계를 인식하고 연주가의 길을 포기했지만 피아노를 치는 것이 즐거웠기 때문에 피아노 바에서 연주하는 삶을 선택하게 되고 나름대로 성공을 거둔다. 그런 사치가 결혼상대로 남편을 선택한 이유는 그의 특별한 음악적 재능 때문이었다.

> 남편은 미숙하기는 하지만 <u>천재적인 음악적 재능</u>을 지니고 있었고, 재즈 세계에서는 젊은 기수로서 기대와 촉망을 한몸에 받고 있었다.
>
> (81－82쪽)

> 夫は荒削りではあるが、<u>オリジナルな音楽的才能</u>を持ち合わせており、ジャズの世界では若手の旗がしらとして注目を集めていた。　　(77쪽)

재즈 기타리스트였던 남편은 비록 다듬어지지는 않았지만 자기만의 소리, 즉 '오리지널'한 음악을 만들어낼 수 있는 재능을 가진 사람이었다. 재즈의 세계에서 가장 중요시되는 것이 '즉흥성(improvisation)'과 창의성인 만큼, 원문의 '오리지널'이라는 단어에는 이러한 의미가 강하게 내포되어 있다. 사치가 남편에게 매료되었던 것은 그가 자기만의 음악, 즉 독창적인 음악을 만들어낼 수 있는 사람이었기 때문이다. 완벽하게 모방하고 따라하는 것만이 가능했던 사치의 눈에 그는 자신이 가장 원했지만 가지지 못한 것을 지닌 사람이었다. 그래서 주위의 반대에도 불구하고 그를 선택했던 것이다. 그러나 수입도 거의 없고, 상습적으로 마약을 하고, 여자 관계도 문란했던 남편과의 결혼은 5년 만에 파국을 맞았다.

사치에게는 결여되었던 이 '오리지널'한 재능에 작가는 많은 의미를 함축하고 있다. 그러므로 남편의 재능을 단순히 '천재적인 음악적 재능'이라고 번역하는 것은 작가의 의도를 제대로 살린 번역이라 할 수 없다. '천재적 재능'이라고 한다면 어떤 음악이든 귀로 들은 것을 완벽하게 재현해내는 사치의 재능 또한 천재적이라고 할 수 있기 때문이다. 하루키는 이 작품에서 사치의 음악적 재능과 관련해서 'コピー'와 'オリジナル'이라는 단어를 의식적으로 사용하면서 이에 대해 상술하고 있는데, 이는 사치의 인물 조형 및 작품의 주제를 추론하는데 중요한 단서를 제공한다.

아이를 기른다는 것은, 특히 싱글맘으로 사내아이를 기른다는 것은 많은 어려움을 수반한다. 육아는 매뉴얼대로, 또는 교과서대로 할 수 있는 일이 아니기 때문이다. 자신의 뜻대로 되지 않는 것이 육아이며 아이를 키우는 과정은 예기치 못한 일들의 연속이다. 사치는 그녀의 음악적 재능이 그랬듯이 이러한 상황을 감당하지 못했고, 그래서 아들과의 관계는 소원했다. 사치는 기계적으로 어머니의 역할을 수행할 수 있었을지는 모르나 하루하루 성장해 가는 아들을 그때그때의 변화에 맞춰 즉흥적이며 창의적으로 대응하지 못했을 것이라는 것을 이 대목을 통해 추측해 볼 수 있다. 사치 자신이 인정하고 있듯이 그녀는 자기의 뜻대로 되지 않는 아들을 "인간으로서 좋아할 수 없었고", 아들과의 충돌을 피하기 위해 그를 나무라거나 하는 일 없이 방임하였다. 아들이 죽은 후에도 그녀는 아들을 이해하고 받아들이기까지는 많은 시간을 필요로 했다.

「하나레이 만」은 궁극적으로는 어머니와 아들의 이야기이다. 작가는 어머니와 아들의 관계를, 어떻게 보면 이와는 무관해 보이는 듯한 에피소드나 디테일의 축적을 통해 우회적으로 또는 간접적으로 보여줌으로써, 아들을 잃은 어머니의 슬픔이라고 하는 자칫하면 눈물과 감상에 빠질 수 있는 주제를 무라카미 특유의 가벼우면서도 건조한 필체로 그려내고 있는 것이다.

7. 아들을 찾아가는 여정

아들이 죽은 후의 사치의 삶은 아들의 기일을 전후로 하나레이를 찾는 일을 제외하곤 오로지 피아노를 치는 일로 일관됐다

> 아들이 죽고 난 뒤. 사치는 이전보다 더 열심히 일했다. 1년동안 거의 쉬는 일없이 가게에 나가서 <u>오로지 죽기 살기로</u> 피아노를 쳤다. (83쪽)

> 息子が死んだあと、サチは以前にも増して熱心に仕事をした。一年間ほとんど休みなく店に出て<u>ただただ</u>ピアノを弾いた。　　　　(79쪽)

원문의 "ただただ"를 번역에서는 "오로지 죽기 살기로"라고 하고 있는데, 이는 마치 사치가 어떻게든 살아가기 위해서, 즉 생계를 위해 밤낮으로 일을 하는 듯한 인상을 준다. 그러나 하루키는 이 표현을 통해 사치가 슬픔을 잊으려고 피아노에 전적으로 몸을 맡기는

모습을 보여주고 있다. 아들을 생각하고 과거를 떠올리는 것이 괴로워서 그러한 생각들을 지우려고, 또는 그 어떤 상념도 떠오르지 않게 하기 위해서 오로지 피아노에 몸을 맡기는 모습을 여기서 볼 수 있는 것이다. 이는 다음 문장에서도 확인할 수 있다.

> 사치는 매일 밤, 88개의 상아색과 검정색의 건반 앞에 앉아서, 거의 <u>자동적</u>으로 손가락을 움직인다. <u>그러는 동안에는 다른 어느 것도 생</u><u>각하지 않는다</u>. 그저 소리의 울림만이 의식을 통과해 갈 뿐이다. 이쪽 문으로 들어왔다가 반대편 문으로 사라져간다.　　　　　　(99쪽)

> サチは毎晩、88個の象牙色と黒の鍵盤の前に座り、おおむね<u>自動的</u>に指を動かす。<u>そのあいだほかのことは何も考えない</u>。ただ音の響きだけが意識を通り過ぎていく。こちら側の戸口から入ってきて、向こう側の戸口から出ていく。　　　　　　(93-94쪽)

이처럼 사치는 과거를 생각하지 않기 위해서, 슬픔을 억누르기 위해서, 그리고 상실에 의한 공허감을 메우기 위해서 피아노의 건반에 온몸을 맡기며 하루하루를 살아간다. 모든 것을 내면에 끌어안은 채 살아가는 사치의 모습에서 하루키 문학 특유의 투명한 상실감이 전해져 온다. 「하나레이 만」에는 사치가 통곡하며 울부짖는 장면은 그 어디에도 찾아 볼 수 없다. 그러나 그녀의 치유되지 않은 슬픔과 아픔은 위와 같은 대목을 통해 더욱 더 애잔하게 전해져 온다.

아들의 비보를 듣고 처음으로 찾아간 하나레이에서의 사치의 모습은 다음과 같이 묘사되고 있다.

> 사치는 모래사장에 앉아서 그런 광경을 한 시간가량 그저 하염없이 바라보고 있었다.(−중략−)그녀는 현재라고 하는 항상 앞으로 옮겨가는 시간 속에 주저앉아서, 파도와 서퍼들이 단조롭게 되풀이 하는 풍경을, 그저 <u>무심코 눈으로 쫓고 있을 뿐이었다</u>. 지금의 자신에게 가장 필요한 것은 시간이라고, 그녀는 어느 시점에서 문득 그렇게 생각했다.
>
> (63쪽)

> サチは砂浜に座って、そんな光景を一時間ばかりあてもなく眺めていた。(中略）彼女は現在という常に移行する時間性の中に座り込んで、波とサーファーたちによって単調にくり返される風景を、<u>ただ機械的に目で追っていた</u>。今の私にいちばん必要なのは時間なのだ、彼女はある時点でふとそう思った。
>
> (61쪽)

원문의 "ただ機械的に目で追っていた"도 아들의 죽음을 생각하지 않으려는 사치의 의식적인 노력을 엿 볼 수 있는 부분이다. 그런데 이를 "무심코 눈으로 쫓고 있을 뿐이었다."라고 번역함으로써 사치가 그 광경을 볼 생각이 없었는데 자신도 모르게, 또는 '뜻하지 않게' 그만 보게 되었다는 뉘앙스를 가지는 결과가 되었다. 그러나 사치는 아들에 대한 생각이나 그의 죽음을 상기하지 않으려고 의식적으로 반복되는 바다의 풍경을 눈으로 '기계적'으로 따라가고

있었던 것이다. 이처럼 작가는 사치의 내면의 슬픔과 공허를 직접
적으로 묘사하는 대신, '기계적' '자동적' 등 일련의 키워드를 통해
이를 간접적으로 표현하고 있는 것이다.

「하나레이 만」은 다음과 같이 끝난다.

> 피아노를 치고 있지 않을 때에는 가을이 끝나갈 즈음에 3주일간 하
> 나레이 만에 체류했던 일을 생각한다. 밀려드는 파도 소리와 아이언
> 트리의 산들거림을 생각한다. 무역풍에 떠내려가는 구름, 날개를 커
> 다랗게 펼치고 하늘을 날아오르는 앨버트로스. 그리고 그곳에서 그
> 녀를 기다리고 있을 것에 대해 생각한다. 그녀에게는 지금 현재, 그
> 것 외에는 떠올릴 만한 아무런 생각도 없다. 하나레이 만.   (99쪽)

> ピアノを弾いてないときには、秋の終りに三週間ハナレイに滞在することを考
> える。打ち寄せる波の音と、アイアン·ツリーのそよぎのことを考える。貿易風
> に流される雲、大きく羽を広げて空を舞うアルバトロス。そしてそこで彼女を
> 待っているはずのもののことを考える。彼女にとって今のところ、それ以外に
> 思いめぐらすべきことはなにもない。ハナレイ·ベイ。   (94쪽)

이 작품에서 가장 아름답고 서정적이며 깊은 여운이 남는 부분
으로 작가가 전하고자 하는 바가 응축된 구절이라 하겠다. 아들의
죽음으로 '과거'와 '미래'를 송두리째 상실한 채 '현재'만을 살아
가던 사치가 이제는 미래에 대해 희미하게나마 희망을 가지게 되
었음을 보여주는 대목이기 때문이다. 아들의 시신을 화장하고 난

61

다음날, 사고의 현장을 찾은 사치는 몇 시간이고 바다를 바라보았다. 아들을 잃은 그녀에게는 과거와 미래가 송두리째 잘려나간 느낌이 들었다.

> 무게를 지닌 과거는 어딘가 어이없이 사라져버렸으며, 장래는 아득히 먼 어둠 속 있었다. <u>그 어느 쪽도</u>, 지금의 그녀와는 거의 아무런 상관이 없었다.
>
> (63쪽)

> 重みを持つ過去は、どこかにあっけなく消え失せてしまったし、将来はずっと遠い、うす暗いところにあった。<u>どちらの時制も</u>、今の彼女とはほとんどつながりをもっていなかった。
>
> (61쪽)

아들이 죽은 후, 사치는 과거도 미래도 잘려나간 채, 피아노를 치며 오로지 '현재'를 살아왔던 것이다. 그런데 하나레이에서 두 일본인 젊은이를 만난 이후 사치에게는 커다란 변화가 생겼다. 즉, 언젠가 아들이 자신에게도 모습을 보여주리라는 희망이 생긴 것이다. 그렇기 때문에 앞서 인용한 "秋の終りに三週間ハナレイに<u>滞在することを考える</u>"는 사치의 미래에 대한 간절한 희망이 담긴 부분으로 보아야 할 것이다. 한국어 번역은 "가을이 끝나갈 즈음에 3주일간 하나레이 만에 <u>체류했던 일</u>을 생각한다."로 되어 있는데, 여기서 사치가 '과거'를 회상한다는 것은 작가의 의도를 제대로 파악하지 못한 결과라 하겠다. 이어지는 마지막 문장 "そしてそこで彼女を待っているはずのもののことを考える。彼女にとって今のところ、それ以外に思

いめぐらすべきことはなにもない。ハナレイ・ベイ"가 이를 무엇보다도 잘 말해주고 있다. 멀지 않은 미래에 아들의 유령과 해후할 그 날을 기다리며 묵묵히 피아노의 건반에 온몸을 맡기며 상실의 슬픔을 이겨내고 있는 사치에게 하나레이는 더 이상 아들의 목숨을 앗아간 고통의 장소가 아니라, '치유'와 '회복'의 공간으로 변모한다. '행복(幸)'을 떠올리게 하는 주인공 사치(サチ)의 이름과, 세상에서 가장 높이, 멀리 날아가는 새 앨버트로스가 이를 강하게 암시하고 있다.

8. 나가며

지금까지 「하나레이 만」의 작품 세계를 주로 한국어 번역과의 비교를 통해 살펴보았다. 무라카미 하루키의 문학이 한국에서 지니는 파급력을 생각할 때, 양산되는 "번역을 검증하여 걸러주는 일과, 그 문학에 대한 본문분석을 철저히 하며 연구를 축적 해가는 일"은 일본문학연구자에게 주어진 중요한 과제의 하나라 하겠다.[8]

「하나레이 만」이 수록된 『東京奇譚集』을 번역한 임홍빈은 무라카미의 작품을 한국에 알리는데 큰 역할을 한 인물이다. 한국인 독자들은 그의 자연스러운 한국어 번역 때문에 "번역소설이라는 느낌이 전혀 들지 않고, 마치 일본어 원문을 읽고 있는 듯한 착각"에

---

8 최재철, 「무라카미 하루키(村上春樹)문학과 한국 - 텍스트와 번역·수용 - 」, 『일본연구』34호, 한국외국어대학교 일본연구소, 2007.12, 230쪽.

빠지게 된다고 한다.[9] 한국에서의 무라카미 하루키의 인기는 이러한 번역에 힘입은 바가 크다고 하겠다. 문학 번역에 있어서 가독성의 중요성은 아무리 강조해도 지나치지 않을 것이다. 원전에 지나치게 충실한 나머지 한국어가 자연스럽지 못하다면 독자들이 외면할 것이며, 그렇게 되면 번역의 의미도 경감하기 때문이다. 그러나 이에 못지않게 중요한 것이 원전에 대한 충실성이라는 점은 새삼 말할 필요도 없다. 언어나 문화적인 차이로 번역 불가능한 부분이 생기는 것은 어쩔 수 없지만, 작가가 전하고자 하는 바를 얼마나 충실히 전달하는가도 번역의 완성도를 결정하는 중요한 요소임에 틀림없다. 「하나레이 만」의 경우, 한국어 번역만으로도 이 작품의 재미와 매력은 상당 부분 전달된다. 그러나 하루키가 이 작품을 통해 표현하고자 했던 가장 중요하고도 핵심적인 부분에 대한 보다 세심한 주의가 있었다면, 이 작품은 더욱 큰 울림으로 다가오지 않았을까 하는 아쉬움이 남는다. 이야기 전개의 치밀성과 응축성을 생명으로 하는 단편소설인 만큼 더욱 더 그렇다. 앞서 인용했듯이 무라카미는 "혼란이나 고독, 상실"을 안고 살아가는 등장인물들이 구원받기 위해서 "홀로 어둠의 가장 깊은 부분"까지 내려가지 않으면 안 되는 모습을 그리는 것을 목표로 한다고 밝힌 바 있다. 「하나레이 만」은 그러한 작가의 의도가 잘 살아있는 작품이다. 죽은 아들을 생각하며 10여 년을 한결같이 같은 시각, 같은 장소를 찾는 사치의 모습은 집요하기까지 하다. 유령의 모습으로라도 자신 앞

---

9 허호, 「인생의 본연의 모습을 엿보게 하는 기담의 묘미」, 『도쿄기담집』수록 추천의 글, 265쪽.

에 나타나 주기를 바라며, 억누르기 힘든 슬픔을 가슴 속 깊은 곳에 밀어 넣으며 피아노 건반에 온몸을 맡기는 사치의 모습은 애처롭다 못해 비극적이기조차 하다. 현대적이고 이성적이며 '쿨'한 사치의 겉모습과는 달리, 그녀의 내면에 펼쳐지는 아들과의 진정한 소통과 화해를 위한 가슴시리도록 애절한 드라마야말로 작가가 이 작품에서 가장 표현하고자 했던 부분이라고 생각된다.

| 참고문헌 |

村上春樹,『東京奇譚集』, 新潮文庫, 新潮社, 2005.
『広辞苑』(第六版), 新村出編, 岩波書店, 2008.
『大辞林』(第三版), 松村明編, 三省堂, 2006.
무라카미 하루키,『도쿄기담집』, 임홍빈 역. 문학사상사, 2007.
최재철,「무라카미 하루키(村上春樹)문학과 한국 - 텍스트와 변역·수용 - 」,『일본
　　　연구』34호, 한국외국어대학교 일본연구소, 2007.12.
『하루키 문학수첩』, 문학사상사 자료연구실 편, 문학사상사, 1999.
『조선일보』, 2006.7.29.

번역과 문화의 지평

합일과 일탈로서의 번역

제1장

이바라기 노리코와 번역

-『한국현대시선』을 중심으로-

┃양 동 국

1. 들어가며

이바라기 노리코(茨木のり子, 1926-2006)는 일본 전후시의 장녀[1]라고 평가받는 현대 일본의 대표적인 여성 시인이다. 그녀는 전쟁으로 인한 청춘의 회한을 미래에의 희망으로 바꾸어 가기를 시적 언어로 호소하고 비인간적인 사상(事象)에 맞선 사회 생활파[2]의 시인이

---

1 新川和江는「전후 현대시의 장녀(戰後現代詩の長女)」라는 평론을 발표했다. 山本安英 外19人, 『茨木のり子』花神ブックス 1, 花神社, 1985, 99쪽.
2 사회 생활파란 일상 생활을 중시하면서 한편으로는 정치 및 시사, 그리고 사회적 부조리를 끊임없이 주시하며 이 양자가 결코 분리할 수 없는 입장으로 궁극적으로 시민의 삶의 질을 꾀하는 것을 말한다.

다. 쇼와 천황의 전쟁 책임 발언[3]을 물어 강렬하게 비판하고 재일 조선인 문제[4]를 시의 영역에 투영하며 탈경계적 시상을 펼친 이바라기 노리코가 『한국현대시선(韓国現代詩選)』(花神社)[5]을 출판한 것은 65세 때인 1990년이었다. 『한국현대시선』은 그녀가 50세부터 갈고 닦은 한글 실력으로 강은교, 황동규, 김지하 등 12명의 주요 한국 현대시인의 시 작품 62편을 번역해 엮은 앤솔로지 역시집이다.

십 수 년간 한글 학습을 했다고 하지만 한 문화 속에 혼용된 언어의 정수라고 할 수 있는 시의 번역은 결코 쉬운 일이 아니다. 더욱이 한국의 현대시는 역사와 문화, 그리고 정치적 배경과 각 시대 속에 스며있는 민중의 소망까지 꿰뚫고 있지 않다면 그 번역은 요원하리만큼 지난한 문업이다. 이러한 난관을 극복하고 한 권의 앤솔로지 번역시집을 상재했다고 하는 것은 이바라기 노리코가 한국과 한국 현대시에 대한 깊은 관심과 이해 그리고 진한 애착을 지니고 있었음을 의미하며, 여기에서도 그녀가 국가와 민족, 그리고 층위

---

3 이바라기 노리코는 1975년 「유리이카(ユリイカ)」 11월호에 시인의 분노를 그대로 담은 「四海波静」(『자신의 감수성 정도(自分の感受性くらい)』, 花神社, 1977)이라는 시를 발표하였다. 이 시에서, 당시의 일본 왕이었던 쇼화 천황이 방미 후의 기자회견 중 전쟁 책임에 대한 언급을 회피한 것에 대해 강하게 비판했다. 「四海波静」의 평석은 졸고 「서정과 반골, 탈경계의 시인 이바라기 노리코」(『일본연구』 제35집, 중앙대일본연구소, 2013.8)에 자세하다.

4 재일 한국인 문제를 다룬 시는 「장 폴 사르트르 - 유태인을 읽고 - (ジャン・ポウル・サルトルに - ユダヤ人を読んで -)」(『보이지 않는 배달부(見えない 配達夫)』, 飯塚書店, 1958), 「되풀이되는 노래(くりかえしのうた)」(『인명시집(人名詩集)』, 山梨실크센터출판부, 1971), 「칠석(七夕)」(『진혼가(鎮魂歌)』, 思潮社, 1965) 등에 나타나 있다. 졸고 「탈경계의 시인 이바라기 노리코와 한국」(『일본연구』 제57호, 한국외국어대학, 2013.9)에 자세히 평석되어 있다.

5 『한국현대시선』에 실린 번역시는 1987년부터 계간 시지 『花神』에 3년 동안에 걸쳐 기고, 연재한 것 중 간추려서 출판한 것이다.

로 얼룩진 근대 이후의 문학 관념과 경계를 벗어난 탈경계적 시인이었음을 엿볼 수 있다.

본고에서는 『한국현대시선』을 중심으로 주요 역시를 분석해 번역 상의 특징을 살피며 번역 문업과 관련된 이바라기 노리코의 시적 삶의 한 측면을 살펴보려 한다. 이는 동시에 이바라기 노리코의 번역관을 엿보는 것이며 단순히 역시에 머물지 않고 그녀의 시상과의 관련성도 아울러 천착하게 될 것이다. 마지막으로 일본에서 출판된 기존의 한국 관련 번역시집과의 비교를 통해 『한국현대시선』이 가지는 문학사적 의의 및 한일 비교문학연구에 있어 유의미에 대해 유추해 보려 한다. 특히 일본의 당대 최고 시인에 의해 한국의 현대시가 번역되었다고 하는 것은 식민지 시대에 싫든 좋든 내면에 감추고 있던 일본 내의 수용으로 인한 문학의 층위화를 넘어선 진정한 의미에서 수평적 문화 교류의 장을 연 것이라고 평해도 결코 과하지 않을 것이다. 바로 이바라기 노리코의 탈경계적 시상은 번역에 있어서도 미래적 시선으로 가교를 이루어 내었다고 할 수 있을 것이며 이에 대한 연구는 한일 비교문학연구의 새로운 영역으로 확대해 가는 시금석이 될 것이다.

2. 일탈과 합일 ― 역자의 월권과 역시의 충실성

이바라기 노리코는 『한국현대시선』의 출판으로 일본 최고의 번역상의 하나인 요미우리 문학상(제42회, 연구 번역 부문)을 수상하였다.

이 수상 소식은 시문학의 독자층만이 아니라 일본의 인문학계에 깊은 인상을 안겼다. 현대시단 최고의 여성 시인 중 한 명으로 평가받는 이바라기 노리코가 이웃나라 언어인 한국어를 공부하고 또한 한국 현대시에 심취했었다는 사실은 적지 않은 이질감과 더불어 한편으로는 신선하고도 경이로움으로 다가왔기 때문이다.

본장에서는 한국 현대시의 번역 속에 색다른 특징이 없었는가에 초점을 맞춰 이바라기 노리코가 지향하는 번역 문업 세계를 엿보는 것에 주안점을 두고 싶다. 번역 속의 특징을 살펴보기 위해서는 『이바라기 노리코집 말의 입새(茨木のり子集 言の葉)Ⅲ』(ちくま文庫, 2010)속에 수록되어 있는『한국현대시선』에서 발췌한 번역을 중심으로 천착하려 한다. 『이바라기 노리코집 말의 입새 Ⅲ』속에 간추려 넣은 시 작품들은 그녀가 말년에 스스로 선정해 수록했기 때문에 시인이 가장 자신감을 갖고 있는 번역시라고 해도 좋을 것이다. 이중 이바라기 노리코의 삶에도 적지 않은 영향을 안겼을 것으로 생각되는 조병화의「헤어지는 연습을」을 먼저 들어보자.

> 別れる練習をしながら　生きよう/立ち去る練習をしながら　生きよう//たがいに時間切れになるだろうから//しかし　それが人生/この世に来て知らなくちゃならないのは/〈立ち去ること〉なんだ//なんともはやのうすら寒い闘争であったし/おのずからなる寂しい唄であったけれど//別離のだんどりを習いつつ　生きよう/さようならの方法を学びつつ　生きよう//惜別の言葉を探りつつ　生きよう//人生は　人間たちの古巣/ああ　われら　たがいに最後に交す/言葉を準備しつつ　生きよう//[6]
>
> 　　　　　　　　　　　　　　　　　　　　　　　　（「別れる練習をしながら」）

이 번역시를 원시 「헤어지는 연습을」과 비교해 볼 때, 꼼꼼한 번역처럼 보이지만, 2연의 모두 3행을 비롯해 5연 전행 등을 생략해버린 번역자의 월권(越權)에 놀라지 않을 수 없다. 자칫하면 번역으로 인정받을 수 없음에도 불구하고 이러한 과도한 월권을 행한 그 이면에는 역자의 어떠한 사고가 담겨 있을까? 그런데 더욱 기이한 것은 생략된 행들을 제외하고는 모든 행이 원시에 충실하면서 일본어로서의 시적 미감, 즉 시문학으로서의 완성도를 추구하고 있다는 점이다. 때문에 삭제된 부분이 의도된 행위임을 알 수 있는데, 역시에서 번역이 생략된 행은 과연 어떠한 특징이 있는가를 원시와 비교해 볼 필요가 있다. 우선 눈에 띄는 것이 내용적인 반복이다. 인생에 경건함을 안기는 이 시에서 「아름다운-」이라는 어휘로 연속적으로 수식하고 있는 원시의 2연과 5연은 시적 화자가 느끼는 아름다운 인생에 대한 서정적 관념을 담고 있지만 이를 그대로 일본어로 번역하면 「美しい-」라는 어휘를 연달아 써야 해 서정성은 무뎌지고 세상에 대한 아쉬움과 미련이 강해져 버린다. 즉 「아름다운-」이라는 수식어의 반복을 그대로 일본어로 옮긴다면 집착

---

6 『茨木のり子集 言の葉Ⅲ』(ちくま文庫, 2010) pp.203-204. 원시는 다음과 같다. 「헤어지는 연습을 하며 사세/떠나는 연습을 하며 사세//<u>아름다운 얼굴, 아름다운 눈</u>/<u>아름다운 입술, 아름다운 목</u>/아름다운 손목/서로 다하지 못하고 시간이 되려니/인생이 그러하거니와/세상에 와서 알아야 할 일은/'떠나는 일'일세//실로 스스로의 쓸쓸한 투쟁이었으며/스스로의 쓸쓸한 노래였으나//작별을 하는 절차를 배우며 사세/작별을 하는 방법을 배우며 사세/작별을 하는 말을 배우며 사세//<u>아름다운 자연, 아름다운 인생</u>/<u>아름다운 정, 아름다운 말</u>/<u>두고 가는 것을 배우며 사세</u>/떠나는 연습을 하며 사세//인생은 인간들의 옛집/아! 우리 서로 마지막 할/말을 배우며 사세//」 「헤어지는 연습을」원시는 조병화 『조병화선시집』(범우사,1985)이다. 이하, 인용시 및 원시에 표기된 /는 행 나눔을, //는 연을 의미한다. 밑줄 친 부분은 번역에서 생략된 시행이다. (이하 동일)

적인 느낌이 들어 전체적인 시의 내용에 굴절이 생길 것으로 역자
는 판단했었을 것이다. 더불어 반복으로 인해 <헤어지는 연습>을
한다는 의미의 일관성에서 벗어나 시의 내용이 흩어져 버린다고
생각했었던 것 같다. 이처럼 반복을 배제하려고 한 것은 역시 3연
과 4연에서도 확인 가능하다. 3연의 원시는 「스스로의 쓸쓸한 투쟁」
과 「스스로의 쓸쓸한 노래」인데 역시에서는 「なんともはやのうすら寒
い鬪爭」, 「おのずからなる寂しい唄」로 반복을 회피하고 있으며 4연의
3행은 원시에는 모두 「작별」로 같지만 번역에서는 「離別」, 「さよなら」,
「惜別」 등으로 어휘를 바꾸고 있다.

　이처럼 동일어의 반복을 피하려는 번역자의 의도는 2연과 마찬
가지로 종결부의 「아름다운ー」이라는 수식어가 연이어 지고 있는
5연 전체가 생략되고 마지막 연을 강조하고 있는 점에서도 음미할
수 있다.

　여기에서 우선 이바라기 노리코가 늠름한 여성 시인이라는 일반
적인 평가처럼, 그에 어울리게 연약함과 미련이 엿보이는 시행을
과감히 버렸음을 유추할 수 있다. 특히 세상과의 작별이라는 시의
내용을 일본어로 번역할 때, 조금이라도 아쉬움이 엿보일 수 있는
개연성이 있다면 시인은 주저함 없이 삭제해 버렸다. 구체적인 예
를 6연에서도 확인할 수 있다. 6연의 2행은 「두고 가는 것을 배우
며 사세/떠나는 연습을 하며 사세/」인데 이를 완전히 생략해 버렸
다. 일본어로 번역할 때, 나약함이 묻어나오는 미련과 서운함, 그리
고 집착이 조금이라도 어른거리면 번역자 이바라기 노리코는 가차
없이 해당 부분을 지워버렸다는 의미로 받아들일 수 있을 것이다.

그런데 이러한 번역자의 월권에서, 시인의 인생관이 곁들여 있음을 놓칠 수 없는데 그것은 마지막 연의 첫머리 부분에서도 음미할 수 있다. 바로 원시의 「아! 우리 서로 마지막 할/말을 배우며 사세//」를 번역시에서는 「ああ われら たがいに最後に交す/言葉を準備しつつ 生きよう//」처럼 「ー마지막으로(최후로) 나눌/말을 준비하면서ー」로 번역했다. 여기에서 마지막으로 「말을 준비하면서」라는 것에서, 이바라기 노리코가 세상을 떠난 후 공개된 그녀 스스로 준비한 이승과의 고별사[7]를 떠올리지 않을 수 없다. 시인이 남긴 고별사는 타계 후 친척이 발견해, 빈 공간에 날짜와 병명을 기입하여 생전에 가까운 지인들에게 보냈던 것으로, 말년의 대표시 「기대지 말고(倚りかからず)」(『倚りかからず』, 筑摩書房, 1999)처럼 죽음에 있어서도 언행일치를 했다는 평을 받은 바 있다.

결론적으로 적지 않은 행을 지워버려 언뜻 보기에는 난폭한 번역으로 보이지만, 이 마지막 2행에서 알 수 있듯이 실제로 원시에서 시적 화자의 인생에 관한 서정적 관념이 깃들어 있는 「아름다운ー」이 붙는 수식어들로 치장된 행의 생략과, 마지막 연의 「ー마지막

---

7 이바라기 노리코의 부고. 朝日新聞(朝刊) 2006.3.20. 원문은 다음과 같다. 「このたび私06年2月17日クモ膜下出血(死亡の日付と死因のみ遺族の記入)にてこの世におさらばすることになりました。これは生前に書き置くものです。ー私の意志で、葬儀・お別れ会は何もいたしません。この家も当分の間、無人となりますゆえ、弔慰の品はお花を含め、一切お送り下さいませんように。返送の無礼を重ねるだけと存じますので。「あの人も逝ったか」と一瞬、たったの一瞬思い出して下さればそれで十分でございます。あなたさまから頂いた長年にわたるあたたかなおつきあいは、見えざる宝石のように、私の胸にしまわれ、光芒を放ち、私の人生をどれほど豊かにして下さいましたことか....。深い感謝を捧げつつ、お別れの言葉に代えさせて頂きます。ありがとうございました。」

할/말을 배우며」 등이 이바라기 노리코에 의해 일탈된 번역으로 바
뀐 것은 시인의 삶을 정리하는 자세와 견주어 볼 때 어쩌면 당연한
귀결이었는지 모른다.

　　원시를 충실히 받아들이는 원전 수용적인 번역에 중점을 두면서
도 한편으로는 생략을 가하며 지나친 역자의 월권이 보이는 것은
홍윤숙의 「사람을 찾습니다」의 번역에서도 쉽게 확인할 수 있다.

> 人を探しています/年は　はたち/背は　中ぐらい/まだ生まれた時のまんまの/
> うすももいろの膝小僧　　鹿の瞳/ふくらんだ胸/ひとかかえのつつじ色の愛/陽
> だけをいっぱい入れた寵ひとつ頭に載せて/或る日　黙ったまま　家を出て行
> きました/誰かごらんになったことありませんか/こんな世間知らずの　ねんね/も
> しかしたら今頃は　からっぽの寵に/白髪と悔恨を載せて/見知らぬ町　うすぐ
> らい市場なんかを/さまよい歩き綿のように疲れはて眠っていたりするのでは/
> 連絡おねがいいたします/宛先は/私書箱　　追憶局　迷子保護所/懸賞金は/
> わたしの残った生涯　すべてを賭けます//[8]　　　　　　　(「人を探しています」)

　　이 역시의 경우에도 원시 속의 9행을 생략하고 있다. 아마도 일

8　『茨木のり子集 言の葉Ⅲ』, ちくま文庫, 2010, 207－208쪽. 「사람을 찾습니다/나이
　는 스무 살/키는 중키/아직 태어난 그대로의/분홍빛 무릎과 사슴의 눈/둥근 가슴
　한 아름 진달래빛 사랑/해 한 소쿠리 머리에 이고/어느 날 말없이 집을 나갔습니
　다/그리고 삼십 년 안개 속에 묘연/누구 보신 적 없습니까/이런 철부지/어쩌면
　지금쯤 빈 소쿠리에/백발과 회한이고/낯설은 거리 어스름 장터께를/헤매다 지
　쳐 잠들었을지도/연락바랍니다 다음 주소로/사서함 추억국 미아보호소/현상금
　은/남은 생애 전부를 걸겠습니다//」 홍윤숙, 「사람을 찾습니다」, 『북촌 정거장에
　서』, 고려원, 1985.

본어 역에서는 시의 내용성에 중점을 두기 위해 「그리고 삼십 년 안개 속에 묘연」을 뺐을 것이라고 추측된다. 당시 KBS에 의해 전국적으로 확산된 <이산가족 찾기 운동>이 이 시의 모티프인데 남북 분단의 민족적·역사적 슬픔과 아픔을 담은 시임과 동시에 생략된 원시의 9행과 10행에서 알 수 있듯이 시적 화자 개인의 인생에 대한 회한도 함께 그리고 있다. 다시 말해 9행이 역시에서 생략된 것은 개인적인 회고와 아픔의 의미보다는 이 역시에 한국의 역사와 사회를 담고 그 내면에 간직된 아픔을 강조하기 위한 역자의 의중이 들어 있음을 확인할 수 있다.

번역시를 보면 시적 화자 스스로의 인생의 회한을 그린다는 의미는 희미해지고 사람을 찾는다는 내용이 강조되어 시상의 일관성을 느낄 수 있다. 번역자가 일본어로 역한 시에서 서정적 자아의 회고를 지운 것은 한국 사회상을 알리면서도 분단국가의 내면적인 아픔과 그 실상을 강조하기 위한 방책이었을 것으로 사료된다. 홍윤숙의 「석양에 누워에」라는 시에서도 똑 같은 경우를 볼 수 있다.

広い板の間に/朝がくればトクタク時計のように/規則正しく働いていた/母上/今はもう目も耳もおぼろにかすんでしまわれて//一日が過ぎ　くたびれはてて/故郷に帰るように母の部屋に行けば/使いすてられたおもちゃ　古びた絵本/音の出ない笛と　　ただ風ばかり//子供たちが乗りすてた/公園の老いた木馬のような/母の背中/その背に　ものかかしいわたしの心を乗せてみる//わたしもいつの日にか/子供たちが遊びほうけて捨ててゆく/あの老いた木馬のようになるだろう//母のさびしい余生の日々/きのうは日がな一目　　庭に花々を植え/きどっ

は半日　甕置き場の手入れ/いまはしばし夕陽によこだわり/まどろんでいる母上//夢のなか/なつかしい故郷の山河を/迎っていらっしゃるのか/ほんの少し残った陽ざしのなかで/せめてもひととき安らかでいらっしゃるのか//[9]

（「夕陽によこたわり」）

　「석양에 누워」는 어머님을 그리는 시다. 원시에서는 한없는 여운을 자아내는 매듭이라 할 수 있는 「어머님」으로 끝나는 마지막 행에서도 알 수 있는데, 이 여정(餘情)은 이시를 읽는 백미이기도 하다. 그런데 이바라기 노리코의 역시에서는 이 마지막 여운이 생략되어 있다. 오히려 5연 첫머리에 원시에는 없는 「母の」라는 수식어를 집어넣어 의미를 보완하고 있다. 도치라고 볼 수 없는 것은 무려 2연을 건너뛰고 있으며 마지막 여운을 생략하고 있기 때문이다. 물론 5연의 「어머니의」라는 수식어는 오히려 충실한 번역을 위한 보완이라고 보는 것이 타당할 것이다. 이 경우도 원시로부터의 일탈이며 더불어 일본어로서의 미감에 중점을 두는 경우라고 보이지만, 이렇게 생략이라는 극단적인 월권은 이바라기 노리코의 적지 않은 번역시에 보이는 특색이다. 그런데 번역자의 지나친 개입으

9　『茨木のり子集 言の葉III』, ちくま文庫, 2010, 209－211쪽. 「대청 안마루에/아침이면 시계처럼 뚝딱거리시는/어머니,/자꾸만 눈도 귀도 어두워진다.//하루해 지쳐서/고향에 돌아가듯 어머니 방에가면/놀다버린 장난감과 낡은 그림책/소리 안나는 피리와 바람뿐이다.//아이들이 타다버린/공원의 낡은 목마같은/어머니 등/그들은 허전한 내마음을 실어본다.//나도 언젠가/아이들과 놀다 갈/저같은 목마일 것을……//쓸쓸한 여생의 나날/어제는 종일 뜰에 꽃 심으시고/오늘은 한나절 장독대 손 보시다/잠시 석양에 누워/잠드신 어머니,//꿈속에/그리운 고향산천/가고 계신지/한 뼘 남은 햇빛 속에/편안하신지……//어머니.//」 홍윤숙, 「석양에 누워」, 『북촌 정거장에서』, 고려원, 1985.

로 보이는 생략과 과감한 삭제가 원시의 사상 및 의미의 전달을 심히 훼손시키지 않는 것은 그 외의 부분에서 세밀한 번역으로 일관하고 있기 때문이다. 더구나 시행의 의미적 보완을 가하고 있는 것에서는 월권적 번역 행위와는 달리 오히려 이바라기 노리코의 번역의 정확성을 음미할 수 있다. 예를 들면 「석양에 누워에」의 1연 2행 「아침이면 시계처럼 뚝딱거리시는」라는 시구가 역시에서는 「朝がくればトクタク時計のように/規則正しく働いていた」처럼 「규칙적으로 일하고 있었다」라는 의미를 더해 명확성을 가하고 있다.

지면 상 번역시를 예시할 수 없지만 신경림의 「달 넘세(月を越えよう)」라는 역시에서도 「산을 넘어」라는 한 행을 생략하면서도 민요조 넘치는 정조를 세밀히 보완하며 번역하고 있다. 특히 황명걸의 「삼한사온」의 역시에서는 「장삼이사」, 「산번지」, 「아랫목」, 「놀부」, 「장화홍련전」 등 한자 어휘 및 우리의 실생활과 고전에 나오는 각각의 어휘를 한국어의 음을 루비로 달아 병기하며 더불어 주를 표기해 상세히 설명하는 등 충실한 번역으로 일관하고 있다.

그렇다면 이바라기 노리코의 충실하면서도 과감한 생략과 관련된 번역적 특징을 어떻게 설명해야 할 것인가. 먼저 생각되는 것이 번역 또한 문학적 창작이라는 시인의 번역에 관한 사유가 역업의 중심에 놓여 있었을 것으로 사료된다. 더불어 번역 대상물이 시라는 것을 염두에 두면, 당대 최고의 여성 시인으로서의 시 창작에 대한 자부심과 관념이 과감한 생략으로 이어졌다고 유추할 수 있다.

일반적으로 의역이라고 통칭되며, 번역되는 언어의 심미적이고 능동적 기능성을 중요시하는 "원전 길들이기"(domestication)와 또 한 편으로는 축자역으로 불리며 원전의 내용이나 언어의 특성을 훼손 시키지 않고 모국어를 적응시키려는 "원전 수용"(acceptance)의 원칙 이 있다. 당연히 이 중 하나에 집중되는 번역만이 아니라 적절히 혼 용하는 번역도 있을 수 있으며 오히려 병용하는 번역의 자세를 높 이 평가할 수 있다. 바로 이바라기 노리코의 번역에 보이는 일부 행 을 생략하면서 시적 완성도와 시상의 일관성에 얽매였던 이유를 시인으로서의 미감과 언어적 기능에 충실한 합치와 일탈을 병행한 역업이라고 할 수 있을 것이다.

3. 이바라기 노리코의 번역관

이바라기 노리코가 번역에 대해 관심을 가지기 시작한 것은 언 제부터일까? 그녀가 번역을 시적 소재로 삼아 시상에 담은 시가 있 어 무척 흥미롭다.

필로소피를/철학으로 번역한 것은/명치 시대의 예상치 못한 재미있 는 명역이다/케미스트리를/화학으로 번역한 것은/메이지 시대의 명 역이다.[10]   (「언어의 화학」)

---

10 『茨木のり子集 言の葉Ⅱ』, ちくま文庫, 2010 138쪽. 「フィロソフィーを/哲学と訳したの は/明治時代の迷訳である/ケミストリーを/化学と訳したのは/明治時代の名訳である/」 「言葉の化学」

이시는 제명인 「언어의 화학」이 나타내고 있는 것처럼 시어를 찾는 어려움을 토로한 시적 표출이다. 그렇지만 번역행위가 자국 문화와 역사에 배경을 둔 자유로운 글쓰기를 의미하는 에크리튀르와 동일하다는 진보적인 번역론을 생각해보면 이미 시인에게는 창조적인 번역이 뇌리에 강하게 존재하고 있었는지 모른다. 사실 「원전 길들이기」에 해당되는 창조적인 번역은 종래의 번역 이론에서도 그리고 근래의 번역에서도 아주 중요한 한 축을 차지하고 있다.

가장 근본적인 것은 아마도 다음과 같은 사실이다. '중립적' 혹은 '투명'한 번역 따위 존재하지 않는다. 원작의 텍스트가 거울에 비춘 것처럼 복제와 같이, 관념적으로 나타나는 번역은 있을 수 없다. 이 영역에는 카피는 존재할 수 없다. 왜냐하면 거기에는 항상 언어의 작용(에네르기아)이 번역 측의 언어 내에 작용하는 것이든 원작의 언어 한가운데에 생기는 것이든 개재되기 때문이다. 이 관점에서 말하면 에크리튀르와 번역은 진정 똑같은 차원에서 취급되어야만 한다.(-중략-)결국 우리들은 번역이 수많은 변용을 일으키고 있는 사실을 비난할 수 없다. 그것은 언어의 성질 그 자체인 것이다.[11]

---

11 ミカエル·ウスティノフ著, 服部雄一郎訳, 『翻訳－その歴史·理論·展望』文庫クセジュ, 白水社, 2008, 22－23쪽. 「最も根本的なのはおそらく次の事実である。「中立的」あるいは「透明」な翻訳など存在しない。原作のテクストが鏡に映った複製のように、観唸的に現われでるような翻訳はありえない。この領域には「コピー」は存在しえない。なぜならそこにはつねに言語の働き(「エネルゲイア」)が－「翻訳側」の言語内に作用するものであれ、原作の言語のただなかに生じるものであれ－介在するからである。この観点からいえば、エクリチュールと翻訳は、まったく同じ次元で扱われてしかるべきである。(－中略－)つまりわれわれは、翻訳があらゆる変容を引き起こしてしまう事実を非難できない。それは言葉の性質そのものなのである。」

인용문은 번역이 언어의 작용에 의해 궁극적으로 창의적인 글쓰기와도 같아 번역에서 일어나는 다양한 변용을 탓할 수 없으며 그 핵심에는 언어 그 자체의 성질이 존재한다는 글이다. 바로 같은 문화권 내의 언어라고 해도 그것을 옮길 시에는 이미 언어 자체의 성질에 의해 복제와 같은 번역은 불가능하다는 점을 강조하고 있다. 더욱이 시적 미감을 담기 위해서는 언어의 감춰진 문학적 힘에 의해 다양한 변용이 일어날 수밖에 없다.

「언어의 화학」처럼 번역을 시상에 담은 이바라기 노리코는 거의 같은 시기에 한글을 시에 병기한 센세이셔널한 「이웃나라의 숲(隣国語の森)」(「寸志」, 花神社, 1982)이라는 시를 시집에 수록한다. 물론 여기에서도 일본어에 해당하는 뜻의 한글을 그대로 병기하고 루비를 달아 충실한 번역의 일면을 시면에 담고 있다. 그리고 곧 이어 역시집 『한국현대시선』이 출판되었다. 그러면 이바라기 노리코가 일부 시행을 생략하면서까지 시적 완성도와 시상의 일관성에 얽매인 점에 대해 좀 더 세밀히 파악하기 위해 관련 번역 이론을 들어 거시적으로 살펴보자.

「완전한 번역자의 의무는, 작자의 문장을 그저 충실히 번역하는 것만이 아니라 그 문체의 형태와 얘기 방식도 포함하는 것이다.」이 이상으로 명쾌한 표현은 없을 것이다. 충실함은 필요하지만 충분하지 않다. 거기에는 미를 부가하는 것이 불가결하며 그것 없이는 번역은 문학문예의 범주에서 벗어나 버린다. [12]

인용문은 충실한 번역은 매우 중요하지만 그에 더해 문학과 문예의 영역에서는 미적 의식이 불가결하다는 것을 역설하며 번역속의 미감을 강조하고 있다. 이를 언어의 정수라고 하는 시의 번역에서 생각해 본다면 더할 나위 없이 예술적 미감이 중요시된다고할 수 있다. 게다가 역자가 이바라기 노리코라는 당대 일본 최고의시인 중 한 명이라고 한다면 번역 속에 예술적 미감을 더하는 창조적 행위로 치닫지 않을 수 없었을 것이다. 이바라기 노리코는『한국현대시선』의 맺음말에서 번역의 지난함에 대해 다음과 같이 회고하며 매듭짓고 있다.

전적으로 일종의 감만을 의지한 채 50여 개의 시집 속에서 고른 것이지만 스스로 선택한 62편의 시에는 깊은 애착을 느끼고 있다. 번역하는 과정에서 한글에는 한글 나름의 풍부함이 있으며, 일본어에는 일본어의 풍부함이 있다고 통감하지 않을 수 없었다. 당연한 얘기지만실제 작업 속에서 뼈저리게 구체적으로 느낄 수 있었던 것이 내게 있어 가장 큰 수확이었는지 모른다. 그리고 좋은 시는 그 언어를 사용해 살고 있는 민족의 감정·이성의 가장 좋은 것의 결정화이며 핵이라고 새삼스레 생각했다. 깊은 곳에서 깊이 가라앉아 숨 쉬는 커다란진주와 같은 것. 지금까지 그 소재를 느끼지 못한 것은 뭐라고 할 안

---

12 위의 책, 40쪽. 인용 속의 인용문의 원전은 Edmond Cary, *Les grands traducteurs
français,* Genéve, Georg, 1963. 「「まっとうな翻訳者の務めは、作者の文章をただ忠
実に訳すだけでなく、その文体の形や話し方をも包み込むことである。」これ以上明快
な表現はないだろう。「忠実さ」は必要ではあるが、充分ではないのだ。そこには美を
付け加えることが不可欠であり、それなしには、翻訳は「文学文芸」の範疇から外れて
しまう。」

타까운 것일까.[13]

한국 현대시를 번역하면서 각 나라마다 그리고 그 언어 나름의
풍요로움과 아름다움이 있었고 그 결정체가 바로 시였다는 사실을
실감적으로 고백하고 있지만 그 이면에는 번역의 어려움과 그 의
미를 가감 없이 전해 주고 있다. 여기에서도 번역에 있어 그 변용은
언어 자체의 성질에 의한 것이라는 것을 이바라기 노리코의 사유
와 지성으로 표현되고 있다. 더불어 이와 같은 회고는 다음과 같은
번역 이론과도 통하고 있음을 보여준다.

> 「번역 그것은 타자의 언어에 자리하며 동시에 자기 언어의 한 가운데
> 에 이 타자를 받아들이는 것이다. 똑같이, 기억과 역사는 현실의 사
> 건으로부터 전달되는 것을 화자의 언어로 번역하고 있다고 말할 수
> 있을까?」 실제 언어의 지식이라는 것은 스스로의 언어를 학습언어의
> 수만큼 복사해 가는 작업(그렇게 해서 몇 십 개의 언어를 배우는 사
> 람도 있다) 즉 단순한 기술로서 정리해 버릴 수 있는 것이 아니다.[14]

---

13 茨木のり子, 『茨木のり子集 言の葉Ⅲ』, ちくま文庫, 2010, 231－232쪽. まったく一種の
カンだけを頼りに、五卜冊ぐらいの詩集のかかから選びとったものだが、みずから選ん
だ六十二篇の詩には深い愛着を覚える。訳す過程で、ハングルにはハングルの豊かさ
があり、日本語には日本語の豊かさがあると痛感させられた。あたりまえのはなした
が、実際の作業のなかで、しみじみと具体的に感じさせられたのが私にとって一番の
大きな収穫であったかもしれない。そして、いい詩は、その言語を使って生きる民族
の、感情・理性のもっとも良きものの結晶化であり、核なのだと改めて思う。奥深いと
ろで、深沈と息づく天然の大粒真珠のようなもの。今までその所在に気づかなかったの
は、たんと勿体ないことだったろう。

14 Paul Ricœur, La Marque du passé, *Revue de métaphysique et de moral,* 1998.
15쪽. 본 논문에서는 미카엘 우스티노프의 앞의 책에서 재인용. 134쪽. 「翻訳、

「언어란 단순한 말의 집합이 아니다. 그것은 사고의 본연한 모습, 꿈
의 힘, 상상의 본래의 모습이며, 세계의 바라보는 시각에 다름 아니
다. 언어에 응해 우리들은 다른 연상과 다른 정신구조, 다른 논리 지
음을 행하는 것이다.」 따라서 다른 언어 속에서 무리하게 정신구조를
만들거나 타자에 대해 그들 자신의 것과 다른 세계관을 강요해서는
안 된다.[15]

인용문은 번역과 언어의 관계에 대해 상세히 논한 것으로 자국
의 언어로 타자를 받아들임과 동시에 기억과 역사조차도 기술하는
저자의 언어 속으로 소화해내야 한다고 강조하고 있다. 이렇게 언
어의 효능과 가치를 생각해 볼 때, 이바라기 노리코의 한국현대시
의 번역에서 합치와 또 한편에서는 일탈이라는 역자의 월권조차도
기실 충실한 번역의 범주 안에 있다는 것을 명증하게 보여주는 번
역론이라고 하겠다. 그리고 이바라기 노리코의 번역에는 그녀의
시상을 곁들이며 시의 내용 전달이라는 사상성을 중요시하는 일탈

それは他者の言語に棲まい、同時に、みずからの言語のただなかにこの他者を迎え入
れることである。同じように、記憶と歴史は、現実の出来事から伝達されたものを語り手
の言語に翻訳していると言えないか?」実際、言語の知識なるものは、みずがらの言語
を学習言語の数だけ複写していく作業(そのようにして何十もの言語を学ぶ人もいる)、
すなわち単なる技術として片付けてしまえるものではない。」

15 Dominique Wolton, *L'autre mondialisation,* Paris, Flammarion, 2003. 101쪽.
본 논문에서는 미카엘 우스티노프의 위의 책에서 재인용. 135쪽. 「「言語とは単な
る語の集合ではない。それは思考のあり方、夢の力、想像のあり方であり、世界の見
方にほかならない。言語に応じて、われわれは異なる連想と、異なる精神構造、異な
る論理づけをなすのだ。」よって、別の言語のなかに無理矢理同じ「精神構造」を
作ったり、他者に対し、彼ら自身のものとは異なる「世界観」を押しつけたりすべきでは
ない。」

임을 확인할 수 있었다. 그렇다면 번역 이론에서 진정한 의미에서 충실한 번역이 무엇인가에 대해 선행 논지의 한 예를 들어보자.

> 단어를 번역하는 것이 아니라, 문장을 번역하고 그 생각과 감동을 무엇하나 잃어버리지 않고 표현하는 것이 중요하다. 작자가 직접 프랑스어로 쓰고 있다면 그렇게 표현했을 것이라는 형태로. 그것은 한없는 속임수, 끝없는 우회, 그리고 종종 있는 그대로의 축어역에서 벗어나는 것으로서 달성될 수밖에 없다.[16]

위 인용문은 충실한 번역을 위해서는 원문에서 느끼는 감동과 생각을 소중히 살려야 하며 그것은 원문에서 한 없이 벗어난다고 해도 어쩔 수 없다는 진보적인 번역관을 담고 있다. 이러한 번역관은 지금까지 논해온 바와 같이 이바라기 노리코에게도 음미할 수 있는 부분이다. 그런데 이를 넘어 이바라기 노리코는 시행을 생략한 것은 무엇을 의미하는 것일까? 아마도 원시와 번역시에 나타나는 괴리감, 그리고 시적 완성도와 미감 및 문학성에서의 착종을 시인으로서는 간과할 수 없었을 것이다. 그녀가 의식적이건 무의식적이건 원시에 충실하면서 동시에 행을 삭제한 과감한 번역, 아니 월권으로 치달은 배경에는 언어가 가지는 힘과 더불어 번역 시에 담을 수 없는 안타까움이 배인 것으로 시적 완성도에 힘을 기울인

---

16 위의 책, 96쪽. 「単語を訳すのではなく、文章を訳し、その思いと感動を何ひとつ失わずに表現することが重要である。作者が直接フランス語で書いていたらそう表現したであろう形に。それは、果てしないごまかし、絶え間ない迂回、そしてしばしば、ありのままの逐語訳から離れることによってしか達成されえない。」

행위로 봐야 할 것이다. 그리고 그 배경에는 그녀가 시인이었기 때문에 더욱이 예술감으로 치달을 수밖에 없었다. 이미 「사람을 찾습니다」의 번역에서도 음미한 바와 같이 과감한 생략이라는 지나친 번역 행위를 통해서라도 시대 및 역사적 상황을 투영하고, 나아가 한국의 민중이 겪은 이별의 아픔과 한이라는 어쩌면 특수한 제재라 할 수 있는 요소를 강조하면서 한국 현대시의 특질을 좀 더 쉽게 독자에게 전하려고 하는 역자의 생각을 읽을 수 있다.

한편 이바라기 노리코가 번역한 한국 현대시에 간추려 담은 시상에서 시인이 지향하는 시 세계와 사상성을 유추할 수 있을 것이다. 번역시집 『한국현대시선』에서 권두 서시로 내세우고 있는 것은 강은교의 「숲」이다.

　　나무 하나가 흔들린다/나무 하나가 흔들리면/나무 둘도 흔들린다/나무 둘이 흔들리면/나무 셋도 흔들린다 (－후략－)[17]

「숲」이 역시집 『한국현대시선』의 첫머리를 장식한 것은, 민중의 소망과 변혁에 대한 희구라는 시의 사상성이 강했기 때문으로 추측할 수 있다. 이 또한 이바라기 노리코의 시적 지향점과 궤를 같이하고 있다고 해도 지나친 말은 아니다. 보통 사람들의 평범한 일상 속에서 유토피아를 찾을 수 있다는 이바라기 노리코의 꿈을 강은

17　이바라기 노리코의 『한국현대시선』에서의 역은 다음과 같다. 「一本の木が揺れる/一本の木が揺れると/二本目の木も揺れる/二本目の木も揺れると/三本目の木も揺れる」「林」의 원시는 강은교 『빈자일기』(민음사, 1978)에 수록.

교의 「숲」에서도 음미할 수 있다. 「숲」 속에서 읽을 수 있는 사상성
은 이바라기 노리코의 대표시 「유월」의 마지막 연과도 일맥상통한
다. 「어디엔가 사람과 사람과의 아름다운 힘」을 소망하며 이 시대
를 살아가는 보통 사람들의 조그마한 관심과 희망이 곧 커다란 꿈
과 변혁으로 이어지길 마음 속 깊이 소원하는 이바라기 노리코의
이상과, 나무 이미지의 반복적 중첩과 <흔들리다>라는 동적 이미
지의 확산을 희구하며 주술적으로 그리는 것에 의해 새로운 변혁
을 원하는 강은교 시인의 시상이 이 권두 서시에서 합치되어 있다
고 해도 지나치지 않다.

　이외에도 이미 인용한 홍윤숙의 「사람을 찾습니다」를 비롯해 번
역시집 『한국현대시선』에는 김지하의 「풀에도 남북이 있는가」 등,
은밀한 서정 속에 시의 사상성이 강하게 베인 시를 적지 않게 번역
하고 있다.

　이바라기 노리코의 서정과 지성 그리고 반골적 시상이 이들 번
역시 안에서도 숨 쉬고 있다고 하겠다.

4. 역시집 『한국현대시선』의 문학사적 의의

　일본 전후 시단에서 장녀로 평가받으며 쇼와 천황의 전쟁 책임
에 관한 비판과 재일 한국인 차별 문제에 어느 누구보다도 앞서며
사회적 부조리에 대해 시적 언어로 항거했던 대표적 사회 생활파
시인인 이바라기 노리코가 한국 현대시를 번역해 출판한 것은 당

시 일본 인문학계에 커다란 센세이셔널한 자극을 안겼다. 이바라
기 노리코는 한국현대시선으로 요미우리 문학상(연구 번역 부문)을 수
상했는데 시문업으로 상을 받기를 꺼려했던 그녀에게 있어 이는
생전에 유일하게 받은 상이었다. 이바라기 노리코가 수상을 거부
하지 않을 정도로 자부심이 깃들어 있는『한국현대시선』이 지니는
문학사적 의의는 무엇일까? 먼저 근대 이후 일본에서 출판된 모든
한국의 근·현대시의 번역이 일본인이 아닌 한국인에 의해 번역되
었다는 점에 주의할 필요가 있다. 특히 식민지 상황에서 김소운으
로 대표되는 민요와 동요 그리고 한국의 근대시 번역은 어느 의미
에서는 문학 속에서의 문화적 배려와도 깊은 관련을 지니며 제국
일본 문화의 치장과 층위적 배열이라는 측면도 간과할 수 없다.

　제국주의 안에서의 문화 권력은 제국의 언어와 밀접한 관련을
지닌다. 로마제국 이후의 각 제국의 예에서 알 수 있듯이 그 영토
속의 언어는 하나가 아니라 다양했다. 그런데 개인이 출세하기 위
해서는, 혹은 어느 집단과 부류가 문화적 수혜를 얻기 위해서는 제
국의 중심 언어를 통하지 않으면 안 되었다. 물론 제국 측에서는 지
배의 수월성과 피지배 문화와 인재를 수용한다는 측면에서 그들의
언어를 적극적으로 활용한다. 지배 언어의 도구화에 의한 권력화
가 바로 그것이다. 그리고 피지배지의 언어는 지배 정략 속의 정치
적 권력 상황에 따라 위층화되어 간다. 김소운 등의 번역을 생각해
보면 비록 표면에 드러나지 않는다고 하더라도 문학에서의 정치적
위계질서에 적지 않게 휘말려 있었다. 이는 당시 한국만이 아니라
오키나와의 시심, 그리고 또 하나의 자국내 이방이라 할 수 있는 아

이누의 시심에 대한 관심에 있어서도 현지인의 번역으로 그려내며 일종의 문화적 배려를 통해 일본제국으로의 편입이라는 서열화 및 층위화되고 있었던 점에서도 어렵지 않게 가늠할 수 있다.[18] 그리고 그 근저에 이미 언급한 언어의 권력화 및 도구화가 존재했다.

> 언어는 제국에 의해 계층화된다. 즉 제국의 권력의 언어는 최고의 언어이며, 피지배자, 유린된 자, 피식민지인의 언어는 최하위의 언어이다. 제국이 물러간 후, 다양한 원주민 집단들이 패권을 쥐기 위해 투쟁하며, 제각기 자신들의 언어가 이제는 최고의 자리를 점해야 한다고 주장함에 따라 언어의 위계 질서가 흔들리긴 했지만 파괴되지는 않았다.[19]

위의 인용문은 탈 식민주의 이론에 입각하여 지배 언어의 권력

---

18 당시의 피식민지 하의 문학적 상황에 비춰 본다면 보다 명증하게 일본어가 문화 권력의 언어로 군림하고 있음을 알 수 있다. 이를 당시 제국 일본의 주변을 시야에 넣어본다면 조선의 시문학만이 아닌 일본이 지배하고 있던 곳의 문학에 대해서도 정치 문화적 배려에 의한 중심 문화로의 편입과 함께 자연스럽게 위계질서의 강요라는 헤게모니가 작용하고 있었다. 치리 유키에(知里幸惠)의『아이누 신요집(アイヌ神謡集)』(1923)으로 대표되는 홋카이도 및 동북 지방의 원주민 문학의 번역과 야마노 구치바쿠(山之口貘)의『야마노 구치바쿠 시집(山之口貘詩集)』(1940)에 담겨 있는 오키나와의 시심이 각각 현지 출신의 원주민에 의해 일본의 중앙문단에 소개되고 있는 것은 문화 권력의 수혜를 안기는 장식주의 혹은 동화주의에 따른 것이며 더불어 일본 제국 내에 주변 문화의 소개라는 계층화가 뚜렷이 모습을 드러내고 있는 좋은 예이다. 이점을 상기한다면 김소운의『조선시집』의 출판과 또 하나의 한국 근대시 번역시집인 김종한의『雪白集』(博文書館, 1943)의 출판도 <일본 제국 내의 문화 체제의 형성>과 깊은 관련을 맺고 있다는 점을 부정할 수 없을 듯하다. 졸고「제국 일본 속의 <조선 시 붐> ―유학생 시인과 김소운의『조선시집』을 중심으로 ―」『근대 일본의 '조선 붐'』박진수 외, 역락, 2013. 78 ―79쪽.
19 더글러스 로빈슨, 정혜욱 역,『번역과 제국』동문선, 2002, 160쪽.

화에 대해 상세히 서술하고 있는 부분을 발췌한 것이다. 실제로 폭압으로 얼룩진 일제강점기에 일본어는 최고의 언어로 군림하였으며, 내지라는 일본 내에서의 다른 피식민지의 언어는 번역을 통해 제국 문화 속에 배치되었고 그 속에는 위층화가 엿보인다는 것은 이미 서술한 바 있다. 그런데 일본이 패망하여 제국주의에서 벗어난 후에도 일본어 습득에 의해 성장한 지식층 세력은 여전히 권력을 독점한 바 있다. 그렇다면 제국주의가 패망한 패전 후에 일본 내에서의 한국 문학의 수용은 어떠했는가. 거의 모두가 한국인에 의해 번역되었다는 점에 주목해 본다면 여전히 동등한 입장에서 일본 내의 수용이라고 할 수 없으며 단지 제3국문학이라는 내면에 감춰진 층위화에서 비롯된 약간의 비하적 시선, 혹은 호기심에서 이뤄진 일이라는 점을 부정할 수 없다. 그 점을 이바라기 노리코는 확실히 의식하고 있었음을 다음 인용문에서 확인할 수 있다.

첫째 시의 번역이라고 해도 영어 프랑스어 러시아어 그런 류의 달인은 무척 많아 명역으로 읽을 수 있는데, 이웃나라의 시를 번역하는 시인이 한 사람도 없다고 하는 것은 놀라운 일입니다, 역시 해보고서는 더 한층 그 놀라움이 깊어졌습니다.[20]

---

20 「第一詩の翻訳にしても、英語、フランス語、ロシア語、なんかの達人はいっぱいいて名訳で読めるのに、隣国の詩を訳せる詩人が一人もいないっていうのは驚くべきことです。やりはじめてみて一層その驚きが深くなりました」茨木のり子,『茨木のり子集 言の葉II』, 2010, 363쪽. 원문은 이바라기 노리코의『ハングルへの旅』속「動機」에 수록되어 있다.

　서구의 시는 많은 사람들에 의해 번역되었지만 이웃나라의 시를 번역한 사람이 한 명도 없다는 점에 놀라지 않을 수 없다고 하는 소박한 생각의 이면에는 문화적 층위화에 대한 실감이 숨어 있는지도 모른다. 이바라기 노리코는 일류 시인임에도 왜 한국어를 공부하느냐는 질문을 무척 많이 받았다고 한다.

　　"영어를 배우고 있어요" "프랑스어를 하고 있어요"라고 말하면 "지금 운전을 배우고 있습니다"라고 듣는 것 같은 그 실용성을 지극히 당연한 것으로 받아들인다. "그래서 동기는?" "무슨 연유로?"라고는 절대로 묻지 않는다. 한국어만이 아니라, 인도네시아, 타갈로그어, 타이어 등을 하고 있는 사람들도 거의 같을 것이다. 명치 이후 동양을 뗴 내려는 것이 국가의 방침이었지만 이후 백년이나 경과하고도 여전히 사람들이 유유낙낙 그것을 따르며 아무런 의심도 지니지 않는다는 것은 생각해보니 오싹해지는 얘기이다.(－중략－)이런 식으로 나의 동기는 얽혀 있어 멋지게 대답할 수 없기 때문에 전부 한데 묶어 최근에는 "이웃나라의 말인 걸요"라고 말하고 있다. 이 무난한 대답조차 알듯 모를 듯한 표정을 보인다. 이웃나라의 말－그것은 물론 남쪽도 북쪽도 포함한 한글이다.[21]

21　茨木のり子,『茨木のり子集 言の葉Ⅱ』, ちくま文庫, 2010, 357－368쪽. 「英語を習っています」「フランス語をやっています」と言われれば「いま、運転を習っています」と聞いた時のようにその実用性を、しごく当たりまえのこととして受け入れる。「して、動機は？」「なにゆえに？」とは絶対に尋ねない。韓国語ばかりではなく、インドネシア語、タガログ語、タイ語などをやっている人たちも、ほぼ同じであるだろう。明治以降、東洋は切りすてるのが国の方針であったわけだが、以後百年も経過して、尚ひとびとが唯々諾々とそれに従って、何の疑いも持たないというのは、思えば肌寒い話である。

결국 "이웃나라의 언어인 걸요"로 대답을 간결하게 한 것도 일본인의 무의식 속에 깊이 내재화 되어 있는 문화적 층위화에 대한 반발이었을 것이다. 이런 점을 포함해서 그녀의 번역 문업을 생각한다면 이는 일본 현대 문단에 있어서 수평적 문화 교류의 새로운 장을 열었다는 문학적 의의를 엿볼 수 있다. 여기에도 그녀가 초기 시부터 마지막 시업에 이르기까지 다양하고 투철하게 추구해 왔던 탈경계적 사상이 깃들어 있음을 잊어서는 안 될 것이다.

5. 나가며

본고에서는 일본 최고의 여성 시인이라고 평가 받는 이바라기 노리코가 65세 때 상재한 역시집『한국현대시선』을 중심으로 번역시의 특징과 시인의 번역관에 대해 천착(穿鑿)해 보았다. 우선 번역의 특징으로는 각행을 충실히 번역하면서도 한편으로는 생략이라는 극단적인 월권을 가하고 있음을 확인했다. 이는 그녀의 시상과 사상이 원시에 투영된 결과이지만 번역 이론의 범위에서 벗어나지 않는 것임을 이미 지적했다. 이러한 역자의 태도는 언어의 심미적이며 능동적 기능성을 중요시하는 "원전 길들이기"(domestication)에 상응하는 번역관이기도 하다. 그렇다고 결코 원시의 시상에서 벗

（－中略－）こんなふうに私の動機はいりくんでいて、問われても、うまくは答えられないから、全部をひっくるめて最近は、「隣の国のことばですもの」と言うことにしている。この無難な答でさえ、わかったような、わからぬような顔をされてしまう。隣の国のことば－それはもちろん、南も北も含めてのハングルである。

어나지 않고 일관성과 시인의 시작 태도와도 상응하는 사상성에 중심을 두어 보완하는 번역 자세도 견지하고 있었다. 즉 이바라기 노리코의 번역은 <합치>와 <일탈>을 적절히 혼용하면서 시인으로서의 미감과 사상성을 중요시한 번역이라고 하겠다.

한편 『한국현대시선』은 이전의 한국 근현대시의 번역과는 다르게 문화권력 속의 수용, 혹은 충위화 속의 수용과는 동떨어진 진정한 의미에서 수평적 문화교류를 내보인 번역이라는 의의를 내포하고 있다. 이바라기 노리코가 50여 시집에서 간추려 담은 62편의 번역시에 대한 연구는 선시의 의식과 더불어 한·일문학의 번역에 나타나는 다양한 현상을 추론하는 데에 더없는 좋은 자료가 될 것이다. 더불어 『한국현대시선』의 번역 속에 보이는 특성은 한국 현대시를 타자론적 입장에서 바라보는 계기를 우리에게 던져주고 있다. 한국 현대시의 특성을 음미하며 일본 현대시의 정서와의 비교도 아우를 수 있는 기반을 제공하는 이바라기 노리코의 『한국현대시선』에 대한 연구는 이제 그 문을 열었지만 <번역>의 문제는 물론, 문학에서의 타자적 시각 등 보다 다양한 관점의 필요성을 우리에게 안겨주고 있다.

| 참고문헌 |

성혜경, 「이바라기 노리코의 『기대지 않고』-국가와 민족을 넘어서-」, 『외국문학연구』제45호, 한국외국어대학, 2012, 115-117쪽.
양동국, 「이바라기 노리코와 한국-지성과 서정을 넘어-」, 『일본어 교육』제49집, 한국일본어교육학회, 2009, 107-120쪽.

_____, 「제국 일본 속의 <조선 시 붐> - 유학생 시인과 김소운의 『조선시집』을 중심
　　　으로-」, 『아시아문화연구』, 경원대 아시아문화연구소, 107 - 134쪽.

_____, 「서정과 반골, 탈경계의 시인 이바라기 노리코」, 『일본연구』제35집, 중앙대
　　　학교 일본연구소, 2013, 163 - 181쪽.

_____, 「탈경계의 시인 이바라기 노리코와 한국」, 『일본연구』제57집, 한국외국어대
　　　학교 일본연구소, 2013, 203 - 223쪽.

윤상인, 「번역과 제국의 기억 - 김소운의 『조선시집』에 대한 전후 일본의 평가에 대
　　　해」, 『일본비평』상반기, 서울대학교 일본연구소, 2010, 57 - 60쪽.

더글러스 로빈슨, 정혜욱 역, 『번역과 제국』, 동문선, 2002, 160쪽.

新井豊美, 「「対話」への祈り 茨木のり子小論」, 『現代詩手帖』4月号, 思潮社, 2006, 93 - 99
　　　쪽.

茨木のり子, 『ハングルへの旅』, 朝日新聞, 1986, 241 - 259쪽.

_____, 『韓国現代詩選』, 花神社, 1990, 8 - 23쪽.

_____, 『茨木のり子集 言の葉』Ⅰ Ⅱ Ⅲ, ちくま文庫, 2010, Ⅰ 14 - 203쪽, Ⅱ 16 - 155
　　　쪽, Ⅲ 18 - 127쪽.

加納実紀代編, 『女性と天皇制』, 思想の科学社, 1979, 235쪽.

九条兼実, 『玉葉』(全三巻)第三巻, 図書双書刊行会, 1993, 118쪽.

後藤正治, 『清冽　詩人茨木のり子の肖像』, 中央公論, 2010, 7 - 268쪽.

白石かず子, 「茨木のり子さんを悼む - 社会派とわたくしワールド」, 『現代詩手帖』4月号, 思
　　　潮社, 2006, 59 - 61쪽.

辻井 喬, 「詩論的茨木のり子論」, 『現代詩手帖追悼特集』4月号, 思潮社, 2006, 90 - 93쪽.

堀場清子, 「われら今、あらゆる君主すてる旅路 - 茨木のり子の出現」, 『茨木のり子』花神ブッ
　　　クス1, 花神社, 1985, 145쪽.

ミカエル·ウスティノフ著, 服部雄一郎訳, 『翻訳 - その歴史·理論·展望』文庫クセジュ, 白水社,
　　　2008, 15 - 135쪽.

山本安英 外19人, 『茨木のり子』花神ブックス1, 花神社, 1985, 4 - 58쪽.

번역과 문화의 지평

제2장

다니자키 준이치로와 번역

─문체 혁신과 일본적 주체성의 재구축─

| 이 한 정

1. 들어가며

다니자키 준이치로(谷崎潤一郎, 1886-1965)는 몇 편의 서양 문학을 일본어로 번역하였으며 일본 고전 문학을 현대 일본어로 옮겼다. 나아가 번역에 관한 논의를 통해 근대 일본어 문장의 문제점을 지적했다. 그가 1934년에 저술한 『문장독본(文章読本)』은 '문장'에 대한 다니자키의 탁월한 식견이 담겨있을 뿐만 아니라, 번역이 근대 일본어와 일본문학, 문화에 끼친 영향을 조망하고 있다. 다니자키를 번역과 관련해 논할 때 번역가로서의 번역 태도, 번역에 대한 인식,

번역을 통한 문체 혁신의 모색이라는 측면에서 파악할 수 있을 것이다.

기존 연구에서는 번역가로서의 다니자키의 위상이 고찰되었고, 동시대의 번역 담론과 관련하여 다니자키의 번역에 대한 인식이 다루어졌다.[1] 이러한 연구는 다니자키의 서양 문학 번역과 관련하여 논해졌다. 그러나 다니자키와 번역의 관련성은 서양 언어로 된 작품을 일본어로 옮기는 문제에만 국한되지 않는다.

로만 야콥슨(Roman Osipovich Jakobson)은 번역의 개념을 세분화해서 번역을 "동일한 언어 안에서 다른 기호로 번역될 수 있는 것과, 다른 언어로 번역될 수 있는 것과, 그리고 비언어적 상징체계로 번역될 수 있는 것"[2]으로 구분하고 있다. 다니자키는 야콥슨이 말하는 세 번역 개념의 틀을 넘나든 작가였다. 일본 고전 문학인『겐지모노가타리(源氏物語)』를 현대 일본어로 옮겼으며, 토마스 하디(Thomas Hardy) 등의 서양 문학을 일본어로 번역했다. 또한 우에다 아키나리(上田秋成)와 이즈미 교카(泉鏡花)의 작품을 "비언어적 상징체계"라 할 수 있는 영화로 각색하는 일에도 종사했다.[3] 다니자키의 번역은 야콥슨의 번역 개념을 적용시켜 서양 문학의 번역뿐만 아니라, 일본

---

1 亀井俊介編,『近代日本の翻訳文化』(中央公論社, 2004)에 수록된 井上健의「『文章読本』の道―谷崎潤一郎と翻訳という「制度」」와 大島真木의「谷崎潤一郎の翻訳論」이 대표적인 연구라 말할 수 있다. 335－390쪽.
2 로만 야콥슨, 권재일 역,『일반언어학 이론』, 민음사, 1989, 84쪽.
3 다니자키는 1920년부터 21년에 걸쳐 다이쇼가쓰에이(大正活映) 영화회사의 각본고문으로 초빙되어 네 편의 영화제작에 참여했다. 그 중에서 이즈미 교카 원작「가쓰시카 쓰나코(葛飾砂子)」와 우에다 아키나리 원작「뱀여인의 음욕(蛇性の婬)」을 각색하여 영화로 제작했다.

어 내의 번역 문제와 함께 논의할 필요가 있다.

본고는 선행 연구를 참조하면서 아직 전체상으로 파악되지 않은 다니자키와 번역의 관련성을 고찰하는 데 그 목적이 있다. 다니자키가 수행한 '동일한 언어'간의 번역과 '다른 언어'의 간의 번역을 교차시켜 본다. 다니자키가 서양 문학의 일본어번역과 일본 고전문학의 현대어번역을 통해 근대 구어문체의 혁신을 어떻게 꾀하면서 서양을 상대화하는 일본적 주체를 재구축했는지에 대해 고찰하겠다. 또한 다니자키가 실천한 번역의 문제가 근대일본의 언어 변혁 상황과 맞물려 있다는 점에도 주목할 것이다.

다니자키는 1910년대부터 1960년대까지 쉬지 않고 작품 활동을 펼치면서 화제작을 낳은 작가이다.[4] 1910년 이전부터 후타바테이 시메이(二葉亭四迷)가 러시아 문학의 번역을 통해 근대 일본의 '언문일치체'를 창출했듯이, 다니자키가 활동한 시기에는 여러 문학자들이 번역을 통해 근대문학의 활로를 개척한 시대였다. 소설가들의 번역은 "자기 나름의 문체창출을 위한 노력의 일환"[5]으로 이루

---

4 다니자키는 자연주의 문학의 전성기였던 1910년에 탐미적이며 현실과 동떨어진 전근대를 배경으로 하는 「문신(刺青)」을 발표해 자연주의의 위상을 뒤흔들었다. 1933년에는 당시 시가 나오야(志賀直哉)로 인해 공고해진 '구어체'와 거리를 두는 고전 형식을 빌린 작품 「순킨쇼(春琴抄)」를 발표했다. 이 작품으로 당시 시대를 선도하던 신감각파 등 모더니즘 작가들에 뒤지지 않는 고전적 세련미를 되살리면서 문예부흥시대의 중심 작가로 다시 우뚝 섰다. 1943년에 연재되기 시작하여 군부의 검열로 더 쓰지 못하고 중단되었다가 1948년에 완성된 대작 『세설(細雪)』은 패망직후 일본인들에게 일본적 향수를 달래주던 작품이 되었다. 1956년 70세의 나이에 쓴 『열쇠(鍵)』는 노인의 성을 공공연히 다뤄 일본 국회에서까지 거론될 정도의 사회적 반향을 불러일으킨 작품이다. 이와 같이 다니자키는 각 시대마다 일본문학의 물줄기를 바꾸는 주요 작품을 생산했다.
5 김춘미, 「소설가와 번역」, 『일본학보』제59집, 2004, 236쪽.

어졌다고 볼 때, 다니자키가 실천한 서양 문학의 번역과 일본어 내의 번역 역시 '문체창출'과 직결된 문제였다. 그렇지만 다니자키에게 번역은 문체를 새로 만드는 수단으로만 이용된 것이 아니었다. 그는 번역의 실천을 통해 일본어의 고유성을 발견했다. 따라서 본고는 다니자키가 실천했던 번역을 그의 문체 혁신의 일환으로 파악하는 한편, 그의 번역에 대한 사고가 근대 일본의 새로운 주체 형성으로 귀착되고 있다는 점을 고찰할 것이다.

2. 다른 언어 간의 번역

다니자키는 1929년에 발표한 「현대구어문의 결점에 대해서(現代口語文の欠点について)」라는 문장에서 '구어체'는 서양어를 번역해 놓은 듯한 '번역의 연장'에서 성립한 문체라고 지적하고 있다.

> 서양 작품을 우리의 구어체로 바꾸면 대개 원문보다도 쓸데없이 길어지는데, 일본어라는 언어는 불편한 국어다. 서양어와 동일한 사항을 표현하는 데 쓸데없이 말을 많이 소비하면서 의미는 오히려 명료하지 않다는 말을 하는 사람이 자주 있는데, 한 나라의 국어를 다른 나라의 국어로 직역조로 옮기면 어느 나라의 말도 그렇게 될 수밖에 없다.(−중략−)우리가 쓰는 구어체는 이름은 창작이지만 실은 번역의 연장이라 말해도 좋다.[6]

다니자키에 의하면 번역은 각 언어의 차이를 극명하게 드러낸
다. 그런데 근대 이후에 발달한 일본의 '구어체' 문장은 언어의 차
이를 무시하고 서양 언어의 어법이나 형식을 모방하는 데에만 급
급했다. 다니자키가 구어체는 '번역의 연장'이라는 말로 표명하려
했던 것은 근대 일본어의 기반이 서양어의 번역으로 형성되었다는
사실이다. 위의 인용문에 이어지는 문장에서 다니자키는 먼저 영
어로 쓴 후에 일본어로 바꾸는 방식으로 일본어 문장을 만든 아리
시마 다케오(有島武郎)의 예를 들어 "표현을 참신하게 하기 위한 수
단"으로 번역의 유용성을 말했다. 아리시마 다케오처럼 자신을 포
함한 많은 일본 근대 작가들은 표현의 참신성을 추구하기 위해 무
엇보다 "서양 티(西洋臭い)가 나는 문장 쓰기"에 몰두했다고 말했다.
이로 인해 구어체의 어법에 서양 문장의 형식이 고스란히 남아, 일
본어로 읽었을 때 산만하고 이해하기 힘든 문장이 되었다고 지적
했다. 번역이 서양어를 일본어로 바꾸는 단순한 작업처럼 보일지
라도 여기에는 문화적 우열관계가 작용한다. 서양어를 우위로 설
정하는 상황이 '번역'의 폐해로 이어졌다고 본 다니자키는 '국어의
전통적 정신'을 되살리는 구어체 글쓰기를 강조했다. 그렇다면 실
제 그의 서양 문학 번역은 어떤 문체로 번역되었는가를 살펴보자.

다니자키는 '모리 오가이의 독일어'에 비견될 만큼 영어 실력이
뛰어났다고 한다.[7] 그의 소설에는 서양문학을 원문으로 읽는 주인

---

6 谷崎潤一郎, 『谷崎潤一郎全集』第20卷, 中央公論社, 1968, 204쪽. 이하 인용문의
   번역은 모두 필자가 한 것이다.

공이 등장하며, 수필에서 다니자키는 아직 일본에 번역되지 않은
서양 문학 작품을 원문으로 읽고 소개하고 있다. 이러한 영어 실력
을 바탕으로 다니자키는 오스카 와일드(Oscar Wilde)의 희곡, 타고르
(Rabindranath Tagore)의 시, 토마스 하디의 작품을 번역했으며, 스탕달
(Stendhal)의 소설과 보들레르(Baudelaire)의 시를 영어 번역본에서 중역
해 일본어로 옮겼다.[8] 그런데 다니자키는 이들 외국 문학 작품을
번역하면서 영어 문장의 형식을 존중하는 직역조를 견지했다. 예
를 들어 1927년에 번역한 하디의 단편소설 「그리브가의 바바라 이
야기(Barbara of the House of Grebe)」는 1933년에 발표된 「슌킨쇼(春琴抄)」의
스토리에 영향을 끼친 작품으로 알려져 있다. 그런데 이 번역 작품
은 직역조로 번역되었다. 2000년에 간행된 같은 작품의 일본어 번
역본과 다니자키 번역본을 비교해 보면 다음과 같다.

> その日の昼間、伯爵家に友人であるドレンカード家の令息が呼ばれ、ディ
> ナーをともにした際に、アップランドタワーズ卿は驚いたことに、胸中のひそ
> かな企みをその親友に打ち明けたと言われている。[9]　　(井出弘之編訳, 2000)

> 何でも或る親しい友だち―ドレンカーヅ家の一人だと云ふことですが、―

---

7 大島真木, 앞의 논문, 368쪽.
8 다니자키 준이치로는 1919년부터 1928년 사이에 오스카 와일드의 희곡 「윈더
미어 부인의 부채(Lady Windermere's Fan)」, 「보들레르 산문시집」, 「타고르 시」,
토마스 하디의 「그리브가의 바바라 이야기」, 스탕달의 「카스트로의 수녀
(L'Abbesse de Castro)」(미완) 등을 번역 발표했다. 이 번역 작품들은 『谷崎潤一
郎全集』第23卷(中央公論社, 1969) 「번역」편에 수록되어 있다.
9 井出弘之編訳, 『ハーディ短篇集』, 岩波書店, 2000, 269쪽.

が、その日の昼間彼と食事を共にしたと云はれてゐます。さうしてアプランド
タワース卿は、その時客人を驚かす為めに、自分の心の秘密な計画を洩ら
したさうです。¹⁰   (谷崎訳)

앞의 이데 히로유키(井出弘之)의 번역에 비해 뒤의 다니자키 역은
존중체를 이용하고 있지만, 밑줄 친 부분이 나타내듯 영어 삽입문
을 그대로 살린 직역조 번역이다. 또한 원문 "An intimate friend ―
one of the Drenkhards ― is said to have dined with <u>him</u> that day,
and Lord Uplandtowers had, for wonder, communicated to <u>his</u>
guest the secret design of his heart."[11]에 보이는 'him'에 대해 '彼',
'his'에 대해 '自分'의 인칭사를 그대로 옮기고 있다. 이데 히로유키
의 번역본이 이를 번역하지 않고 있는 것과 대조적이다. 다니자키
는『문장독본』에서 근대 구어체에서 '私'나 '彼'와 같은 인칭사가
불필요하리만큼 빈번하게 쓰이는 사례를 들어, 번역 문체에서 기
인하는 현상이라고 진단했다. 이런 점을 고려하면 다니자키가 번
역한 하디의 번역문은 '번역 문체'의 실례를 그대로 보여주는 예라
할 수 있다.

다니자키는 보들레르 시도 "원문(즉 영어번역 텍스트)에 아주 충실한
축자역주의"로 번역하면서, "주어와 목적격대명사, 그리고 And와
But도 그때마다 성실하게 번역"[12]하고 있었다. 일찍이 모리 오가이

---

10 谷崎潤一郎,『谷崎潤一郎全集』第23卷, 中央公論社, 1969, 545쪽.
11 www.horrormasters.com/Text/a0698.pdf
12 野崎歓, 앞의 책, 171쪽.

(森鴎外)가 독일어에서 중역한『즉흥시인』을 '전통 일본어의 문맥'과 '한문'의 문체를 혼용해 자연스러운 일본어로 번역한 것[13]과는 대조적인 번역문체이다. 앞에서 보았듯이 이데 히로유키의 번역본에 비해 다니자키가 존중체로 번역하고 있기 때문에 "다니자키가 이상으로 삼은 번역은 직역조가 아니었다."[14]라는 지적도 있는데, 실상은 그렇지 않다. 오히려 다니자키의 성실한 번역 문체는 초기에 후타바테 시메이가 러시아 문학을 일본어로 번역하면서 "원문에 콤마가 셋, 피리어드가 하나 있으면 번역문에도 역시 피리어드를 하나, 콤마를 셋 두는 식으로 해서 원문의 형식을 옮기려고 했"[15]던 방식과 유사하다.

원작의 내용과 형식을 충실하게 일본어로 옮기는 번역 방법은 원작의 작품성을 그대로 가져와 일본어 문학에 이식하려는 태도에서 비롯되었다. 발터 벤야민(Walter Bendix Schonflies Benjamin)에 의하면 "번역가의 과제는 그가 번역하고 있는 언어에서, 그 언어를 통해 원문의 메아리가 울려 퍼질 수 있는 그런 의도를 찾아내는 데 있다" 그러므로 "번역은 문학적 작품과는 달리 언어의 숲 한가운데 있지 않고, 언어의 숲 가장자리에서 언어의 숲을 바라보고 있으며, 또 언어의 숲 속에 발을 들여 놓지 않고도 원문의 메아리가 울려 퍼지는 그 유일한 장소에서 원문을 불러들일 수 있다."[16]라는 것이다. 다니자키는 실제 번역에서 서양 문학의 소재와 형식을 가져와 자기 문

---

13 川村二郎,『翻訳の日本語』日本語の世界15, 中央公論社, 1981, 117쪽.
14 大島真木, 앞의 책, 383쪽.
15 二葉亭四迷, 「余が翻訳の標準」『明治文学全集』17, 筑摩書房, 1971, 111쪽.
16 발터 벤야민,『발터 벤야민의 문예이론』, 반성완 역, 민음사, 1993, 327쪽.

학의 영역을 확장시켰다. 번역가로서 다니자키의 '언어의 숲 가장자리에서 언어의 숲'을 바라보는 태도는 동일 언어 간에서도 엿볼 수 있다. 고전어와 지방어를 현대 일본어 안으로 끌어들였다. 근대 일본어가 성립하는 과정에서 밀려났던 고전 일본어와 지방어를 근대 일본어 안으로 가져와 고전어와 지방어의 메아리가 근대 일본어 안에서 울려 퍼질 수 있도록 해서 근대 일본어의 외연을 넓히고 있다.

3. 동일 언어 내의 번역

1) 표준어에서 방언으로

도쿄 출신 다니자키가 간사이 지방으로 이주한 것은 1923년에 발생한 관동대지진이 계기가 되었다. 이후 1954년에 아타미로 돌아올 때까지 간사이 지방에 머물렀다. 간사이로 이주한 후 1928년에 잡지에 연재한 『만지(卍)』는 오사카를 배경으로 여성의 동성애를 다룬 문제작이다. 이 작품은 연재를 시작하면서는 표준어로 썼다가 3회 이후부터 차츰 오사카말을 도입해 쓰였다. 그런데 1931년에 단행본으로 간행될 때는 앞부분의 표준어조차 오사카말로 바뀌었다. 작품 전체를 오사카말로 통일시켰다. 이때 다니자키는 아직 오사카말을 구사할 수 없었기 때문에 표준어를 오사카말로 바꾸기 위해 조수를 고용하였다.[17] 잡지 연재시의 표준어가 단행본에서 어떻게 오사카말로 번역되었는가를 보면 다음과 같다.

105

(1) 先生、わたくし今日はすつかり聞いて頂くつもりで伺ひましたんですけれ
ど、でもあの、…… 折角お仕事中のところをお宜しいんでございます
の? それはそれは詳しく申しあげますと実に長いんでございますのよ。
ほんたうにわたくし、せめてもう少し自由に筆が動きましたら、(後略)[18]

(잡지 연재분)

(2) 先生、わたし今日はすつかり聞いてもらふつもりで伺ひましたのんですけ
ど、折角お仕事中のとこかまひませんですやろか? それはそれは委<ruby>委<rt>くわ</rt></ruby>し
いに申しあげますと実に長いのんで、ほんまにわたし、せめてもう少し
自由に筆が動きましたら、(後略)

(단행본)

(1)의 'わたくし' '頂く'과 같은 표준어의 공손한 말투가 'わたし', 'も
らふ'로 바뀌면서 자연스럽게 '−のんですけど'와 같이 오사카말의
문말 표현으로 바뀌고 있다. 일본의 표준어는 1916년에 「구어법」
규정이 제정되면서 성립되었는데, "오늘날 오직 도쿄의 교육받은
사람들 사이에서 말해지는 구어"[19]가 표준어의 모델이 되었다. 다
니자키가 오사카말로 『만지』를 쓴 것은 작자 스스로 말하듯이 간
사이 지방 여성이 내는 소리의 "감미롭고 유려함에 매료"[20]되었기
때문이다. 그렇지만 당시는 근대 일본어가 표준어로 통일되어 가
는 시점에서 오사카말은 배제되고 있었다. 이러한 사정을 시야에
넣는다면 "동시대 소설언어·내러티브의 수준과 <방언> 인식을 기

---

17 高木治江, 『谷崎家の思い出』, 構想社, 1977, 21−23쪽.
18 谷崎潤一郎, 「卍」, 『改造』 3月号, 1928, 75쪽.
19 国語調査委員会編, 『口語法』, 国定教科書共同販売所, 1916, 1쪽.
20 谷崎潤一郎, 『谷崎潤一郎全集』 第23巻, 中央公論社, 1969, 137쪽.

반으로 하면서 '일본어'의 균질성의 가설을 반드시 받아들일 수 없다."라는 작가의 태도에서 표준어를 오사카말로 바꾸는 시도가 이루어져『만지』는 간행되었다고 볼 수 있다.[21]

이것은 근대 일본어가 표준어로 통합되면서 문학 언어도 역시 '표준어' 중심으로 일원화되어, 각 지방과 계층 간에 사용되는 다양한 일본어가 점차 사라져가는 가는 것을 염려한 작가 의식에서 비롯된 측면이 있다. 다니자키는 "순연한 일본어로 숙어를 만들면 길어지고 결말이 나지 않는다고 생각하는 사람은 농부, 어부, 목수, 미장공, 소목공, 칠공과 같은 사람들 사이에서 사용되는 용어를 보면 좋을 것이다. 그들 계층의 말만이 오늘날 실제 진짜 일본어다운 테크닉을 살리고 있다."[22]라고 말했다. 다니자키는 「'표준어'가 만들어지던 시대에 소외된 계층의 언어에까지 관심을 기울이면서 일본어의 다양성을 주시했다. 동일 언어 내의 번역이라는 작업을 통해 다니자키는 동시대의 표준어 정책과 다른 방향에서 근대 일본어의 문체 변혁을 시도했던 것이다.

다니자키는『만지』뿐만 아니라 간사이 지방을 배경으로 하는『여뀌 먹는 벌레(蓼喰ふ虫)』(1929), 「아시카리(蘆刈)」(1932), 「슌킨쇼」(1933), 「여름 국화(夏菊)」, 『고양이와 쇼조와 두 여자(猫と庄造と二人のおんな)』(1936), 『세설(細雪)』(1943-1948)과 같은 작품에서도 등장인물의 대사나 지문에 간사이 지방의 말을 채용하고 있다. 이와 같은 방언의 사용은 이

---

21 宮崎靖士, 「谷崎潤一郎『卍』(初出稿)におけるテキストの生成と変容－昭和初年代の<方言>使用と<他者>認識－」, 『日本近代文学』第67集, 2002, 82-83쪽.
22 谷崎潤一郎, 『谷崎潤一郎全集』第20巻, 中央公論社, 1968, 216쪽.

야기의 배경이 되는 지방의 말을 끌어들여 작품의 현장성을 두드러지게 한다. 이즈미 교카와 같이 전통적인 일본어 문체를 구사하는 작가도 표준어 시대에 방언의 사용에는 신중함을 보였다. 그 이유는 "시골 말은 일반인에게 아무래도 의미가 통하지 않기" 때문이다, 그래서 그는 "소설 안의 대사는 되도록 도쿄말로 통일하고 싶다."라고 말했다.[23] '도쿄말' 중심의 표준어 정책에 지방의 말은 밀려났으며, 더욱이 문학 안에서 활용되기는 쉽지 않았다. 이런 시대 상황에서 다니자키는 오히려 표준어로 쓴 작품을 오사카말로 번역하여 문학 작품의 효과를 증대시키는 한편, 표준화되는 근대 일본어에 대항했다. 지방의 말을 근대 일본어로 끌어들이는 작업과 동시에 그는 고전 작품에서 구사되는 표현방법을 근대 문학 작품에 도입했다. 여기에 번역이라는 방법이 사용되었다.

2) 고전의 현대적 수용

다니자키는 1929년 10월과 11월 『가이조(改造)』에 무로마치 시대의 고전 문학인 「삼인법사(三人法師)」를 고전어에서 현대어로 번역해 연재했다. 이 번역문 앞에 있는 짤막한 서문에는 "오래된 전통 일본어의 문맥과 격조"를 전하기 위해 번역했다는 의도가 적혀있다. 번역 방법에 대해서는 "장황한 부분이나 가나로만 쓰여져 알 수 없는 곳은 생략도 했고 다소 손질을 했지만, 대체로 원문의 의도를 쫓

---

23 泉鏡花, 「会話, 地の文」(1910年11月), 『鏡花全集』卷28, 岩波書店, 1942, 703쪽.

아 될 수 있는 한 충실하게 현대어로 옮겨보았다."라고 말하고 있
다.[24] 고전 원작의 풍모를 충실하게 현대 일본어 안에 담으려는 번
역 태도이며, 이는 고전 문장의 표현을 근대 일본의 구어체 문장에
흡수하기 위한 시도였다.

이와 같이 동시대 언어인 구어체와의 긴장 관계 속에서 다니자
키는 일본 고전의 대작인『겐지모노가타리』를 30여 년에 걸쳐 번
역했다. 이 번역은 1939년부터 1965년 죽기 직전까지 세 차례에
걸쳐 이루어졌는데, 그 행로는 다음과 같다.

(1) 1939년−1941년, 『준이치로역 겐지모노가타리(潤一郞訳源氏物語)』
전26권, 中央公論社.

(2) 1951년−1954년, 『준이치로신역 겐지모노가타리(潤一郞新訳源氏物
語)』전12권, 中央公論社.

(3) 1964년−1965년, 『준이치로신신역 겐지모노가타리(潤一郞新々訳源
氏物語)』전10권 별권1, 中央公論社.

이 세 번역본 중에서 (1)과 (2)는 대폭으로 바뀐 번역이고 (2)와
(3) 사이에는 큰 차이가 보이지 않는다. 그런데 현재 (3)의 번역본
이 다니자키의『전집』에 수록되어 있어 (1)은 쉽게 접할 수 없는 번
역본이다. 본고는 최초의 번역본인 (1)을 중심으로 살펴보고자 한
다. (1)은 (2)와 (3)과는 달리 '−습니다(です)'체로 번역되지 않았고

---

24 谷崎潤一郞, 『谷崎潤一郞全集』第12巻, 中央公論社, 1967, 186쪽.

구어문체인 '-이다(である)'체로 번역되어 있기 때문이다. 다니자키
는 (1)의 번역본을 출판한 후「겐지모노가타리의 현대어역에 대해
서(源氏物語の現代語訳について)」라는 문장에서 '번역의 방침'에 대해 다음
과 같이 말하고 있다.

> 문학적으로 번역한다는 것, 원문을 벗어나 번역 자체를 문학으로서
> 읽을 수 있도록 해, 여기서 받는 감흥이 옛날 사람들이 원문을 읽고
> 받았던 감흥과 같도록 하는 데에 주안을 두었다. 그러나 그렇다고 해
> 서 원문에 구애받지 않고 자유롭게 번역한 것은 아니며, 이 목적에
> 맞는 한 되도록 원문에 가깝게 번역했다. 적어도 원문에 있는 자구의
> 해당부분이 번역의 해당부분에서 누락되는 일은 없도록 했다. 완전
> 히 그렇게 되지 못했을지라도 애써 그런 일은 피했다. 따라서 원문과
> 대조해서 읽는 데에도 도움이 되도록 번역한 셈이다.[25]

『겐지모노가타리』를 현대어로 옮기면서 다니자키는 '문학적'인
'번역'을 지향했다. 원문을 읽고 느낄 수 있는 '감흥'이 현대어 안
에서도 온전히 살아날 수 있도록 번역하는 원칙을 세운 것이다. 번
역을 창작의 차원으로 생각하는 데에서 "문학적으로 번역한다"라
고 말하고 있는 것 같다. 하지만 다니자키는 의역이 아니라 원문의
자구에 충실한 번역을 목표로 했다. 근대 작가로서『겐지모노가타
리』를 가장 먼저 현대어로 옮긴 요사노 아키코(与謝野晶子)의 번역본

---

25 谷崎潤一郎,『谷崎潤一郎全集』第21卷, 中央公論社, 1968, 236-237쪽.

과 대조하여 살펴보면, 다니자키의 번역이 고전 문장을 현대어 안에 어떻게 담아내고 있는지를 엿볼 수 있다. 요사노 아키코는 1912년에서 1914년 사이에 『신역 겐지모노가타리(新訳源氏物語)』(전4권)를 간행했는데, 다니자키의 번역과 대조해 보면 다음과 같다.

> それに一つは近年桐壺更衣はしつきりなしに病気をして居るから陛下は別に
> お驚きにもならなかつたのである。
> 「まあどうなるかもう少し宮中に居て養生をして見るがいいではないか。」
> と云つて居られた。其うちに更衣の病気はばたばたと悪くなつて来た。 **26**

> 近頃いつも御病気がちでをらせられるから、それを当りまへのやうに思し召さ
> れて、「まあ、もう少し此処にゐて養生をして御覧」とのみ仰せられる。そのう
> ちに、日に日に容態が重くなられて、(下略)**27**

요사노 아키코의 번역에 비해 다니자키의 번역은 "思し召されで"와 같은 고전 문장에서 사용하는 경어 표현을 현대어 안으로 가져오고 있다. 또한 요사노 아키코 번역에서 첨가되었던 "桐壺更衣は"와 "陛下は" 등의 주어는 사용하지 않았다. 다니자키는 고전 문장의 함축적인 표현을 그대로 현대어로 가져와 고전어 표현과 현대어 표현을 혼용하는 번역을 구사하고 있다. 요사노 아키코의 번역

---

26 与謝野晶子訳, 『新訳源氏物語』, 新興社, 1934, 4쪽. 1938년에서 1939년 다니자키가 『겐지모노가타리』의 현대어 번역에 착수했을 무렵에, 요사노 아키코는 『新訳源氏物語』를 개역한 『新訳源氏物語』(전6권)를 간행했다.

27 谷崎潤一郎訳, 『潤一郎訳源氏物語』巻一, 中央公論社, 1939, 7-8쪽.

에 비해 1939년 첫 번째 번역은 더 고전 문장에 가깝게 번역했다. 여기에 1951년의 두 번째 번역에서는 훨씬 고전에 가까운 문장으로 마침표를 길게 찍는 방식으로 번역하고 있음을 알 수 있다.[28] 다니자키는 1934년에 쓴 『문장독본』에서 고전 문장의 어법을 현대어에 활용하는 방법을 『겐지모노가타리』의 한 문장을 현대어로 옮기는 실례를 보이면서 설명했다. 고전의 현대어 '번역'이 단지 '문학적', '감흥'을 가져오는 데에만 그치지 않고 현대어의 글쓰기 문제와 직결되어 있음을 말했다.

이와 같이 동일 언어 내의 번역은 근대 일본어가 서양 언어의 번역과 국어 정책에 의해 구어문의 형태로 체계를 잡아가는 시점에서, 동시대 일본어와 다른 고전문과 지방어의 색다른 표현을 현대어 안에 이식하려는 태도에서 이루어졌다. 그래서 오에 켄자부로는 "다니자키 준이치로가 자기 자신 안에 저항체를 만드는 것, 자기 자신과 동시대 간에 하나의 비평적인 활력(dynamism) 만들어 내는"[29] 작업으로 고전의 현대어 번역을 수행했다고 보았다. 하지만

---

28 此の頃はいつも御病気がちでをられますから、それを当りまへのやうに思し召されて、「もう少し此処にゐて養生をして御覧」とのみ仰つしやるのですが、日に日に容態が重くなられて、(下略) (谷崎潤一郎訳, 『新訳潤一郎 源氏物語』巻一, 中央公論社, 1951, 6쪽). 이러한 다니자키의 번역문에 해당하는 『겐지모노가타리』 원문은 다음과 같다. 「年ごろ常のあづしさになり給へれば、御目馴れて、「猶しばし心みよ」とのみのたまはするに、日〻に重り給て」(紫式部, 『源氏物語 一』新日本古典文学大系, 岩波書店, 1993, 7쪽).
29 大江健三郎, 「谷崎潤一郎の擬古典性についてなど」, 『谷崎潤一郎研究』荒正人編, 八木書店, 1972, 626쪽. 李漢正, 「「言文一致体」を越えて-谷崎潤一郎における古典を翻訳する意味」(『教養としての古典-過去·現在·未来-』第28回 国際日本文学研究集会会議録, 国文学研究資料館, 2005, 161-186쪽)에서 번역 작품에 대한 구체적인 분석이 이루어지고 있다.

다음 장에서 살펴보듯이 동시대 언어의 언어 변혁 상황 속에서 다니자키와 번역의 관련성을 살펴보면 동시대와의 긴장관계로만 수렴될 수 없는 점이 있다는 것을 알 수 있다. 번역은 서양어를 통한 일본어의 발견, 고전어를 통한 일본어 고유성에 대한 재인식으로 이어졌다. 그러므로 다니자키의 일본어의 발견이 근대 이전과 연결되는 일본어의 정통성을 추구하는 태도로 귀착되고 있는 점을 간과할 수 없는 것이다.

4. 번역과 '일본어'의 발견

다니자키는 서양어 번역의 영향으로 성립한 근대 일본어 문장이 '번역 문체'의 성격을 띠고 있다는 점을 지적했다. 그러나 실제 서양 문학을 일본어로 번역하거나 일본의 고전 작품을 현대어로 옮기는 경우에 다니자키는 벤야민이 말하는 '번역가의 과제'처럼 원문의 메아리가 근대 일본어 안에서 울려 퍼질 수 있도록 원문의 취향을 살려 번역했다. 근대 일본어에 서양 문학 작품의 어법과 일본 고전 문학의 문장 어조를 담았다.

그러나 근대 일본어 문장을 '번역 문체'로 규정하는 다니자키의 발언을 다시 살펴보면, 번역이라는 개념을 도입해 그가 발견한 것은 일본어의 고유한 특성이었다. 1929년에 발표된 「현대 구어문의 결점에 대해서」라는 글을 발전시켜 1934년에 집필한 『문장독본』은 번역과 일본어의 특징을 둘러싼 논의가 기조를 이룬다. 이 책의

전반부에서 다니자키는 '서양의 문장과 일본의 문장'이라는 항목
을 설정해 '서양의 문장'과 '일본의 문장'의 차이점을 선명하게 부
각시킨다.

> 당연히 우리는 고전 연구와 병행하여 구미의 언어 문장을 연구하여
> 그 장점을 받아들일 수 있는 만큼은 받아들여야 합니다. 그러나 여기
> 서 생각해야만 하는 것은 언어학적으로 전혀 계통을 달리하는 두 나
> 라의 문장 사이에는 영원히 넘을 수 없는 담이 있다는 것이며, 그래
> 서 모처럼 받아들인 장점도 그 담을 넘어 들어오면 이미 장점으로서
> 의 역할을 하지 않고, 오히려 이쪽 국어의 고유 기능마저 파괴해 버
> 리게 된다고 하는 것입니다.[30]

여기에서 다니자키는 일본어 문장의 발전을 위해 고전과 서양어
의 장점을 수용할 필요성이 있음을 말하고 있다. 이러한 수용 방법
의 하나가 번역이었고, 그는 번역을 통해 고전과 서양어의 장점을
창작에서 적극적으로 활용한 작가였다. 그러나 일본어와 서양어의
큰 차이를 인식했으며, 매우 상반된 두 언어 사이의 교통은 성립할
수 없다는 점도 의식했다. 사토 하루오(佐藤春夫)는 이러한 다니자키
의 태도에 대해 '문장도(文章道)의 쇄국주의'라는 말로 비판했다.[31]

그렇다면 과연 다니자키는 서로 다른 언어 간의 이질성을 극대

---

30 谷崎潤一郎, 『谷崎潤一郎全集』第21卷, 中央公論社, 1968, 115-116쪽.
31 佐藤春夫, 「文学ザツクバラン-文芸批評-」(1936年2月), 『定本 佐藤春夫全集』第21
　　卷, 臨川書店, 1999, 28쪽.

화시켜 통행을 못한다고 단정하고 있는 것일까. 그가 말하고자 하는 의도는 다음과 같이 그가 번역의 다양한 양상을 실증해 보이면서 언어의 차이를 설명하는 곳에서 찾을 수 있다. 『문장독본』에서 다니자키는 『겐지모노가타리』의 한 구절을 인용하여 다음과 같이 4단계로 번역하여 서양어와 일본어의 차이, 고전어와 현대어의 차이를 제시한다. 아래 인용의 (1)은 『겐지모노가타리』의 원문이며, (2)는 1925년에 번역된 아서 웨일리(Arthur Waley)의 『The Tale of Genji』의 영어 번역문이다. (3)은 웨일리의 영어 번역문을 다시 다니자키가 직역해 일본어로 옮긴 문장이며. (4)는 고전의 원문을 '유려한 문체'로 현대어로 번역한 문장이다. (5)는 고전의 원문을 당시 널리 통용되던 근대 구어체로 옮긴 문장이다. 다소 긴 인용이 되겠지만 고전 작품 『겐지모노가타리』가 영어로, 현대 일본어로 옮겨지는 과정을 살펴보자.[32]

(1) 『겐지모노가타리』 원문

かの須磨は、昔こそ人のすみかなどもありけれ、今は、いと里ばなれ心すごくて、海人(あま)の家だにまれになむと聞き給へど人しげく、ひたたけたらむ住まひは、いと本意なかるべし。さりとて、都を遠ざからむも、古里おぼつかなかるべきを、人わろくぞ思し乱るる。よろづの事、きし方行末思ひつづけ給ふに、悲しき事いとさまざまなり。

---

32 谷崎潤一郎, 위의 책, 124-125쪽, 172-173쪽.

(2) 아서 웨일리 번역문

There was Suma. It might not be such a bad place to choose. There had indeed once been some houses there; but it was now a long way to the nearest village and the coast wore a very deserted aspect. Apart from a few fishermen's huts there was not anywhere a sign of life. This did not matter, for a thickly populated, noisy place was not at all what he wanted; but even Suma was a terribly long way from the Capital, and the prospect of being separated from all those whose society he liked best was not at all inviting. His life hitherto had been one long series of disasters. As for the future, it did not bear thinking of!

(3) 다니자키가 직역한 아서 웨일리 번역의 일본어 번역문

須磨と云ふ所があつた。それは住むのにさう悪い場所ではないかも知れなかつた。寔にそこには嘗て若干の人家があつたこともあるのである、が、今は最も近い村からも遠く隔たつてゐて、その海岸は非常にさびれた光景を呈してゐた。ほんの僅かな魚夫の小屋の外には、何処も人煙の跡を絶つてゐた。それは差し支へのないことであつた、なぜえなら、多くの人家のたてこんだ騒々しい場所は、決して彼の欲するところではなかつたのであるから。が、その須磨さへも都からは恐らく遠い道のりなのであつた。さうして彼が最も好んだ社交界の人々の総てと別れることになるのは、決して有難いもので

はなかつた。<u>彼のこれまでの生涯は不幸の数々の一つの長い連続であつた</u>。行く末のことについては、心に思ふさへ堪へ難かつた！

(4) 다니자키가 '유려한 문체'로 번역한 현대문

あの須磨と云ふ所は、昔は人のすみかなどもあつたけれども、今は人里を離れた、物凄い土地になつてゐて、海人の家さへ稀であるとは聞くものゝ、人家のたてこんだ、取り散らした住まひも面白くない。さうかと云つて都を遠く離れるのも、心細いやうな気がするなどときまりが悪いほどいろいろにお迷ひになる。何かにつけて、来し方行く末のことどもをお案じになると、悲しいことばかりである。

(5) 다니자키가 구어체 문장으로 번역한 현대문

あの須磨と云ふ所は、昔は人のすみかなどもあつたけれども、今は人里を離れた、物凄い土地になつてゐて、海人の家さへ稀であると云ふ話であるが、人家のたてこんだ、取り散らした住まひも面白くなかった。しかし源氏の君は、都を遠く離れるのも心細いやうな気がするので、きまりが悪いほどいろいろに迷つた。彼は何かにつけて、来し方行く末のことを思ふと、悲しいことばかりである。

(1)에서 (2)로 옮겨지는 과정은 다른 언어 간의 번역이다. (1)의 원문(고전의 문장이긴 하지만)보다 (2)는 두 배 이상의 분량으로 늘어났

117

다. (2)를 일본어로 번역한 (3)과 (4), (5)를 대조해 보면 영어의 번역 문체가 영어 원문의 세밀한 표현을 훼손하고 있다는 것을 알 수 있다. 그 이유는 (3)과 (4), (5)의 양적 차이로만도 알 수 있다. 일본어로 구체적으로 표현하면 할수록 이해가 모호해 지는 예이다. 영어 번역본에서 일본어로 그대로 옮긴 (3)의 내용은 세밀하고 구체적이지만, 그 구체성이 오히려 원문의 상상력을 저해하는 불필요한 묘사라는 점도 엿볼 수 있다.

(1)에서 (4)와 (5)로 옮겨지는 과정은 별 차이는 없으나, (4)는 원문의 문장 리듬을 그대도 옮겨와 '유려한 문체'를 만들어 내고 있는 반면에, (5)는 당시 일반적으로 상용되는 문체로 번역해 (1)의 내용과 의미를 전달하는 데 그칠 뿐 (1)의 원문의 고전적 문장의 어조는 아주 감소되었다. (4)와 (5)는 (1)을 현대어로 옮긴 것이지만, (4)는 (1)의 고전 원문의 스타일을 살려 현대어로 옮긴 것이며, (5)는 고전 원문의 표현을 살리지 않고 일상적으로 쓰이는 '현대 구어문'으로 번역한 것이다. 먼저 (3)과 (4)만을 비교해 보더라도 다른 언어인 (2)의 번역이 (1)에 비해 얼마나 늘어나는가를 다시 확인할 수 있다. 즉 (1)과 (2)의 '계통'을 달리하는 언어 사이의 차이가 크다는 점을 보여준다. 그래서 다니자키는 일본어와 영어의 거리가 언어·문화적으로 크다는 점을 실증해 보이면서, 일본어로 글을 쓸 경우 일본어의 특성을 고려해야 한다고 주장한다. 그리고 일본어의 특징은 (1)을 (4)와 (5)로 번역하는 과정을 통해 도출한다.

위 인용문에서 (2)와 (3)을 제외한 (1), (4), (5)의 번역문은 동일 언어 내의 번역이다. (4)와 (5)는 (1)의 고전 원문을 현대어로 어떻

게 수용할 것인가에 따라 달리 번역된 예이다. (4)와 (5)의 차이는 다니자키가 말하는 대로 "경어를 생략한 것"과 "문장을 'た'"로 맺는 점, (4)에 없는 '源氏の君は', '彼は'와 같은 주격을 (5)에서는 명시하고 있는 점을 들 수 있다. (4)와 (5)는 모두 현대 일본어로 읽어도 전혀 문제가 되지 않는 번역문이다. 그렇지만 (5)는 당시에 새롭게 확립되기 시작하던 '구어체'의 번역이고 (4)는 원문의 자구를 충실하게 살린 고전 문장의 리듬과 현대어가 혼합된 형태의 번역문이다. (5)의 번역문은 서양 언어를 모델로 한 '번역 문체'[33]라는 점에서 (1)의 원문과는 동떨어진 번역문이라 할 수 있다.

이와 같은 다니자키는 '번역'의 관점에서 다른 언어 간의 차이와 동일 언어 내의 차이를 설명하면서 '일본어'에 집중하고 있다. 일본어의 성격을 잘 고려하고서 문장을 써야 한다는 점이 『문장독본』에서 말하는 주된 내용이다. 그러나 만약 '번역'의 개념이 도입되지 않았다면 일본어의 성격은 부상되지 않았을 것이다. 그러므로 이노우에 겐(井上健)은 『문장독본』이 일종의 '번역교본'처럼 쓰여진 점에 주목하면서, 이 책은 "근대구어문, 번역문체의 '제도'로서의 기원을 따져보는 방향성"[34]을 보여주고 있다고 지적했다. 근대 일본어와 일본문학의 기원이 '번역'에서 출발했다는 점은 이미 많은 연구에서 논의되었으며,[35] 다니자키가 주목했던 점도 바

---

33 이에 대해서는 이한정, 「일본소설의 근대화와 자국어-다니자키 준이치로의 일본어 인식-」, 『일본어문학』제28집, 2006, 269-299쪽에서 고찰했다.
34 井上健 앞의 논문, 358-359쪽.
35 야나부 아키라가 이 점에 대해 많은 논의를 하고 있다(柳父章, 『比較日本語論』, 日本翻訳家養成センター, 1979, 4-20쪽). 가라타니 고진도 후타바테이 시메이

로 '번역'을 기반으로 형성된 근대 일본어와 일본문학에 대한 문제들이었다.

그렇지만 다니자키는 "영어에서 일본어로 번역한다고 할 때 영어는 하나의 체계적인 전체로 여겨지면서 동시에 일본어 역시 같은 체계적인 전체로 여겨진다."[36]라고 하는 논리에 무의식적으로 빠져 있었다. 다니자키는 일본어를 고유한 언어 체계로 상정하는 이데올로기를 번역을 통해 발견했다. 그는 영어로 대표되는 막연한 서양어라는 통일체를 상정함과 동시에 옛날부터 현대까지 이어져 온 일본어의 고유성을 의식하게 되었다. 그는 "우리의 국민성과 언어의 성질이라는 것은 오랜 역사를 가지고 있기 때문에 좀처럼 하루아침에 개량하기가 어렵다."[37]라는 논리를 펼치면서, 전근대부터 이어져온 일본인의 통합된 언어로 일본어를 재발견했다. 이러한 과정은 서양 문화를 일본 문화의 우위로 둔 근대적 주체가 번역이 서양어에 치우쳐 진행될수록 일본적 주체는 서양 문화에 자꾸 함몰된다는 위기의식에서 비롯되었다고 말할 수 있다.

의 역할을 평가하면서 「근대문학」 기원으로서의 「번역」의 역할을 말하고 있다 (柄谷行人, 「翻訳者の四迷－日本近代文学の起源としての翻訳－」, 『国文学』第46巻第10号, 2004, 6－13쪽).

36 사카이 나오키, 『번역과 주체』, 후지이 다케시 역, 이산, 2005, 118쪽.

37 谷崎潤一郎, 『谷崎潤一郎全集』第21巻, 中央公論社, 1968, 221쪽. 『문장독본』에서 가장 문제되는 것은 '일본어'와 '국민성'을 결부지어 말하는 부분인데, 다니자키는 인위적인 일본어의 '개량'을 졸속한 것으로 보아, '국민성'을 운운하며 비판하는 것처럼 보인다. 그러나 본고는 이 점을 더 논할 여유가 없다. 다른 기회에 새로 고찰하기로 하겠다.

5. 나가며

지금까지 본고는 다니자키가 서양 문학 작품의 일본어 번역과 일본 고전 작품의 현대어 번역을 통해 문체 혁신을 시도하였다는 점을 밝혔다. 다니자키는 번역이란 실천을 통해 서양 언어와 일본 어의 차이를 의식했고, 고전 일본어와 현대 일본어의 차이를 주시 하면서 '일본어'의 고유성을 탐구하는 쪽으로 나갔다는 점을 고찰 했다. 이제까지 선행연구에서 논의된 다니자키와 번역의 관련성은 서양 문학 작품의 번역과 고전 문학의 현대어 번역을 각각 다른 영 역으로 다루어 고찰했다. 그러나 번역 개념을 확장해서 살펴보면 두 번역 행위는 서로 연동하고 있다. 번역은 「슌킨쇼」와 같은 작품 에서 알 수 있는 것처럼 새로운 소재를 도입하는 계기를 촉발시켰 으며, 다양한 문체의 혼용을 시도하여 문학적 상상력을 유발하는 글쓰기의 실험을 가능하게 했다.[38] 다니자키는 번역을 통해 새로운 언어적 상상력을 끊임없이 작동시켰다고 말할 수 있다.

또한 다니자키가 서양어와 일본어의 차이에 주목할 수 있었던 것도 번역을 통해서였다. 그는 번역을 통해 언문일치 운동을 시작 으로 오직 서양 언어를 모델로 하여 근대 일본어가 변혁된 상황에 대해 비판적일 수 있었다. 번역에 대한 그의 성찰은 문학 작품이 분 명 커뮤니케이션을 목표로 하는 글만이 아니라는 사실이었다. 문 학 작품의 본질적인 부분은 메시지의 전달이 아니다. 그래서 그는

---

38 이한정, 「交錯する文体-谷崎潤一郎『春琴抄』の日本語」, 『일어일문학 연구』제58 집1권, 2006, 125-127쪽.

1930년대에 쓰여진 「슌킨쇼」나 「아시카리」와 같은 작품에서 당시 근대 일본어 구두법의 일부로 확립된 인용 부호 사용 등을 무시한 작품을 쓸 수 있었다. 서양문학이나 고전 작품을 일본어나 현대어로 옮길 경우에도 단순히 메시지의 전달을 위해 유려한 일본어나 읽기 쉬운 현대어로의 번역을 고집하지 않았다. 번역의 실천으로 다니자키는 근대 일본어가 '구어문체'나 '국어'라는 균질한 형태로 획정되는 언어 상황에 대해 비판적 안목을 갖출 수 있었다.

하지만 번역이라는 관점에서 서양어와 일본어의 차이를 이항대립의 틀에서 포착한 다니자키는 일본어라는 언어를 역사적 전통과의 관련 속에서 재발견했다. 이때 그는 일본어에 대한 절대 타자로서 서양어를 상정했다. 이런 까닭으로 절대적인 자기 언어로서의 일본어의 고유성을 의식하게 되었다. 다니자키는 '번역'을 통해 동시대의 구어체와 다른 문체 혁신을 꾀한 작가였다. 이러한 문맥에서 근대 이후에 탄생되어 균질적으로 형성되던 '국어'와 거리를 두고 있었다. 그러나 '국어'에 수렴되지 않으면서 그가 추구했던 것은 일본어의 고유성에 대한 관념이었다. 다니자키는 번역을 통해 근대 일본어를 초월하는 상상된 일본어를 발견함과 동시에 그 일본어를 구사하는 초근대적 주체로 거듭났던 것이다. 서양어를 모델로 구축한 언문일치체, 여기에서 더 발전한 구어체 문장이 소거하고 망각했던 근대 이전의 일본어를 다니자키는 번역의 실천과 번역의 사고로 소환할 수 있었다. 문체 혁신의 매개체로 다니자키는 번역을 실천하고 있었으나, 한편으로 번역의 사고를 작동시켜 서양어와 일본어 사이에서 분열된 근대적주체를 재구축하는 계기를 마련했다고 말할 수 있겠다.

| 참고문헌 |

<국내자료>

김춘미, 「소설가와 번역」, 『일본학보』제59집, 2004, 236쪽.

로만 야콥슨, 『일반언어학 이론』, 권재일 역, 민음사, 1989, 84쪽.

발터 벤야민, 『발터 벤야민의 문예이론』, 반성완 역, 민음사, 1993, 327쪽.

사카이 나오키, 『번역과 주체』, 후지이 다케시 역, 이산, 2005, 11쪽.

이한정, 「일본소설의 근대화와 자국어 − 다니자키 준이치로의 일본어 인식 − 」, 『일본
        어문학』제28집, 296 − 299쪽.

李漢正, 「交錯する文体 − 谷崎潤一郎 『春琴抄』の日本語」, 『일어일문학연구』제58집1권,
        2006, 125 − 127쪽.

<국외자료>

井上健, 「『文章読本』の道 − 谷崎潤一郎と翻訳という「制度」」, 亀井俊介 編, 『近代日本の翻
        訳文化』, 中央公論社, 1994, 335 − 362쪽,

大江健三郎, 「谷崎潤一郎の擬古典性についてなど」, 荒正人 編, 『谷崎潤一郎研究』, 八木
        書店, 1972, 626쪽.

大島真木, 「谷崎潤一郎の翻訳論」, 亀井俊介編, 『近代日本の翻訳文化』, 中央公論社,
        1994, 363 − 390쪽.

川村二郎, 『翻訳の日本語』日本語の世界15, 中央公論社, 1981, 117쪽.

柄谷行人, 「翻訳者の四迷 − 日本近代文学の起源としての翻訳 − 」, 『国文学』第46巻第10
        号, 2004, 6 − 13쪽.

谷崎潤一郎, 「卍」, 『改造』3月号, 1928,75쪽.

谷崎潤一郎, 『谷崎潤一郎全集』第12巻, 中央公論社, 1967, 18쪽.

谷崎潤一郎, 『谷崎潤一郎全集』第20巻, 中央公論社, 1968, 204쪽.

谷崎潤一郎, 『谷崎潤一郎全集』第21巻, 中央公論社, 1968, 115 − 173쪽, 236 − 237쪽.

谷崎潤一郎, 『谷崎潤一郎全集』第23巻, 中央公論社, 1969, 137쪽, 545쪽.

李漢正, 『教養としての古典 − 過去·現在·未来 − 』, 第28回国際日本文学研究集会会議録, 国
        文学研究資料館, 2005, 161 − 186쪽.

佐藤春夫, 「文学ザツクバラン − 文芸批評 − 」(1936年2月), 『定本 佐藤春夫全集』第21巻,

臨川書店, 1999, 28쪽.

柳父章, 『比較日本語論』, 日本翻訳家養成センター, 1979, 4-20쪽.

紫式部, 『源氏物語 一』, 新日本古典文学大系, 岩波書店, 1993, 7쪽.

谷崎潤一郎訳, 『潤一郎訳源氏物語』卷一, 中央公論社, 1939, 7-8쪽.

谷崎潤一郎訳, 『新訳潤一郎 源氏物語』卷一, 中央公論社, 1951, 6쪽.

与謝野晶子訳, 『新訳源氏物語』, 新興社, 1934, 4쪽.

泉鏡花, 「会話, 地の文」(1910年11月), 『鏡花全集』卷28, 岩波書店, 1942, 703쪽.

国語調査委員会編, 『口語法』, 国定教科書共同販売所, 1916, 1쪽.

宮崎靖士, 「谷崎潤一郎『卍』(初出稿)におけるテキストの生成と変容－昭和初年代の<方言>使用と<他者>認識－」, 『日本近代文学』第67集, 2002, 82-83쪽.

高木治江 『谷崎家の思い出』 構想社, 1977, 21ー23쪽.

二葉亭四迷, 「余が翻訳の標準」, 『明治文学全集』17, 筑摩書房, 1971, 111쪽.

<인터넷자료>

www.horrormasters.com/Text/a0698.pdf

제3장

「고향」에서 「조선의 얼굴(朝鮮の顔)」로
-현진건 단편소설의 구축과 일본어 번역-

권 정 희

1. 들어가며

빙허(憑虛) 현진건의 단편 「그의 얼굴」(『조선일보』, 1926.1.3)은 동년 3월 단편집 『조선의 얼굴』에 「고향」으로 개제되어 수록되고 8월에 「조선의 얼굴(朝鮮の顔)」(『조선시론(朝鮮時論)』제 1 권 제3호, 1926.8)이라는 표제로 일본어로 번역되었다. 「그의 얼굴」에서 「고향」으로의 개제와 단편집 『조선의 얼굴』과 동일한 제목의 일본어 번역 「조선의 얼굴(朝鮮の顔)」 등이 1926년에 거의 동시에 이루어진 것이다. 이러한 「고향」의 역동적인 성립의 프로세스는, 현진건의 또 다른 번역 작품

「고향」(『개벽』3권 25호, 1922, 치리코프 작)과 견주어볼 때 비로소 개제 과정에 대한 이해의 실마리를 얻게 된다.

백발의 노인에 이르러 돌아온 고향이 폐허가 된 우울한 조국애와 젊은 날의 향수를 주제로 하는 1인칭 서술¹의 번역 「고향」은 현진건의 「고향」과 관련성이 있다. 「고향」이 수록된 단편집의 표제 『조선의 얼굴』은 일본어 번역의 제목으로 채택되었다.² 번역자가 명시되지 않은 채 「창작 번역 조선의 얼굴(소설) 현진건 작(創作翻訳 朝鮮の顔(小説) 玄鎭健 作)」으로 표기된 일본어 번역은 현진건의 번역소설 연구에서도 다루어진 바 없으며 학계에 공식적으로 논의된 바 없다. 따라서 본고에서는 원작 「고향」과 일본어번역 「조선의 얼굴(朝鮮の顔)」의 차이를 분석하여 「고향」에 대한 새로운 의미 부여와 해석을 시도할 것이다. 이는 현진건의 창작과 번역을 아울러 소설 창작과 일본어 번역의 상관관계를 규명하는 논의의 토대가 될 것이다. 물론 번역자를 명시하지 않은 일본어 번역이 현진건의 번역임을 현 단계에서 논증하여 확정하기란 어렵다. 발표 매체 『조선시론』³의 번역

---

1 김현실, 「현진건의 번역소설에 관한 소고」, 『이화어문논집』제5집, 1982.12, 262쪽.

2 "본호에 연재해야할 소설로서 신민 7월호에서 최서해씨의 「누가 망하나」를 선출했지만 또 게재 안된다는 것. 그래서 이번은 현빙허씨의 단행본 「조선의 얼굴」의 마지막 1편 「고향」을 개제하여 연재하기로 했습니다. 전화로 니시무라 검열계와 교섭하여 승락을 얻었으므로 안심입니다."(「편집실소식」, 『조선시론(朝鮮時論)』제1권 제3호, 조선시론사, 1926.8, 100쪽).

3 『조선시론』은 경성에서 1926년 6월 창간되어 1927년 10월까지 발간된 일본어 잡지이다. 발행인 겸 편집인 오야마 도키오(大山時雄)는 세도샤(正道社) 회장. 조선시론사는 세도샤(正道社) 본부로서"동양영원의 평화와 일선양민족의 행복을 위해 우리들은 좋은 일본인이 될 것을"목적으로 하는 일본인들의 결사조직으로'민중을 기조'로 하는 노선을 취한다.

수록의 경위에 이르는 실증적 고찰과 현진건의 일본어 글쓰기에 대한 관련 자료의 방증을 통해 번역 여부를 논증할 수 있을 것이다.

『조선시론』에 수록된 현진건의 「피아노(ピアーノ)」(1926.9)는 번역자 '임남산(林南山) 역'이 명기되었으며 번역자를 표기하지 않은 다른 작품에는 아무런 부제를 달지 않았다는 점에서도 '창작 번역'은 「고향」의 일본어 번역에 한정된 특이한 것이다. 번역자가 명시된 동일 매체의 현진건의 창작 번역 작품 혹은 다른 매체에 게재된 「B사감과 러브레터」의 일본어 번역 등의 번역 양상을 비교함으로써 「조선의 얼굴(朝鮮の顔)」의 번역의 특질을 현진건의 언어의식 및 문학적 특질과 관련짓는 고찰이 가능한 것인가에 대하여 가늠할 수 있다. 이는 향후의 연구를 통해서 현진건의 번역이 갖는 행위의 전모가 밝혀질 것이다. "명작을 소개한다는 의식보다 자신의 소설 기법을 익히기 위한 방편으로 활용"하는 '습작'[4]을 위한 번역 행위의 의미를 갖는다는 선행연구의 성과 위에서 본고는 현진건의 번역 연구의 폭을 넓히는 기반이 될 것이다. 창작과 번역 사이의 다양한 관계의 가능성을 내포하는 '창작 번역'의 함의는 한국의 번역·번안의 역사적 통시적인 고찰을 통해 규정되어야 할 것이다. 이 글에서는 '창작 번역'을 「조선의 얼굴(朝鮮の顔)」에 한정하여 『조선시론(朝鮮時論)』의 잡지 매체와 관련한 다양한 가능성을 모색함으로써[5] 번역자의

---

4 현진건의 번역은 '1920-1923년 문단 초기에 집중되었다' 조진기, 「현진건의 번역소설연구-초기 습작과정과 관련하여」, 『인문논총』제12집, 1999, 26쪽.

5 조선어 학습을 회원의 의무로 한 '세도샤'에서 발간한 『조선시론(朝鮮時論)』은 조선인의 민의 파악을 위하여 각종 한글 신문과 잡지에서 주요 기사·논문·소설 등을 번역하여 소개했다. (다카야나기 도시오(高柳 俊男), 『『朝鮮時論』別冊解題·

総目次·索引』, 緑蔭書房, 1997, 9쪽) 따라서 문학 작품의 번역은 '세도샤' 회원인 『조선시론』 편집부에서 이루어졌다고 하겠다. 번역 작품의 경위를 알려주는 기술로 다음을 참조할 수 있다. "동아일보소재사가 최남선씨의 단군론은 번역후, 씨의 교열까지 거쳤지만 연재하기에는 조금 길어 다른 방법을 생각하기로 했다"(「편집후기」, 『조선시론(朝鮮時論)』제1권 제1호, 1926.6) 여기에서 편집부에서 번역 후 작가가 교열하는 방식이 일반적이라는 것을 알 수 있지만 작품에 따라 번역자를 명시하는 등 개별 작품마다 사정은 다르다. 따라서 여러 정황을 고려하면 ① 문학 작품의 번역은 번역자를 명시한 것과 명시하지 않은 작품이 있다. 후자는 편집부 또는 '세도샤' 회원의 번역일 경우로 상정할 수 있다. ② 번역자를 명시하지 않은 작품을 편집부 번역으로 전제할 때 '창작 번역'의 의미는 ① 저자 교열을 뜻하는 가능성 ② '창작의 번역'이라는 장르표지일 가능성 ③ '창작·번역'의 뜻으로 '현진건 작'이라는 작품의 소유 주체로 귀속시킬 수 있는 가능성이 있다. 각각의 가설을 타진해본다면 ①은 번역자를 표기하지 않은 여타의 작품은 저자 교열을 거치지 않았다는 가정이 성립해야 한다. 예컨대 『조선시론』에 수록된 이익상의 「亡靈の亂」舞」는 번역자를 명시하지 않았지만 '창작 번역'이 병기되지 않았다. 저자 교열은 창작자와 번역자가 병기되는 매체의 체재에서 드러나지 않는데 유독 「조선의 얼굴」에만 저자 교열을 뜻하는 의미로 '창작 번역'을 사용했다는 추론은 무리가 따른다. 이는 일본어 번역과 에스페란토 번역이 나란히 게재되었던 「소설 피아노」(林南山譯, 에스페란토 역)에 '창작 번역'과 대조적으로 '소설'을 병기했다는 점에서도 '창작 번역'이 장르표지로서만 이해된다면 이 작품에만 있어야 할 필연성은 여전히 해소되지 않는다. 제목에 '소설' 장르를 부기했다는 점에서도 굳이 장르를 명시하기 위해서 '창작 번역'을 더할 필요가 없다는 뜻이다. 즉 동일한 매체에 실린 여타의 창작의 번역과는 다른 경위를 나타내는 일본어 번역을 뜻하는 것일 가능성이 높다. 편집부 번역→저자 교열과는 역으로 저자 번역의 초고→편집부 교열의 가능성 혹은 번역 단계에서 저자 교열 이상의 저자의 개입을 의미하는 개연성을 상정할 수 있다. 이러한 가설은 저자에 의한 번역을 왜 명시하지 않았는가의 문제가 발생하는데 이는 매체의 성향과 1926년은 이미 번역에서 창작으로 자신의 작가적 위상을 정립하는 시기임을 감안할 때 현진건의 작가 의식의 관계에서 추론의 여지가 없는 것은 아니다. ②'창작의 번역'이라는 장르표지의 가능성을 상정해볼 수 있다. 『조선시론』의 목차에는 '소설번역 감자(じゃがいも)'와 같은 장르표지도 있는데 이에 견주어 본다면 1인칭 소설의 형식이 논픽션과 대비되는 '창작'을 의식하게 했을 수도 있다고 하겠다. 매체의 성격을 고려한다면 회원들의 조선어 학습을 위한 공동 번역의 가능성도 있다. 즉 잡지의 편집부는 곧 '세도샤'의 회원이므로 조직의 활동, 교육 사업의 일환으로 '번역'이 이루어졌을 수도 있다는 것이다. 그렇다면 앞서 ①의 가설, 즉 장르 표지를 이중으로 '창작 번역'과 '소설'을 나란히 병기한 것은 픽션, 즉 창작의 번역이 장르를 드러내지 못한다는 판단에서 '소설'을 추가했을 수도 있다. 이러한 가설은 동일한 소설 장르의 번역에 '창작 번역'을 명기하지 않은 점을 설명해 준다. ③ '창작'과 같이 번역했다는 번역의 방식을 의

존재를 실체화하는 것이 아니라 한국어 원작과 일본어 번역의 차이를 통해 원작을 새롭게 조명하고 한국어에서 일본어로의 이언어의 번역이 문학에 어떠한 문제를 발생시키는가, 언어에 따른 소설세계의 차이가 갖는 문제성을 탐색하는 포괄적인 논의를 지향할 것이다. 따라서 표제에 병기된 '창작 번역'의 함의를 이 글에서는 번역자의 실체를 단정 짓기보다[6] 장르표지의 성격과 동시에 여러 가능성을 포함하여 작가 현진건에 의한 저자 교열, 혹은 '저자 교열'이라는 『조선시론』의 통상적인 제작 방식을 상회하는 창작과 번역의 밀접한 관련성을 함축하는 용어라는 추론이 이 글의 원작

미하는 경우를 상정해 볼 수 있다. 즉 원작에 얽매이지 않고 자유롭게 번역자의 자의로 번역했다는 뜻은 비교적 원작에 충실한 번역이라는 점에서 배치된다. 이와 같이 여러 가능성을 검토하면 '창작 번역'이 「조선의 얼굴」에만 표기되었다는 점은 현진건 작품과 관련한 성립의 특이성으로 이해된다. 이러한 점에서 현진건이 참가한 『조선문단』의 '창작소설합평'난을 상기하는 것은 『조선시론』의 '창작 번역'이 이에 조응하는 것임을 이해하는데 유효하다. 즉 현진건의 작품 번역의 과정에서 붙여진 장르표지의 성격을 띤다고 하겠다. '창작소설'이라는 장르표지는 모방과 표절을 배제하려는 근대 초기의 시대적 산물로서 개인의 독창성에 문학의 가치를 부여하는 것이라 하겠다. 『조선시론』에서 「조선의 얼굴」이 유일 무일한 장르는 아니다. 동일한 매체에서 장르표지의 방식이 「조선의 얼굴」에만 다르게 표기되었다는 점에서 현진건의 번역 성립의 특이성을 ① 기존의 현진건 작품의 장르표지에 대한 의식 ② 통상적인 저자 교열의 범위를 넘는 원작자의 번역 개입 행위의 가능성으로 상정할 수 있다. 즉 일본어 번역의 표제에 현진건의 의사가 반영되었다는 가정에서 현진건의 중역인적 번역과는 다른 창작에 대한 번역이라는 의미를 담았다고도 할 수 있다. 이러한 가설은 「조선의 얼굴」에만 '창작 번역'이 병기된 이유를 설명해준다.

6　현진건에 의한 '창작·번역'이라는 가설은 한국어를 직역한 한자어 어휘 '역둔토(驛屯土)', '정종(正宗)'등 원문을 '서(ーて)'의 연결형 어미로 접속하여 원문보다 장문으로 번역한 예가 산견되어 동일한 매체의 타 일본어 번역 작품과도 다른 특징을 보인다는 점에서 한국인 번역자를 추정할 수 있다는 점에 근거한다. 이러한 점에서 「조선의 얼굴」에 병기된 '창작 번역'은 어떠한 형태로든 창작과 번역의 긴밀한 프로세스를 나타내는 번역 작품 성립의 특이성을 함축한다는 가설이 제기된다.

과 일본어 번역의 언어에 따른 소설 세계의 차이를 고찰함으로써
보다 뒷받침될 것이다. 이는 현진건의 언어의식 및 창작과 번역의
상호연관성을 고찰하는데 보다 진일보한 성과가 될 것이며 향후
소설 장르 구축에 일본어 번역이 개입되는 방식을 다양한 층위에
서 논의하는 토대가 될 것이다.

2. 화자의 위치 — 식민지 조선의 다중 언어 상황의 번역

주지하는 바와 같이 「고향」은 차 안에서 그와 동행하면서 그에
게 들은 귀향길의 이야기를 내부 이야기로 그를 조망하는 내부 시
점의 '나'의 이야기를 외부 이야기로 하는 액자 소설식 구성을 취
한다.[7] 짤막한 단편의 일본어 번역 「조선의 얼굴(朝鮮の顔)」은 스토리
의 변개나 구성상의 변화는 없다. 원작에 충실하게 일대일 대응시
키듯 번역한 일본어텍스트는 비유 표현과 종결어미·시제·어휘·통
사론적 배치 등의 미세한 차이가 있다. 이것이 원작과 일본어 번
역의 소설세계에 어떠한 의미를 갖는지 소설의 도입을 예로 살펴
본다.

대구에서 서울로 올라오는 차중에서 생긴 일이다. 나는 나와 마주앉
은 그를 매우 흥미있게 바라보고 또 바라보았다. 두루막격으로 「기모

---

7 김구중, 「현진건 '고향'의 배경 연구」, 『한국문학이론과 비평』1권 1호, 1997,
106쪽.

노」를 둘렀고 그 안에선 옥양목저고리가 내어보이며 아랫도리엔 중
국식 바지를 입었다. 그것은 그네들이 흔입 입는 유지모양으로 번질
번질한 암갈색필육으로 지은 것이었다(−중략−)『도고마데 오이데
데수가』하고 첫마듸를 걸드니만(−중략−)『네쌍나을취?−』『을씽섬
마』하고 덤벼보았으나(−중략−)그것은 마침 짐승을 놀리는 요술장
이가 구경군을 바라볼 때처럼 훌륭한제재조를 갈채해 달라는우슴이
엇다.(−중략−)『어대꺼정 가는기요』라고 경상도 사투리로 말을 붙
인다.『서울까지가오』[8]

대구에서, 서울로 올라오는 기차 안에서의 사건이었다. 나는 자신과
마주 앉아 자리를 차지하고 있는, 그를 쉴 새 없이 흥미 깊은 눈으로 바
라보았다. 周衣(두루마기) 대신에 「기모노」를 걸쳤고, 그 아래에는 양복의 상의를
입고 아래에는 지나식의 즈봉을 입었다. 그것은 그들 지나의 노동자가
몸에 두른 것을 자주 보게 되는, 기름종이와 같은 매끈매끈한 광택 있
는 적갈색 직물로 만든 것이었다.(−중략−)「어디까지, 가십니까?」하
고 말을 걸었다고 생각했더니(−중략−)『당신은 어디에 가는가(유−상구나르휴이)』
『성은 뭐요(우르신사무아아)』하는 식으로 나열해보았지만(−중략−)그것은 마치 짐승
을 부리는 자가 짐승에게 묘기를 시키면서 관객을 바라볼 때와 같이
훌륭한 자신의 재주를 칭찬 받고 싶어하는 듯한 웃음이었다.『어디까
지 가는기요』라고 경상도를 그대로 드러내는 사투리로 말을 걸어왔다.
『서울까지, 갑니다』[9]

---

8 현진건,「故鄉」,『조선의 얼굴』, 글벗집, 1926.3, 157−158쪽. 현대어 표기로 고침.
9 원문은 다음과 같다. "大邱から、京城に歸つて来る、汽車中での出来ことであつ

달리는 기차 안의 이국적인 풍물과 외국인에게 스스럼없이 말을 건네는 '그'를 바라보는 나의 불편한 시선을 드러내는 소설의 도입은 식민지 조선의 1920년대 다중언어(Multilingualism)의 상황을 명징하게 드러낸다. '두루막격', '기모노'에 옥양목 저고리, '고부가리'로 깎은 머리의 동양 삼국 옷을 한 몸에 감은 '희화화된 타자성'10 이 일본어·중국어의 '언어 간의 복수성(復數性)'과 방언11·표준어 등, '한 언어 내부의 복수성'이 공존하는 식민지 조선의 언어적 상황으로 표출되는 소설의 도입 장면은 일본어번역도 크게 다르지 않다. 그러나 일본어 번역에서 관찰자 '나'의 눈에 비친 외양을 전달하는 형식, 객관 세계의 진술 방식과 외국어 표기와 방언의 번역, 비유와 언어 표현의 층위 등에서 미세한 차이를 보인다.

원작의 현재형 어미를 일본어 번역에서 과거시제로 바꾼 소설의

た。私は、自分と向ひ合つて座を占めてゐる、彼を引つ切りなしに、余程興味深い目で、眺めて居つた。周衣の代りに「キモノ」を羽織り、その下には洋服の上衣を着け、下には支那式のズボンを着けてゐた。それは、彼等支那の労働者が身に纏ふて居るのをよく見受ける、油紙のような、すべすべとした光沢のある海老茶色の織物で、造つたものであつた。(중략)「何処まで、お出でですか?」と皮切り言葉を掛けたかと思ふたら(중략)『貴君は何所え行くか』『姓は何に』てな調子で並べて見たけれども、(중략)それは丸で獣物使ひが獣物に芸をさせながら、観客を眺める時のように、立派な自分の腕前を、賞めて貰ひたいと云つた風な、笑顔であつた。私は意地悪く、彼の視線を避けて了つた。(中略)「何処まで、お出でなせいますだね」と慶尚道丸出しの訛で云ひ掛けて来た。「京城まで、参ります」" (졸역, 방선은 필자)현진건 작,「조선의 얼굴(朝鮮の顔)」, 앞의 책, 83 - 84쪽.

10 김원희,「1920년대 김동인 현진건 소설의 서술자 기능」,『현대문학이론연구』제36집, 2008.12.

11 사회 언어학에서는 방언과 표준어의 병용도 포괄적 의미의 이중 언어 상황(diglossia)으로 간주한다. 다이글로시아는 두 개의 언어가 서로 다른 위계에 놓여 있는 경우를 지칭한다(김수림,「방언 - 혼재향의 언어」,『어문논집』제55호, 2007).

첫머리와 연이어 대상을 바라보는 나의 '눈'을 드러낸 변화는 소설 세계의 지각 방식과 언어의 관계를 보여주는 것이다. "그를 쉴 새 없이 흥미 깊은 눈으로 바라보고 있었다(彼を引つ切りなしに興味深い目で、眺めて居つた)."라는 일본어 번역의 '나'의 '눈'의 전경화와 과거시제로의 변화는 화자의 시선을 부각시킨다는 점에서 연동하는 문제이다. 주지하는 바와 같이 서술되는 것이 과거의 사건이라는 것은 한국어와 일본어에서도 현재형어미로도 가능하다. 또한 '나'의 눈을 드러내지 않아도 '바라보'는 나의 지각 행위는 달라지지 않는다.

과거시제 '－ㅆ다(-た)'로의 전환은 관찰 대상 세계가 보이는 발화주체의 위치와 관련하여 "발화시점에서 과거의 자신을 회상하는 것, 즉 과거의 자신을 관찰하는 것"[12]으로 '과거시제는 서술이 스토리 이후에 이루어지는 사후 서술의 시제로서 시간적으로 스토리 이후에 공간적으로 스토리 바깥에 놓이는 화자의 위치에서 가능해진다.'[13] 또한 '소설세계에 질서를 부여하는 기호 단순과거'[14]로의 '시제 변환은 어떤 행위를 대상화하고 있는 발화 주체 자신의 얼굴을 선명하게 보여'[15]줌으로써 "독자에게 담론을 중개하는 보여지는 시선"[16]인 목격자로서의 나의'눈'의 가시화와 결부된다. 즉

---

12 언어장치로서의 과거형은 메이지기 언문일치 운동의 소산이다. 이에 대해서는 노구치 다케히코(野口武彦), 노혜경 역, 『일본의 '소설' 개념』, 소명출판, 2010, 참조.

13 박현수, 「두 개의 '나'와 소설적 관습의 주조－현진건 초기소설 연구」, 『상허학보』 제9집, 2002, 238쪽.

14 Roland Barthes, 渡辺淳訳, 『영도의 에크리튀르(零度のエクリチュール)』, みすず書房, 1971.

15 안영희, 『한일근대소설의 문체성립－다야마 가타이·이와노 호메이·김동인』, 소명출판, 2011.

133

작중 세계를 지각하는 화자의 위치에 대한 자각이 일본어 번역에
서는 소설의 형식적 기제를 공고히 하는 형태의 변형을 야기했다.
관찰 대상이 '보이는' 위치에서 지각되는 세계를 그린다는 관념이
원작과 일본어 번역에서 공유되는 것이다. 또한 일본어 번역에서
는 시간적으로 내가 체험한 것을 서술한다는 과거 시제와 화자 나
의 '눈'을 강조함으로써 화자 '나'에게 지각되는 세계인 것처럼 묘
사한다는 의식을 관철시켰다. 전편을 통하여 원작과 일본어 번역
에서는 내가 체험한 것의 서술과 내가 그에게 들은 것의 서술을 구
별하려는 의식이 종결어미에 표출되는 등 소설의 형식, 장르 규범
의 의식이 뚜렷하다.

조선인 그의 타자를 향한 말 걸기 '실랭이', '덤벼드는' 행위에
무관심과 거부의 반응을 보이는 차안 풍경을 연신 '지절대는' 일본
어와 '웅얼거리'는 중국어, 경상도 방언 등 언어를 통해 포착한다.
이질적인 언어가 난무하는 소설 세계를 "도고마데 오이데 데수가"
하고 한국어와 같이 분절한 일본어 표기와 "네쌍나을취?", "니씽
섬마?" 하고 의미를 알 수 없는 중국어의 어눌한 소리를 살린 청각
적 영상의 기표로 한국어의 발화와 변별한다. 동양 삼국의 옷을 입
은 외양과 세 나라의 말로 '주적대는 꼴'에 눈살을 찌푸리는 '나'의
시선의 배후에는 의사소통의 장애와 단절을 모어 시스템의 외부에
놓인 사회구성원의 다언어적 억압적 상황으로 파악하려는 인식이
깔려 있다. 한국어 글쓰기에 작동하는 서술자 '나'의 지각에 걸러

---

16 김구중, 앞의 글, 106-107쪽.

져 도드라진 소리, 한낱 '지절대는' 소음과 같이 의미 불가해한 이질성의 세계를 드러내어 식민지의 다중 언어적 상황의 소통 불가능성을 표상한다. 이러한 식민지의 언어의 억압적 상황이 만들어낸 이·다언어의 대형상(Configuration)에서 모어 관념의 토대를 살펴볼 수 있다.

모어의 관념이 창출되기 위해서 이·다언어의 대형상이 전제된다. 한국인 작가가 일본어로 쓰는 행위는 '조선어가 아니'라는 대형상적 조건에 의해 제어되어 발화 의식과 언어 간의 관계나 작자 독자의 의식 지향성이 일본어라는 공동체의 외부 언어 시스템에서 설정될 때 표현의 장애라든지 발화자 수화자의 소통 불가능성이 부각된다.[17] 소설의 도입 장면에서 표출되는 의사소통의 장애와 갈등은 "어대꺼정 가는기요" 투박한 경상도 방언과 "서울까지 가오" 하고 표준어의 대비로 '그'와 '나'의 경계를 언어로 자신의 정체성을 드러냄으로써 소설 세계를 지배하는 모어의 관념을 보여준다. '지나치게 반가워하는 말씨'로 파악하는 화자의 언어감각은 하나의 언어를 공유하는 모어 화자들의 '공감의 공동체'에 입각한 것이다. 한편, 일본어 번역에서는 원작과 다른 방식으로 분절하여 "어디까지, 가십니까?(「何処まで、お出でですか?」)"로, "『당신은 어디에 가는가(貴君は何所え行くか)』", "『성은 뭐요(姓は何に_)』"로 일본어의 후리가나를 단 중국어 표기로 번역함으로써 중국어의 의미 모호한 소리가 표상하는 의사소통의 장애와 긴장이 희석되면서 소통되는 외국어로

---

17 정백수, 「식민지 작가의 이중 언어의식 ─ 김사량의 경우」, 『비평』1호, 생각의 나무, 1999, 253쪽.

변환된다. 횡설수설한 일본어, '지절대는' 외국어가 표상하는 원작
의 타자와의 소통 불가능성이 의미를 앞세운 이중 표기의 일본어
번역에서는 소통을 잠재하는 언어로 전환하면서 '침묵'과 '파리'
의 비유로 냉소와 혐오감을 부가한다. "잘 받아주지 않으매"를 "묵
묵히 있으니까 의욕이 없는 것을 알아챘지만(黙々として居るから、張合が無い
と看取ったが)"으로 "실랭이를"를 "파리"로 일본어 번역에서는 상대방
의 소통 거부의 의사를 설명하거나 비유로 대체한다.

　조지 스타이너는 인간의 모든 발화의 기본적 특징을 언어의 사
적 의미와 공공적인 의미 사이의 긴장 갈등 관계, 즉 이중성으로 간
주하여 양자를 혼효한 일상의 이야기를 중간영역으로 설정, 원활
한 언어 활동은 사적인 내용의 공공화를 도모하면서 사적인 것의
고유한 성질을 훼손하지 않는 '모순을 함축한 정합성'의 발견이 가
능하다고 여겼다. 인간의 모든 언어는 보편성과 나란히 개인적 언
어 사용의 사적 성격과 공공성의 모순을 함축한 번역의 문제라는
것이다.[18] 이러한 언어활동에 대한 이해는 「고향」의 언어의 사적 성
격의 '다의성, 모호성, 애매성'을 일본어 번역에서 '보편적인 규약,
규칙으로 설명하는 보완'에 의해 공공성이 추구되는 변화를 설명
해 준다. 억양·발음·몸짓·표정·육체를 동원한 '면대면(face-to-face)
커뮤니케이션에서 일어나는 발화'인 입말의 비공식적인 언어 표현
이 일본어 번역에서는 글말로 쓰기의 문자체계로 전환되면서 설명
이나 비유로 의미를 전달하기 위한 변형이 이루어진다.

18　George Steiner, 亀山健吉訳, 『바벨 이후에-언어와 번역의 제상(バベルの後に―
　　言葉と翻訳の諸相)』上, 法政大学出版局, 1999.

경상도 방언을 일본의 방언으로 번역했지만 외국어와 표준어 사
이에서 도드라지는 경상도 방언의 억양과 발음의 지역적 공간성은
일본의 특정한 지역의 공간성과 결부되지 않는다. 원작의 '시간과
장소'를 소환하는 방언은 외국어, 표준어라는 언어의 위계에서'내
외 풍속의 융합'에 대한 풍자와 해학으로 작용하는 반면 언어의 이
질성이 한층 사상된 일본어 번역에서는 방언의 언어적 기능이 한
층 희석된다. "방언이 계급, 성별, 인종, 나이, 종교를 괄호 안에 넣
어버리는"[19] 강력한 지역적 동질감을 부여하지 못하는 일본어 번
역의 지역적 출처 모호한 잡종의 방언의 번역은 방언이 담당했던
이들 개별 고유한 개성, 성향, 인격적 특징 등 인물 조형의 구체성
을 돌려주는 작업이 역으로 이루어지는 변형을 볼 수 있다. "기묘
한 모임을 꾸미는 것"으로 냉소하는 그에 대한 외양 묘사는 일본
어 번역에서 "지나의 노동자가 몸에 걸친 것을 자주 보게 되는",
'조선식', '양복'과 같이 국적·계급 개념의 틀이 더해 진다.[20] 개인
이 맺는 다양한 사회적 관계인 지방적·계급적·성적 차이 등 다양한
비공약적(非共約的)인 개인의 복합적 아이덴티티의 중핵에 에쓰닉
(ethnic) 내셔널로의 특권화, 민족=국민 공동체로 귀속시키는 언어
내셔널리즘[21]이 작동한다. 원작의 언어 표현에서 개성·인격적 특

---

19 김수림, 앞의 글, 329쪽.
20 원작의 "신의주로 안동현으로 품을 팔다가"를 "신의주에서 안동현까지 흘러흘
    러 노동자가 되어(信義州から安東縣まで流れて流れて労働者となって)"로 번역한
    것이 그 예이다.
21 미우라 노부차카·가스야 게이스케, 이연숙·고영진·조태린 역, 『언어제국주의란
    무엇인가』, 돌베개, 2005, 28쪽.

징·계급·직업·성적 차이 등 인물 조형을 구체화하고 생동감을 부여하는 발화가 일본어 시스템에서는 관찰 대상을 일본어의 식자 능력· 계급·국적·인종 등 집단의 유적(類的) 특질로 유형화하여 파악함으로써 대상의 고유한 구체적 개별성이 희석된 채 집단적 공동체로 귀속시키는 획일화의 폭력이 작용한다. 후리가나를 단 중국어 표기의 의사소통의 환상은 방언의 특권적 위계를 잠식함으로써 원작의 방언에 입각한 정체성을 계급 개념을 부가하여 등가적으로 표상하여 보완하려는 의식이 작용한다. 일본어 시스템에서 원작보다 한층 계급·감상·성격·심리적 정황을 부가하는 구체성, 인과 관계의 논리가 부연되는 번역은 조선어 시스템에서 방언이 기능했던 역할을 역으로 보여주는 것이다.

구경꾼 '나'와 그 사이에 가로 놓인 표준어와 방언의 대비, 외국어 표기에서 표출하는 허세와 욕망, 소통 불가능성의 절망 등을 "짐승을 놀리는 요술장이"의 비유로 역전시키는 화자 '나'의 아이러니(Irony)는 다중언어 상황의 억압을 전도하는 것이다. 놀림감인 '그'를 언어를 조종하는 '요술장이'의 주체로 '짐승'을 객체로 전도하는 화자 '나'의 방관자적 시선의 배후에는 언어적 억압에 대한 인식이 자리한다. 그에 대한 나의 경계심의 표현이 언어적 공동체의 감각에 의존하던 원작에서 일본어 번역으로의 이행은 언어적 공동성의 분절, 모국어 독자를 향한 소설 세계, 공동 감각이 일본어 시스템에서 해체되면서 원작과는 다른 소설 세계가 표상된다.

3. 조선 표상의 변용 — 미의식의 번역은 가능한가

객관 세계의 인지 방식이 사물과 세계를 다르게 보이게 한다. 차안의 우스꽝스러운 외양과 "주적대는 꼴"에 '그'를 외면했던 '나'는 '그'의 얼굴이 "찡그리기에 가장 적당한 얼굴임을 발견"하면서 묘한 감동으로 선회한다. 차안 전체를 조감하는 시선에서 그의 얼굴로 차츰 관찰 대상을 좁혀간다. 원근에 따라 크기에 차이를 두어 일관성을 부여함으로써 평면에 깊이를 주는 근대의 원근법적인 시선 체계를 가능하게 하는 것은 투시점(소실점)이라는 화자의 위치 설정이다.[22] 일정한 화자의 위치를 점하면서 그의 얼굴은 '발견'된다. 이러한 화자의 위치 속에서 "막버리군" 그의 "신산스러운 표정"을 눈에 잡힐 듯 생생하게 떠올릴 수 있게 된다. "알로 축 처지는 서슬" 불거져 나온 광대뼈, 실룩이는 두 뺨, 비뚤어진 입 모양으로 퍽이나 늙어 보이는 근엄하면서도 해학적인 "신산스러운 표정"을 한 얼굴이 일본어 번역에서는 "그의 짐짓 점잖은 체하는 표정(彼の済まして気取って居る表情)"으로 바뀐다. '나'의 눈에 비친 관찰 대상 '그'의 얼굴 표정은 사뭇 다르다. 여기서 무엇이 그의 얼굴을 다르게 인식하게 하는가를 살펴볼 필요가 있다.

9년 만에 찾은 폐허가 된 고향을 "썩어 넘어진 서까래 뚤뚤 구르는 주추는! 꼭 무덤을 파서 해골을 허러저처 놓은 것 같더마."라는 그의 언어의 조선 표상은 고통스러우면서도 해학적인 '그로테스크

---

22 이효덕, 박명관 역, 『표상공간의 근대』, 소명출판, 2002.

한 형상'[23]과 유비(Analogy)적[24] 관계에서 "그 눈물 가운데 음산하고 비참한 조선의 얼굴을 똑똑히 본 듯싶었다"라는 '나'의 감동이 전이될 수 있다. 그에 대한 태도 나의 변화는 그가 과거를 털어놓기 이전 그의 얼굴의 '발견'에서 이루어진 것이다. 이는 고향의 발견과 동의어이고 조선의 얼굴이 평행적으로 연결되는 화자와 독자가 교감될 수 있는 콘텍스트의 상호작용 속에서 가능한 것이다. 피폐화된 고향의 얼굴을 중첩시키며 "음산하고 비참한 조선의 얼굴"의 연쇄적인 체계 속에서 획득되는 '그'의 얼굴에 대한 감동은 단지 모진 세파에 단련된 거친 얼굴을 발견했기 때문이 아니다. "찡그리기에 가장 적당한 얼굴"임을 발견한 감동은 그의 생명력을 억압하는 현실에 생명체로서의 자기 보존의 견지에서 '자기의 실존의 목적을 자신 안에 가지고 있는 자'의 얼굴이라는 존재의 '합목적성'[25]의 판단에 연유한다. 그의 존재 방식에 부합한 '합목적성'의 얼굴에서 고향과 같은 조선의 얼굴을 발견하면서 감동은 증폭된다.

　일본어 번역에서는 직역에 가까울 만큼 충실한 번역으로 "군데군데 찢어진 경성 드뭇한 눈썹"은 "곳곳에 흠집이 있는 매우 옅은 눈썹(所々に疵のある極めて薄い睫毛)", "알로 축 처지는 서슬"은 "아래를 향할 때(下を向く時に)"로 "소태나 먹은 것처럼"의 비유는 "쓴 것이라도 먹은 것처럼(何か苦がいものでも飲んだ後のように)" 등으로 변환된다. "소태"가 "뭔가 쓴 것"으로 대체될 때 비유되는 조선에 흔한 "소태"라는 보

23　이수정, 「기형(畸形)의 인간적 시학－현진건「고향」에 나타난 인물의 그로테스크성을 중심으로」, 『서강어문』제11집, 1995.11, 272쪽.
24　위의 글, 274쪽.
25　임마누엘 칸트, 백종현 역, 『판단력 비판』, 아카넷, 2009, 180쪽.

조관념은 결락된 채 일그러진 얼굴 비뚤어진 입의 명시적 의미만이 전달된다. 공동체의 언어적 '공동성의 감각'에 바탕을 둔 비공식적 언어 표현이 공식적 언어표현으로 대체되면서 앙상한 원관념만이 드러나고 함축적 의미가 상실됨으로써 해학미가 탈각되는 것이다. 밉살스런 얼굴에 깃든 우스꽝스런 표정이 지워지면서 경직된 "짐짓 점잖은 체하는 표정"으로 변모한다. 일본어 번역에서 드러나는 얼굴의 정밀한 소묘에서 탈각된 해학성은 "짐짓 점잖은 체하는 표정"을 만들며 '나'의 내부 인식 변화에 영향을 미치는 형태로 외부 세계를 개념으로 파악하는 관념이 일본어에서는 "생각되었"다로 변환하게 하는 것이다.

대상에 대한 상이한 반응과 가치판단을 내리는 서술자의 태도에서 '나'의 심경 변화의 연유를 얼굴의 발견이 아니라 관념에 구하게 되는 경위를 살펴볼 수 있다. 원작에서는 관찰 대상을 지각하는 인식 주체 '나'의 의식 변화를 기민하게 포착하는데 반해서 일본어 번역에서는 관찰대상과 나의 의식 변화를 즉각적으로 대응시키지 못하여 두드러진 변화의 굴곡을 보이지 않는다. "언어에 따라 고유의 현실구성요소"[26]가 결정됨으로써 다른 소설 세계가 구성되고 얼굴 표정도 달라진 것이다. 전편을 통하여 일본어 번역에서 두드러진 계급 개념의 범주에서 파악되는 서술자 '나'의 시선에 포착된 그의 형상은 낯설게 '발견'되기보다 현실의 그늘이 드리운 강퍅한

---

26 세계를 보는 방식과 언어의 관계에 대하여 언어학자 요스트 도리아는 각각의 언어는 그 언어 특유의 형태로 현실을 구성하고 조직한다는 주장을 편다. George Steiner,op.cit., 161 – 170쪽.

조선인 '노동자'의 얼굴로 위협적이기까지 하다. 계급 개념으로 범주화함으로써 인간의 환경을 구성하는 소설 세계의 물리적인 시공간과 연결되는 조선인 '그'의 존재 조건의 실체성이 부여되면서 이러한 틀에서 그의 내부적 인식과 행동들이 드러나게 되는 것이다. 그의 얼굴 표정의 발견 이후 그가 고향을 떠나게 된 사연을 말하는 대목에서 일본어 번역은 원작보다 한층 그가 처한 상황의 모순된 현실을 예리하게 드러낸다. 원작의 "지주 행세"가 "지주의 권리"로 "중간 소작인에게 긁히고 보"는 것은 "착취당하"다로 대체한 일본어 번역에서는 '권리' 개념을 더하여 소작인의 소유 권리 개념에 어떠한 변화가 발생했는가를 객관적으로 기술한다. 중간 소작인에게 "긁힌"다는 인간 피부의 자극에서 지각되는 고통의 비유로 현실을 파악하는 정서적 감각에 호소하는 에두른 표현이 "착취당하"다와 같은 사회의 대립적인 계급적 인식의 틀에서 파악되는 공식적 직접적인 표현으로 바뀌면서 소작인에게 닥친 변화에 대한 객관적 이해를 가능하게 한다. 모어의 공동체에서 소통되었던 정서적 공감의 어휘들이 일본어 번역이라는 언어 공동체 외부에서 계급·권리·소유 개념으로 사회에 대한 객관적 과학적 접근에 의한 표현의 변화가 이루어졌다. 소설 세계의 형상화 방식에서 한국어 창작에서는 감각에 나타나는 상(像)으로 의식의 매개 없이 감각과 밀접한 표현을 일본어 번역에서는 외적 자극을 직접 받지 않고 의식 속에 떠오른 감각적인 상으로 관념과 결부되는 것이다. 이러한 형상화 방식의 차이 속에서 미의식은 변용된다. 일본어 번역에서 그의 얼굴을 '발견하'지 않고 '생각되었다'로 변화되는 것은 이러한 형상화 방식의 상징으로 소설세계의 지각 방식과 언어의 관계를 보여준다. 외부의 관찰 대상을 지각함으로써 내부 인식이 변화되는 과정이 얼굴의 '발견'이며 이로써 조선의 얼굴을 표상하는 서사의 주제와 연결되는 것이다. 한국어 원작에서 그의 얼굴이 '발견되'어야만 하는 필연성이 여기에 존재한다.

"음산하고 비참한 조선의 얼굴을 똑똑히 본 듯싶었다"는 원문이 "음울한 그리하여 애처로운 조선의 얼굴이 분명하게 엿보여지는 것과 같은 기분이 들었다(陰鬱なそうして、いと哀つぽい、朝鮮の顔が、ハッキリ窺ひ見られたような気がした)"로 변개되는 일본어 번역은 비참한 조선이 애처로운 조선의 얼굴로의 변용과 주체의 시선과의 관련성을 시사한다. 화자 '나'의 정면으로 응시하는 주체적 시선이 비참한 조선의 얼굴을 능동의 추량의 어미로 일본어 번역에서는 "엿보이는" 피동형으로 객체로 전환하는 변형이 "애처로운 조선의 얼굴"로 원작과는 다른 조선의 얼굴을 '보이게' 하는 것이다. 비참함이 가련함으로 주체에서 '보여지는' 대상 객체로 전환하는 일본어 번역은 한국어 창작의 비참한 현실에 대한 분노와 저항성이 한결 누그러진 가련한 조선 표상으로 변용된다. 일본어 시스템에서 원문의 직접 표현이 상징적 비유로 대체되면서 애상적 처연함의 감상이 확장된다. 이러한 퇴영적 애상감이 현실에 대하여 어떠한 감상과 반응으로 연계되는가는 그리 간단하지 않다. 비참한 현실을 타파하려는 저항적 의지를 연민의 감정과 감상으로 대체하는 일본어 번역의 수사의 전략은 해학성이 탈각된 자리에 굳어진 뼈마디, 굵게 패인 주름에 경련이 이는 홀쭉한 두 뺨, 치켜 올라간 입, 가는 눈매를 한 조선인 형상

이 남겨진다. "신산스런 표정"을 발견함으로써 "반감이 풀어지는" 나의 심경 변화를 가져왔던 그의 얼굴이 "짐짓 점잖은 체하는 표정"으로 바뀌면서 경직된 얼굴, 거칠고 매서운 조선인 노동자 '그'가 형상화된다. 섬뜩한 '그'는 "가련한 조선의 얼굴"과는 다른 일면을 드러낸다. 동양척식회사에 삶의 터전을 내주고 살길을 찾아 만주로 서간도로 고향을 등지고 유랑하는 뿌리 뽑힌 그의 삶과 "무덤을 파헤치며 해골을 빠개 부숴버린" 것과 같이 텅 빈 고향은 "음산하고 비참한 조선의 얼굴"로 각인된다.

일본어 번역에서 형상화되는 '그'의 얼굴이 원작과 차이를 발생시킨 연유는 조선 표상의 변용과 직결되는 문제이다. 무덤과 같은 고향을 목도하는 절망감이 그의 "신산스러운 표정"과 겹쳐지면서 비참하고 음산한 조선의 얼굴로 전화되는 감동의 효과를 산출하는 것이다. "경성경성", "실룩실룩", "뚤뚤 구르는", "해골을 허러저쳐 놓은" 이라는 비공식적 언어표현의 '구상적 구연성'이 "파헤치다"라는 공식적 언어표현으로 대체되면서 '사적인 것의 고유한 성질'[27]이 거세된 리듬, 앙상한 의미의 골격만이 도드라져 해골이 나뒹구는 무덤을 엽기적인 그로테스크한 기법으로 희화성의 효과를 내는 원작과 "썩어버린 대들보나 튀어져 나온 주춧돌은 마치 무덤을 연신 파헤쳐 해골을 빠개 흐트러뜨린 것 같다. 이런 바보같은 일이 있나요(腐っちゃった梁や、おっぽり出された敷石はまるで墓を掘り繰り返して、骸骨を、ぶっこわして散らかしてあるようだっただ、こんな馬鹿げたことがあるだかよ)."라는 일본어 번역의

---

27 Ibid., 367쪽.

고향 표상은 미묘하게 다르다.

"우스꽝스러운", "뒤퉁그러진", "부자연스러운", "부조리한", "왜곡된" 등으로 수식되는 그로테스크함은 대립적인 것이 충돌하는 양면성에서 생성되는 미의식이다. '섬뜩함을 주는 두려움의 세계'(카이저) '무서움으로부터 해방된 유쾌한 세계'(바흐친)로 논자에 따라 그로테스크한 세계의 이해는 다르지만 '정신적 공포와의 놀이'라는 인식을 공유한다.[28] 원작의 그로테스크의 형상화 방식이 황폐화된 현실에 압도되는 공포와 절망의 틈새로 뒤틀어진 이면을 드러내는 유쾌한 정신적 유희의 충동의 발현이라면 일본어 번역에서는 '놀이의 충동'이 거세된 왜곡된 현실만이'섬뜩함을 주는 두려움의 세계'로 그로테스크의 미학은 다른 양태를 드러낸다. 원작의 일상 언어의 유희적 상징계가 일본어 번역의 '공공성'을 강화하려는 공식 언어로 대체되면서 암울한 현실의 실재계를 드러내는 폭로의 묘사로 전화한 것이다. 유희, 놀이의 감각이 마비되면서 경직된 표정, 공포와 추악한 현실만이 노골적으로 무자비한 흉물을 드러낸다. "숱 많던 머리가 훌렁 다 벗어졌더마", "이들이들하던 얼굴빛" 언어의 '공감의 공동체'라는 콘텍스트 속에서의 인물의 기형적 그로테스크성이 비극성과 충돌하는 대등한 희극성에서 연유한다면 일본어 번역의 그로테스크 기법은 독자와의 관계에서 해학성이 탈각되면서 허약한 실존의 뿌리를 폭로하는 '가련한 조선'의 얼굴로 미의식은 변용한다.

---

28 이수정, 앞의 글, 269쪽.

방언과 상징, 아이러니 등의 연쇄적 체계에서 현실을 전도하는 쾌감을 주는 원작이 일본어 번역에서는 해학성이 탈각된 자리에 애매모호한 의미를 명료하게 정확하게 전달하려는 원작 존중의 진실성의 번역 태도가 '공공성', 객관적 기준에서 공통 개념을 확장함으로써 현실에 대한 비판적 리얼리즘을 부여한다. 언어 공동체의 정서에 바탕을 둔 표현 그 자체의 즐거움을 추구하는 정신적 유희의 충동이 일본어 번역에서는 윤리성이 대체하면서 그로테스크한 현실 폭로의 예리한 비판과 '섬뜩함을 주는 두려움의 세계'로 스러져가는 존재에 대한 동정과 연민의 감상이 덧씌워지는 것이다. 이것이 번역자의 목적의식적인 선택의 결과인지 언어적 선택이 이루어지는 형식에서 주조된 미의식의 변용인지 명확하지 않다. 미에서 '쾌의 감정'은 '지성과 상상력이라는 인식능력의 조화'에서 비롯한다는 명제가 일본어 번역의 비장한 비애의 미의식의 변용을 설명해 준다.

4. 언어 공동체의 외부 ─ 모어 · 공동성 · 감각

객관 세계를 다르게 보이게 하는 서술이 어떻게 조직되는가. 여기에 의미 없이 지엽적인 문제에 지나지 않았던 종결어미·인칭 대명사 등의 미세한 차이가 소설의 형식적 기제에 대한 의식의 표출임을 엿볼 수 있다. "지금으로부터 구년 전" 그의 발화 시점을 환기하는 것으로 시작한 그의 과거이야기는 추량과 전문의 어미로 수

화자 '나'의 위치를 의식한다. '그'의 이야기에 몰입하면서 '나'와
의 거리들이 좁혀진다. 1인칭에서 3인칭으로 변화되는 액자 속 이
야기의 서술에서 '그'는 '어린 마음'이나 '자기'라는 인칭대명사를
통해 '나'와 일체화해 가는 '그'에 밀착된 화자의 변화를 보게 된
다. 청자이며 화자인 '나'의 '그'의 목소리를 전달하는 혼용된 서술
방식은 그를 가리키는 "어린 마음"과 나를 지시하는 '내'라는 인칭
대명사에 뚜렷하다. 외부 이야기에는 구사되지 않았던 다양한 형
태의 수식어는 초점화자 '그'와 일치한 어휘 선택을 보여주는데 반
해서 번역에서는 서사의 화자와 청자의 관계가 뚜렷하게 분리되어
'나'는 청자의 위치로 돌아선다. "그 안해될 뻔한 댁", "그 처녀"등
안타깝고 애틋한 그의 심정에 다가 선 그녀를 지칭하는 수식어가
탈각된 채 "그 여자(その女)" 등으로 단순화, 획일화가 이루어진다.
번역의 과정에서 감정 이입이 표출되는 문맥에 따른 다양한 수식
어, 즉 화자의 관찰 대상을 향한 태도를 드러낸 어휘를 배제하는 형
태로 은폐된다. 이는 일본어 시스템의 언어적 특징이나 번역자의
어휘 구사력의 문제만이 아니라 일본어 글쓰기에 작동하는 서사
주체의 욕망의 차이와 관련한 것이다.

일본어 번역에서는 수화자로서의 정보의 인지과정을 드러내는
어미와 이에 부합한 거리감이 확연히 표출되었다. 이러한 번역의
추진력은 나와 그의 심리적 일체화, 정서적 연대감의 표출이 서사
의 전달 방식을 균일하게 제어하려는 서사적 욕망에 추동되는 것
으로 화자의 위치에 대한 의식을 보여준다. 내부 이야기의 수화자
와 외부 이야기의 관찰자로의 나를 구별하려는 화자의 의식이 구

어에서 발화되는 '내'로 '그'의 이야기를 듣는 청자를 환기하는 인
칭대명사를 구사하게 하는 것이다. 일본어 번역에서는 원작의 1인
칭 대명사 '나'를 서술 상황에 따라 구별하여 대화의 '나'는 '오레
(俺)'²⁹로 지문의 '나'는 '와타시(私)'로 변별했다. 원작의 지문의 '내
신세'를 일본어 번역에서는 '나(私)'로 표기함으로써 '내'에 내재하
는 그의 절망에 동조하는 화자의 감정 이입의 맥락을 단절시킨다.
즉 원작의 지문에서 구사된 '내'는 '그'의 이야기를 듣고 난 이후로
서 심경 변화를 나타내는 의미를 함축한다. '그'의 이야기에 몰입
하여 점차 변모해 가는 인칭대명사 '내'는 이야기의 청자라는 구어
적 상황을 환기하는 것으로 그로부터 이야기를 듣기 이전의 '나'와
구별된다. 이는 일본어 텍스트에서는 서술하는 '나', '와타시(私)'와
서술되는 '나', '오레(俺)'로 분절된다. 여기에서 한국어와 일본어
글쓰기의 상호간섭적 형태를 유추해볼 수 있다.³⁰ 원작의 지문에서

---

29 주로 남자가 같은 또래나 아랫사람에게 쓰는 1인칭. 약간 거친 말투이나 상대에
   대한 친밀감을 담은 구어의 발화 상황에서 사용한다. 고모리 요이치(小森陽一)
   는 일본어의 1인칭 대명사 '와타시(私)'와 '오레(俺)'를 서술 층위와 관련지어
   <공>과 <사>적 언어세계로 텍스트를 분석한 바 있다. 고모리 요이치(小森陽
   一), 『구조로서의 내러티브 (構造としての語り)』, 新曜社, 1988, 413쪽.

30 그의 이야기를 듣는 나의 감정이입을 나타내는 반응이 "하ー"로 표기된 것은 이
   와 유사한 예이다. 무덤과 같은 고향에서 만난 단 한명의 이웃이 '안해될 뻔한'
   여성이라는 그의 말에 터져나온 '나'의 감탄사 "하ー"는 일본어 번역에서 "하아
   (ハあ)ー"로 표기된다. 한국어에서 "하ー"는 '기쁨, 상탄(賞嘆), 슬픔, 걱정, 노여
   움, 한탄 등의 감정을 나타내는 소리'이지만 '입이 다물어지지 않'을 만큼 놀랐
   다는 경악을 뜻하지 않는다. 일본어에서 "하아(ハあ)ー"는 확실히 '뜻밖에 놀랄
   때의 소리'이다. 문맥에 적확한 감탄사는 일본어이다. 놀람을 뜻하는 감탄사가
   '어'나 '헉'이 아니라 '아'라는 사실에서 일본어와 교섭하는 화자 '나'를 유추할
   수 있다. 경상도 방언의 그와 구별하는 인공적인 표준어를 구사하는 '나'의 언어
   의 혼종성은 번역 「조선의 얼굴」이 한국어 창작 이후에 이루어졌다는 사실과는
   별도로 현진건의 한국어 창작에 개입된 일본어 글쓰기의 간섭의 형태를 살펴볼

구사된 '나'가 아닌 '내'라는 인칭대명사가 초점화자 '그'에 공명하는 표현이라는 것은 역으로 '내'가 일본어 '나'인 '오레(俺)'의 번역어로서 구사되었을 가능성을 잠재한다는 것이다. 원작의 지문에서 '나'와 '내'가 구별되어야 할 근거가 일본어 시스템에서 구해진다면 한국어 창작의 단계에서 일본어 글쓰기가 간섭되는 형태를 보여주는 것이다. 한국어 원작의 "지치었음이더라"라는 한국어 문법을 일탈한 어미도 이와 유사한 경우라 하겠다. 초점화자 '그'의 인식 주체에 기대어 서술 주체 '나'의 발화를 전문(傳聞)의 어미로 전달하는 이 문장은 한국어로는 비문이다. 전문의 어미가 연속적으로 구사된 내부 이야기 이후 청자 '나'에서 서술 주체 '나'로 변환되는 기술에서 단 한번 구사된 "-더라"의 어미로 후퇴한 "지치었음이더라"라는 어색한 조합은 화자'나'의 지각에 의한 발화를 '그'로부터 들은 내부 이야기의 전문의 어미로 통합하려는 의식의 흔적이라 하겠다. 수화자로서의 '나'의 혼동이 전지적 시점의 조선의 서사 장르의 관습적 어미 '더라'로 후퇴하게 하는 것이다. 반면 일본어 번역에서는 그가 들려주는 이야기 외부의 관찰자 '나'의 발화 지점이 관철됨으로써 서술 상황에 부합되는 어미로 변용된다.

서사 첫머리 '눈'을 부각하는 일본어 번역의 서술자의 인지 방식과 언어의 관계를 균일하게 장악하려는 소설의 공통 규범에 대한

수 있는 예이다. 이는 「고향」 이전에 원천이 되는 특정한 작품의 존재를 의미하는 것이 아니다. '습작으로서의 번역' 행위, 혹은 일본문학 작품을 통한 문학 수업에서 배태된 언어 감각의 구체적 형태들이 창작세계에 어떻게 관여하는가를 살펴봄으로써 현진건의 언어 의식과 소설 구축의 프로세스에 보다 구체적인 접근이 가능해진 것이다.

욕망은 원작의 언어적 공동성과 충돌하며 언어 공동체의 감각, 정
서적 반응에 균열을 가한다. 소설의 결말, 원작의 '우리'의 지시 대
명사가 환기하는 공동성의 감각이 그가 취흥에 겨워 부르는 유년
의 노래를 통해 고무되면서 정서적 통합을 나타내는 언어와 공동
성의 관계를 집약적으로 보여준다. 방언으로 표상하는 결핍된 '그'
의 언어와 '나'의 표준어를 한데 묶는 유년의 노래에 억압된 상처
를 보듬어 온전한 충족감을 부여함으로써 오랜 세월 몸에 밴 선율,
익숙한 읊조림에 정처 없이 떠밀려가는 막막한 절망을 풀어내는
모태와 같은 모어의 공동체의 소리에 상처를 씻어낸다. 이언어의
억압 속에서 어릴 적 아스라한 기억 속의 노래를 회복시키는, 육체
가 기억하는 원초적, 근원적인 언어, 방언과 표준어로 분절되지 않
는 '우리'의 의식 깊숙한 기억 속의 언어에 소통의 가능성을 구한
다. 노래를 공유하는 언어 공동체의 공동성과 감각에 바탕을 둔
"멋모르고 부르던 노래"는 일본어 번역에서는 "뜻도 알지 못하고
부르던 노래"로 '감옥소'가 '붉은 벽돌(赤い煉瓦に)'로 "인물이나 좋은
계집"이 "꽃이 무색할 만큼 아름다운 어린소녀(花も羞ぢらふ小娘)"의 비
유로 대체되면서 원작의 민요 <아리랑>의 공동성이 탈각된다. "유
곽으로 가"는 계집을 "언젠가 팔리는 유곽의 새"로 바꾼 일본어 번
역에서는 한층 가련하고 어쩔 수 없이 내몰리는 어린 소녀의 운명
에 대한 동정과 연민의 정서가 짙게 배어있다. 유곽으로 간다는 원
작의 민요가 함축하는 시대 비판, 여성들의 타락이나 도덕적인 질
타 등 공동체의 어조와는 다른 "팔리는" 어린 소녀의 작은 새의 비
유로 개인의 운명성에 초점을 둔 애잔한 감상에 호소한다. 민요가

뿌리내린 공동체의 기억을 일본어 번역에서는 '그녀'의 개별 고유한 운명의 상징으로 대체함으로써 개인의 서정을 강조하는 형태로 언어의 독자 지향성이 틀 지워진다. 원문의 직접 표현이 상징과 비유로 대체되면서 저항성이 퇴색되고 일본어 독자를 향한 공동체의 기억 리듬 7,5조로 언어공동체의 운문적 관습과 결부된 리듬으로 변용된다.

5. 나가며

현진건의 「고향」과 그것의 일본어 번역 「창작 번역 조선의 얼굴(創作翻訳 朝鮮の顔)」을 비교함으로써 번역을 통해서 소설 텍스트의 정치한 분석을 시도했다. 소설의 첫머리 카메라 앵글의 위치를 설정하듯 '눈'을 부가한 번역은 일본어 번역을 관통하는 화자의 위치에 대한 의식을 보여준다는 점에서 상징적이다. 원작에서 보이는 화자의 위치의 동요와 불안정함을 일본어 번역에서는 보다 일관된 위치를 부여하는 방식으로 '눈'을 가시화하고 과거시제로 변환하여 인지 방식과 언어의 관계를 균일하게 제어하는 변형이 이루어졌다. 이로써 일본어 번역에서 화자의 위치 등 소설의 형식적 장치에 대한 자각, 일상의 개별적 구체성을 띤 입말의 발화를 글말로 바꾸는 쓰기, 즉 에크리튀르(écriture)의 전환에 따른 미의식의 변용이 뚜렷하게 나타났다. 일본어 번역에 작용하는 소설 장르의 공통 규범, 형식적 기제를 제어하려는 서사적 욕망은 해학성이 박탈되면

서 상징적 언어의 외부의 실재를 드러내며 조선 현실을 폭로하는 리얼리즘의 효과를 산출했다. 그의 얼굴에서 조선 표상으로의 확장은 표준어와 방언이 대비되는 다중 언어적 상황과 연관됨으로써 의사소통의 장애와 단절에서 억압된 모어의 등질성의 환상이 유년의 노래로 표출된다. '그'와 '나'의 언어적 차이를 넘는 '모어 화자의 공동체의 감각'을 회복하려는 갈망을 증폭시키는 모어 중심성의 욕망이 소설을 전개하는 추진 동력임을 명징하게 드러낸다. 이러한 관점에서 '짐승을 놀리는 요술장이'는 식민지의 다중언어 상황을 희화화하는 은유이며 유년의 노래 <아리랑>으로 종결하는 소설의 의미가 모어 중심의 이데올로기의 표현임을 확인하게 된다. 이러한 번역과의 차이를 통해 원작에 대해 이중 언어의 상황을 주제화한 텍스트라는 새로운 해석이 도출된다. 동일한 언어 사이의 표준어와 방언의 '복수의 층위'를 드러내는 이중 언어, 이언어(異言語)간의 번역의 문제를 드러냄으로써 번역 불가능성의 문제를 사유하게 된다.

창작과 번역 사이의 다양한 관계의 가능성을 내포하는 '창작 번역'의 함의는 언어에 따라 상이한 소설 세계가 표상되는 프로세스의 상호작용을 분석하는 텍스트의 차이를 통해 창작과 번역의 관계성이 규명되면서 창작과 번역 주체의 통합 혹은 창작과 번역의 긴밀한 관련성을 함축하는 의미를 상정할 수 있게 되었다. '창작 번역'의 함의는 향후 현진건의 일본어 글쓰기, 번역 관련 전기적 사실과 자료, 『조선시론』이라는 매체의 번역 과정의 실증적인 자료의 분석, 동시대 '창작 번역'의 용어에 관한 폭넓은 조사 등을 보완하여 규명할 것이다. 이 글에서는 그동안 뭉뚱그려져 왔던 현진건의 번역을 "습작으로서의 번역"이라는 서양문학의 번역만이 아니라 일본어 번역 작품을 통해서도 창작과 언어 의식 등의 특질을 규명할 수 있는 가능성을 확인했다. 이러한 성과 위에서 향후 식민지의 이중 언어 상황 속에서 이질적 언어와 교섭하면서 형성된 한국 현대문학의 특질 및 번역이 언어와 문학에서 발생시키는 논의로 확장할 것이다.

| 참고문헌 |

1. 기본 자료
현진건, 「그의 얼굴」, 『조선일보』, 1926.1.3.
현진건, 「故鄕」, 『조선의 얼굴』, 글벗집, 1926.3.
玄鎭健, 「朝鮮の顔」, 『朝鮮時論』제1권 제3호, 朝鮮時論社, 1926.8.
『朝鮮時論』, 朝鮮時論社, 1926.6〜1927.10

2. 단행본
안영희, 『한일근대소설의 문체성립 – 다야마 가타이·이와노 호메이·김동인』, 소명출판, 2011.
노구치 다케히코(野口武彦), 노혜경 역, 『일본의 '소설' 개념』, 소명출판, 2010.
미우라 노부차카·가스야 게이스케, 이연숙·고영진·조태린 역, 『언어제국주의란 무엇인가』, 돌베개, 2005.
이효덕, 박명관 역, 『표상공간의 근대』, 소명출판, 2002.
임마누엘 칸트, 백종현 역, 『판단력 비판』, 아카넷, 2009.
제라르 즈네뜨, 권택영 역, 『서사담론』, 교보문고, 1992.
高柳俊男, 『『朝鮮時論』別冊解題·総目次·索引』, 緑蔭書房, 1997.
小森陽一, 『構造としての語り』, 新曜社, 1988.
George Steiner, 亀山健吉訳, 『バベルの後に一言葉と翻訳の諸相』上, 法政大学出版局, 1999.

Roland Barthes, 渡辺淳訳, 『零度のエクリチュール』, みすず書房, 1971.

3. 논문
김구중, 「현진건 '고향'의 배경 연구」, 『한국문학이론과 비평』제1권 1호, 1997.
김수림, 「방언 - 혼재향의 언어」, 『어문논집』제55호, 2007.
김원희, 「1920년대 김동인 현진건 소설의 서술자 기능」, 『현대문학이론연구』제36
     집, 2008.12.
김현실, 「현진건의 번역소설에 관한 소고」, 『이화어문논집』제5집, 1982.12.
박현수, 「두 개의 '나'와 소설적 관습의 주조 - 현진건 초기소설 연구」, 『상허학보』제
     9집, 2002.
이수정, 「畸形의 인간적 시학 - 현진건 「고향」에 나타난 인물의 그로테스크성을 중심
     으로」, 『서강어문』제11집, 1995.
정백수, 「식민지 작가의 이중 언어의식 - 김사량의 경우」, 『비평』제1호, 1999.
조진기, 「현진건의 번역소설연구 - 초기 습작과정과 관련하여」, 『인문논총』제12집,
     1999.

제 **III** 부

° 번역과 문화적
교섭

제1장

『계림정화 춘향전(鷄林情話 春香伝)』의 번역 양상

| 이 응 수 · 김 효 숙

1. 들어가며

한국의 고전문학 작품 중에서 그 문학적인 가치는 물론 대중적인 인지도가 가장 높은 작품이라고 한다면 단연 『춘향전』을 들 수 있을 것이다. 이 작품은 판소리에서 소설이라는 형태로 정립된 후, 하나의 문학 작품으로서 조선 후기에는 베스트셀러가 되었다. 그리고 현재에 이르기까지 판소리, 창극, 희극, 오페라, 뮤지컬, 드라마, 영화 등 다면적인 접근과 다각적인 재해석을 통해 현대인들에게도 친숙해졌다. 이렇게 대중들이 쉽게 접근할 수 있었던 것은, 무엇보다도 양반 자제와 기생의 딸 사이의 지고지순한 사랑이라는 스토리에 있을 것이다. 이러한 알기 쉬운 스토리 전개에 힘입어 『춘향전』은 현재 세계 각국의 언어로도 번역, 소개되고 있는데, 처음으로 외국어로 번역된 것이 바로 일본어이다. 일본에서의 『춘향전』 번역과 수용에 대해서는 시기구분과 각 시기의 특징분석[1] 그리고 제1기 특징에 대한 집중분석[2] 등 이미 큰 성과가 발표된 바 있다. 본 연구는 그 중에서도 제1기의 대표작이라고 할 수 있는 나카라이 도스이(半井桃水)의 『계림정화 춘향전(鷄林情話 春香伝)』에 대한 집중분석을 목적으로 한다

『춘향전』은 1882년 당시 오사카아사히 신문(大阪朝日新聞)의 기자로 부산에 거주하고 있던 나카라이 도스이(半井桃水)에 의해서 처음으로 일본어로 번역되었는데, 그 후 현재까지 일본에서는 소설로는 약 28회, 그리고 희극, 오페라 등의 장르로는 약 23회 발표되었다. 물론 이 중에는 기존의 번역본을 타이틀만 바뀌어 그대로 재록한 경우도 있어, 이 횟수가 번역본의 종류수와 완전히 일치하는 것은 아니다. 그러나 나카라이 도스이의 『계림정화 춘향전』이 발표된 이후에 다양한 역자에 의해 새로이 번역되고 또한 시대의 흐름과 함께 지속적으로 읽혀졌다는 점에서, 『계림정화 춘향전』이 가지는 의의는 매우 크다고 할 수 있다.

---

1 일본에서 번역된 『춘향전』의 시기구분, 각 시기별 특징분석에 관해서는, 이응수·윤석임·박태규 「일본에서의 『춘향전』수용 연구」, 『일본언어문화』, 한국일본언어문화학회, 2011, 551-572쪽 참조.
2 이응수·윤석임·박태규, 「일본에서의 『춘향전 수용의 전개양상-제1기(1882-1924)-를 중심으로」, 한국일본언어문화학회, 2012, 651-672쪽 참조.

이 『계림정화 춘향전』에 대해서는 니시오카 겐지가 주석과 해석을 첨부하여 활자화하고,[3] 또한 그 번역양상에 대해서 권선징악적인 소설로 하기 위해 원전을 단순화 명확화시켰다는 논고가 발표된 바 있다.[4] 그리고 이 니시오카 겐지의 『계림정화 춘향전』 주석본이 한국어로 번역되어 소개되기도 했다.[5] 본고에서는 이러한 초기 작업을 참고로 하여 그러한 논문들에서는 밝혀지지 못한 심층적인 부분을 보다 면밀히 살펴보고자 한다. 즉 그 사회적 배경과 번역의도, 그리고 『춘향전』 그 원전의 세계가 어떻게 계승되고 또 어떻게 변형되었는지 작품 세계를 분석하고자 한다.

2. 번역자 나카라이 도스이(半井桃水)

일반적으로 일본의 여류작가 히구치 이치요(樋口一葉)의 스승이자 연인으로 알려진 나카라이 도스이(1861-1926)는 주로 신문에 연재되는 통속소설을 집필하는 작가로, 쓰시마 이즈하라 번(対馬厳原藩)(현 나가사키 현(長崎県))에서 4형제 중 장남으로 태어났다.[6]

---

3 西岡 健治, 『鷄林情話 春香伝』, 韓国古小説学会 17集, 2004, 305-357쪽.

4 西岡健治「日本における『春香伝』翻訳の初期様相－桃水野史訳『林情話春香伝』を対象にして－」, 『福岡県立大学人間社会学部紀要』13(2), 福岡県立大学人間社会学部, 2005, 15-33쪽.

5 박상득, 「계림정화 춘향전」, 『고소설연구』17집, 2004, 358-399쪽.

6 2004년 일본의 지폐가 새로운 디자인으로 바뀌면서 5천엔 권에 일본 여류작가인 히구치 이치요의 초상이 사용되었다. 이를 계기로 그녀에 대한 관심이 커졌는데, 그런 흐름을 타고 그녀가 사사했고 개인적으로는 연인관계였던 나카라이 도스이도 주목을 받게 되었다. 나카라이 도스이의 출신지인 쓰시마에서는 그의

나카라이 도스이

　당시 쓰시마 번은 조선과의 외교 무역을 담당하고 있었는데, 나카라이 집안은 대대로 쓰시마 번의 번의(藩医)였기 때문에 아버지가 부산의 왜관에 주둔하고 있었다. 그런데 메이지 유신 이후 외교 정책이 바뀌며 그 동안 쓰시마 번에 독점적으로 주어졌던 조선과의 무역권을 메이지 정부가 직접 관리하게 되었다. 이러한 과정에서 쓰시마 번의 재정이 불안정해지자 나카라이 집안의 경제사정도 궁핍해졌다. 이에 따라 가계를 돕기 위해 도스이는 1872년 12세가 되던 해에 부산의 왜관에 오게 된다. 도스이의 조선과의 인연은 여기에서부터 시작되는데, 부산에 머무는 동안『삼국사』,『사기열전』등의 고전문학 작품을 탐독하며 문학자로서의 소양을 다지게 된다.

　도스이는 1874년 14세 때 영어공부를 위해 일본으로 돌아가 교리쓰 학사(共立学舍)에 진학하지만, 1881년에는 오사카아사히 신문의 통신원으로 다시 부산에 온다. 이후 1888년에 일본으로 돌아갈 때까지 약 7년간을 부산에서 조선에 관한 기사를 쓰며 보내는데,『춘향전』을 일본어로 번역해 20회에 걸쳐 연재한 것도 도스이가 기자로서 부산에 온 그 이듬해인 1882년의 일이었다. 또한 이『계림정화 춘향전』은 "한국의 정화(情話)를 번안한「春香伝」을「오사

생가를 보수하여 각종 자료를 전시하는 기념관을 건립하는 등 그의 삶이 재조명 받고 있다.
나카라이 도스이 기념관(半井桃水館) http://www1.ocn.ne.jp/~tosuikan/

카아사히」에 개재하여 독자의 기호에 합격했다"[7]라는 평가를 받는 등, 신문소설가로서 도스이의 작품활동에도 커다란 영향을 미쳤다.[8]

그 후 일본에 귀국한 도스이는 신문에 연재하는 소설을 전문적으로 쓰는 작가 즉 「신문소설가」로서 활발한 활동을 펼친다. 그의 대표작으로는 1891년 10월-1894년 4월까지 150회에 걸쳐서 도쿄아사히 신문(東京朝日新聞)에 연재한 장편소설 『胡沙吹く風』를 들 수 있는데, 이 작품은 아버지가 일본인이고 어머니가 조선인인 남성이 주인공으로, 도스이의 조선에서의 경험이 그의 작품 세계에 어느 정도 영향을 미쳤다는 것을 미루어 짐작하게 한다. 또한 여기에서 주목할 것은 이 작품 안에 춘운(春雲)이라는 기생이 나오는데, 이 기생의 이름에 대해서 "춘향(春香)의 미모에 춘운(春雲)의 재기, 거기에서 따온 이름인 것 같은데 그게 여간 얄밉지 않습니까?"[9]라는 표현이 있다는 것이다. 그리고 그 표현에는 도스이 자신이 「춘향전」을 들며 주석까지 첨부하고 있다. 이 부분에 관해서는 보다 면밀한 조사 분석이 필요하나, 적어도 도스이의 조선에서의 경험, 그리고 무엇보다도 『춘향전』의 번역 작업이 그의 작품 활동에 있어서 일

---

7 「韓国の情話を翻案した「春香伝」を「大阪朝日」に掲載して、読者の好尚に合格した」昭和女子大学近代文学研究室, 「半井桃水」, 『近代文学研究叢書 第25巻』, 1966, 347쪽.

8 나카라이 도스이의 연혁에 관해서는 上垣外憲一, 『ある明治人の朝鮮観 半井桃水と日本朝関係』, 筑摩書房, 1996, 3-238쪽. 昭和女子大学近代文学室, 「半井桃水」, 『近代文学研究叢書 第25巻』, 1966, 334-349쪽 등을 참조했다.

9 「春香の色に春雲の才、そこから名づけた者でしようが憎いじゃアありませんか」草薙聡志「半井桃水小説記者の時代 7ヒーローは朝鮮を目指す」(『朝日総研リポート』, 朝日新聞社, 2005, 141쪽)에서 재인용.

정 정도 영향을 미쳤다는 것을 알 수 있다.

3. 『계림정화 춘향전(鷄林情話 春香伝)』의 배경

나카라이 도스이는 1882년 6월 25일-1882년 7월 23일까지 20회에 걸쳐 오사카아사히 신문에 『계림정화 춘향전』을 연재했다. 1회당 분량은 약 1,500자 전후로, 저본으로 추정되는 『춘향전』 경판본[10]보다도 훨씬 적다. 『계림정화 춘향전』에 대해서는 논자에 따라서 '번역'이 아니라 '번안'이라는 용어가 사용되는 경우가 있는데 이러한 분량적인 요소도 크게 작용하고 있을 것이다. 이렇게 분량이 적어진 것은 후술하는 바와 같이 번역의도, 사회 배경 등 여러 가지 요인이 있겠지만, 무엇보다도 한 회당 쓸 수 있는 글자 수가 한정되어 있는 신문 연재라는 외적 환경이 크게 작용했을 것으로 추정된다.

또한 나카라이 도스이는 『계림정화 춘향전』의 연재에 있어서 '桃水野史'라는 필명을 사용하고 있는데, 이 필명은 다른 작품에서는 한 번도 사용되지 않는다. 주지하는 바와 같이 '野史'는 정사(正史)와 반대되는 개념으로 재야에 있는 인물이 편찬한 역사, 민간에 전승되는 역사라는 의미이다. 이 필명에 대해 가미가이토 겐이치(上垣外憲一)는 "이것이 단순히 흥미 본위의 화류계 이야기가 아니라,

---

10 西岡健治, 「日本에서의 『春香伝』翻訳初期様相—桃水野史訳『鷄林情話春香伝』을 対象으로」, 『어문총론』동방 41, 217-254쪽.

어떤 의미에서는 정부가 편집한 정규의 역사 이상으로 세태(世態) 인정을 전하는, 민간의 역사 이야기인 '야사'를 자신이 쓰고 있다는 생각"이라며 특별한 의미를 부여했다.[11] 『계림정화 춘향전』에 나카라이 도스이가 얼마나 심혈을 기울였는지를 엿볼 수 있을 것이다.

그런데 『계림정화 춘향전(鷄林情話 春香伝)』은 '춘향전' 앞에 '계림정화'라는 설명이 새롭게 첨가되어 있다. 주지하는 바와 같이 '계림(鷄林)'은 신라의 옛 이름에서 점차 한반도를 지칭하는 말로 그 의미가 확대된 것인데, 이 명칭은 한국에서뿐만이 아니라 예로부터 일본에서도 사용하는 말이었다. 예를 들면 현존하는 일본한시집 중 가장 오래된 『가이후소(懷風藻)』에는 신라에서 온 사신을 접대하는 자리에서 「人是鷄林客、曲即鳳楼詞」라고 하여 신라를 '계림'이라고 지칭하고 있는 것이다.

한편, '정화(情話)'에는 여러 가지 뜻이 존재한다. 예를 들면 『일본국어대사전 제2판(日本国語大辞典 第二版)』(小學館)은 ① 진정(眞情)성을 말하는 이야기, ② 연애에 관한 이야기. 남녀 사이에 대한 이야기, ③ 남녀 사이에 주고받는 이야기, 등으로 풀이하고 있다.[12] 『춘향전』의 가장 큰 맥이 이도령과 성춘향의 지고지순한 러브 스토리라는 점을 감안한다면, '계림정화'의 '정화'는 ②의 의미로 쓰였을 것이라

---

11 「これは単なる興味本位の花柳界の話ではなく、ある意味で正規の政府編集の歴史以上に世態人情を伝えている、民間の歴史, 物語「野史」を自分は記しているのである、という考え方である。」「桃水訳『春香伝』の原本と文体」, 『ある明治人の朝鮮観——半井桃水と日朝関係——』, 筑摩書房, 1996, 157쪽.

12 「①真情を語る話。…②恋愛に関する話。男女の仲についての話。…③男女のむつごと。閨(ねや)のなどでの男女の語らい。…」

고 생각된다. 그런데『춘향전』의 일본어 번역본 제목에 있어서 '정화'라는 용어가 쓰인 것은 단순히 작품의 내용만을 시사하는 역할 이외에도 시대적인 요구가 있었다는 지적이 있다.

> 이 시기의 신문소설은 예를 들면 메이지 15년 상반기, "춘향전" 연재 직전에 "아사히 신문"에 연재된 "정담 비익총"과 같이 정화, 정담이라는 제목을 붙인 작품이 많았다. "화류정화" "춘풍정담"처럼 서양에도 일본의 정담과 유사한 소설장르가 있다는 관점에서 번역이 이루어졌다는 것을 도스이도 당연히 인식하고 있었을 것이다. [13]

위에 인용한 바와 같이,『계림정화 춘향전』이 연재될 무렵에는 정담, 정화 등의 타이틀을 가진 신문소설이 유행하였고 따라서 서양의 연애물이 번역되는 과정에서도 일본뿐만이 아니라 서양에도 일본의 작품들처럼 남녀 간의 사랑 이야기가 존재한다는 의미에서 '정화' 등의 용어가 번역물에 붙여졌다는 것이다. 또한 이러한 서양의 번역물들이 성공을 거두었기 때문에 그러한 시대의 분위기에 의해 도스이도 '정화'라는 설명을 달았다는 것이다. 다시 말하면『계림정화 춘향전』이라는 타이틀은 '정화'라는 대중소설이 유

---

13 「この時期の新聞小説は、たとえば明治十五年の前半、『春香伝』連載の直前に『朝日新聞』に連載された『情話比翼塚』のように情話、情談と題するものが多かったから、『花柳情話』『春風情話』のように西洋にも日本の情話と類似した小説ジャンルがあるという観点から、翻訳が行われていたことは当然桃水の視野に入っていたと思われる。」上垣外憲一、「桃水訳『春香伝』の原本と文体」,『ある明治人の朝鮮観－半井桃水と日朝関係－』, 筑摩書房, 1996, 157쪽.

행하던 사회적 분위기를 등에 업고 일본인들이 『춘향전』에 쉽게 접근할 수 있도록 만든 하나의 장치라고도 볼 수 있는 것이다. 또 하나 간과할 수 없는 것은 현대사회와는 달리 『춘향전』에 대한 정보가 전혀 없는 상태에서 더구나 그 전달 매체가 불특정다수를 독자로 하는 신문이었다는 것을 고려한다면, 이 '계림정화'라는 설명이 필요했을 것이다. 이러한 『계림정화 춘향전』의 독자층이 가진 조선에 대한 지식정도를 엿볼 수 있는 것이 다음의 인용문이다. 도스이는 『계림정화 춘향전』을 연재하는데 있어서 본 내용을 쓰기에 앞서 다음과 같은 서언을 담고 있다.

> 우리나라가 조선과 관계를 맺은 지는 오래되었지만, 세상 사람들이 볼 수 있도록 이 나라의 풍토, 인정(人情)을 자세히 묘사한 것이 아직 없는 것은 늘 유감이었다. 얼마 전에 우연히 이 나라의 정화(情話)를 담은 소책자 하나를 구했다. <u>이것은 그 풍토와 인정의 일부를 알기에 충분한 것이었다.</u> 따라서 오늘날 이 나라와 통상무역이 실로 활발해지려하는 즈음에 이르러 가장 필요한 것으로 여겨지므로 번역을 하여 신문에 연재하기로 한다.[14]

---

14 『계림정화 춘향전(鷄林情話 春香伝)』의 본문 인용은, 西岡健治, 「鷄林情話 春香伝」 (韓国古小説学会 17集, 2004)에 의거한다. 이하 동.
「我国の朝鮮[と]関係あるや年已に久しといへども、未だ、彼国の土風人情を詳細に描写して、世人の覧観に供せしものあるを見ざりしは、常に頗る遺憾とせし所なるが、近日、偶彼の国の情話を記せし一小冊子を得たり。赤以て、其土風人情の一斑を知るに足るべくして、今日、彼国と通商貿易、方に盛んならんとするの時に当[り]、尤も必須なるものなれば、訳して追号の紙上に載す。」305쪽.

165

도스이는 오사카아사히 신문에『계림정화 춘향전』을 연재한 이유에 대해서 조선의 풍토와 인정(人情)을 이해하기 위함이라고 하고 있다. 일본에서 많이 읽혀지는 '정화'가 조선, 즉 '계림'에도 있고 그것이 바로 「춘향전」인데, 이를 읽음으로써 현시점에서 가장 필요한 조선의 풍토와 인정을 알 수 있다는 것이다.

4.『계림정화 춘향전(鷄林情話 春香伝)』의 번역양상

1) 주석과 삽화

앞서 언급한 바와 같이『계림정화 춘향전』이 연재된 것은 우선 조선의 풍토와 인정을 이해하기 위한 것이었다. 문학 작품의 외국어 번역에 있어서 가장 어려운 부분 중에 하나가 그 나라 고유의 문화를 어떻게 번역하고 독자를 이해시키는가 하는 문제일 것이다.『계림정화 춘향전』에는 이러한 부분에 있어서 고심한 흔적이 역력하다. 조선 고유의 관직명 등에 대해서 괄호를 첨부해 주석을 달고 부연설명을 하는 장면이 많다. 특히 각 회 연재분이 끝나는 마지막 부분에 번역자의 주석을 첨부하여 독자의 이해를 도우려는 시도가 보인다.[15] 예를 들면 어사가 된 이도령이 월매에게도 자신의 신분

---

15 西岡健治는『계림정화 춘향전』에는 일본인 독자의 이해를 돕기 위하여 삭제, 생략, 삽입, 주석 등 원전과는 다르게 변용된 부분이 있다고 지적하였다.「日本における『春香伝』翻訳の初期様相－桃水野史訳『鶏情話春香伝』を対象にして－」,『福岡県立大学人間社会学部紀要』13(2), 福岡県立大学人間社会学部, 2005, 15－33쪽.

을 속이고 남루한 차림으로 찾아간 장면에는 다음과 같은 주석을
첨부하고 있다.

訳者曰く、「李道聆が御史となり、仮に姿を痩しながら、春香の母に迄詐を
構へて徒らに嘆きを増さしめたるハ、無情業に似たり」とて、小生、或韓人
に詰り問ひしに、其人の答て云へり、「此一ツにハ、御史たる者の法と、又
一ツにハ、変れる状を示して、飽迄、母娘の真意を探らん為なり」と。され
バ、看客中、同じ思を起すの君もあらんかと、序に記しく置くになん。

(346－347쪽)

이도령이 어사가 되었음에도 불구하고 비루한 차림으로 찾아
가 월매를 실망시킨 것이 도스이에게는 이해하기 어려웠는지, 그
이유에 대해 어떤 조선인에게 물었다고 한다. 그러자 그 조선인이
대답하기를, 그것은 어사가 된 자가 지켜야할 도리이며, 또 한편
으로는 이도령의 초라한 행색을 보고 춘향과 월매가 어떻게 반응
할지 진심을 알기 위해서라고 했다는 것이다. 그리고 혹시 자신과
같은 의문을 가지는 독자가 있을지도 모르기에 이렇게 자신이 들
은 이야기를 덧붙인다는 것이다. 이렇게 도스이는 일본인의 정서
와는 잘 맞지 않고 이해하기 힘들다고 생각되는 부분에는 이렇게
자신의 해석 혹은 자신이 들은 조언을 첨부함으로써 『계림정화
춘향전』이 일본인에게 조금 더 쉽게 받아들여 질수 있도록 했던
것이다.

이러한 고심의 흔적은 번역문에 첨부된 삽화에서도 알 수 있다.

『계림정화 춘향전』제1회에 개재된 삽화

삽화는 제1회, 제5회, 제9회, 제16회 이렇게 총4번에 걸쳐 삽입되어 있는데, 특히 연재가 시작되는 제1회에서는 독자들의 흥미를 유발시키기 위해 왼쪽 그림과 같은 삽화를 개재하고, 이에 대해서 연재문 말미에서「(此場の画解ハ次号に詳なり)」라고 하여 자세한 설명은 다음호에서 하겠다고 한다. 그리고 제5회에서 "제1회 삽회의 이도령은 수엽을 기르고 있지만, 이것은 화공이 잘못한 것이니 취소하겠다(第一回の李道聆に、鬚を生せしは画工の誤りに付、取消しではない剃消します)"(319쪽)는 부연설명을 덧붙인다. 그리고 제5회에 실린 삽화에는 이도령의 수염이 삭제되어 있다. 이렇게 이미 삽입된 삽화의 수염에 대한 수정 문구를 일부러 삽입한 것에서도 조선의「풍토」를 정확히 전달하고 독자가『계림정화 춘향전』를 잘 이해할 수 있도록 고심한 흔적이라고 할 수 있다.

2) 구성과 전개

『계림정화 춘향전』에는 그 구성과 전개에 있어서 원전과는 다른 양상을 보이는 경우가 있다. 여기에서는 그러한 부분을 발췌하여 검토하기로 한다. 우선 다음 인용문은 허봉사가 옥에 갇힌 춘향을 찾아와 해몽을 하는 장면이다.

> 춘향이 수말을 다 이르니 봉사 그제서야 점통을 높이 들어 주문 왈,
> "하늘이시어 이 정성 받으시고 신령이시거든 영감을 내리소서. 모년
> 모일 해동 조선국 팔도 육십 주 안에 전라도 남원부 아무 면에 사는
> 아무 생 남자와 여자 두 부부의 금년 운세의 길흉 여부와 아무 일 밤
> 꿈이 여차여차 하옵기로 그 뜻을 묻나이다. 엎드려 바라옵나니 소강
> 정, 주소공, 곽백, 이순풍, 제갈공명, 홍계관 등 모든 선생은 마땅한
> 점괘를 내리시어 길흉을 판단하소서"하고 점을 마치고 이르는 말이
> "화락하니 능성실이요. 경파하니 기무성인가? 문상에 현괴뢰하니 만
> 인이 개앙시라. 이 글 뜻은 꽃이 떨어지니 능히 열매를 이룰 것이오,
> 거울이 깨어지니 어찌 소리 없으며, 문 위에 허수아비를 달았으니 이
> 반드시 이 도령이 급제하여 빨리 만나볼 점괘라."하거늘.
>
> (222-223쪽)[16]

춘향이 허봉사에게 간밤에 꾼 꿈을 말해주고 그에 대해 해몽을
청하자, 허봉사는 잠시 주문을 외고는 바로 그 자리에서 그 결과를
말해 준다. 이도령이 과거에 급제하여 이제 곧 만나볼 수 있다는 것
이었다. 그런데 『계림정화 춘향전』에는 이 장면이 제13회, 제14회
이렇게 두 회에 걸쳐 나누어져 있다. 다음은 제13회에서 허봉사가
점괘를 보는 장면이다.

---

16 『춘향전』의 본문 인용은 송성욱 편역, 『세계문학전집100-춘향전』(민음사,
2012)에 수록된 「춘향전」(경판본)에 의거한다.

と、見し夢の次第を、具さに物語れば、按摩は渋々算木を取出し、二度三度押し頂き、声高らかに祈るやう、「天に口なし、之を叩て応ずるハ、神なり。今若、感動ましまさ、夢の吉凶、示めさせ賜へ。其年其月其日、朝鮮国八道三百六十州の中、全羅道南原府に住める女、当年十九歳、其日、夢の子細は斯々。伏して乞ふ。邵康節、周昭公、郭璞、李淳風、諸葛孔明、諸位先生、今、此卦に依って、夢の吉凶を決したまへ」と、占ひ終つて、春香に向ひ、是より如何なる事をいふや。次回に於て分解すべし。

(340쪽)

먼저 허봉사가 산목을 꺼내 주문을 외우며 춘향이 꾼 꿈의 길흉을 점친다고 나와 있다. 내용적인 면에서는 원전과 거의 일치하지만, 밑줄 친 부분에 나와 있듯이 "점괘를 내려 받자 춘향을 보았다. 이제부터 어떤 이야기를 할 것인가. 자세한 것은 다음 회에서 알 수 있을 것이다."라고 되어 있는 것이다. 그리고 그 점괘의 결과는 제14회 앞부분에 다음과 같이 이어진다.

却説、按摩虚奉仕ハ、占終て春香に向、「今、占ひ得たる処ハ、花落能成実、鏡破豈無声なり。此詩の意味を案ずるに、花は落ちてこそ、実も結ぶべけれ。鏡ハ破れて、音もなき理なし。斯ては、卿の苦しみも、明日ハ却て喜びとなり。日頃の願の叶ふ吉兆。喜びたまへ。あなかしこ」と。

(340-341쪽)

위에서 알 수 있듯이 허봉사는 점괘를 받자 춘향에게 그 꿈이 길조이니 기뻐하라는 말을 전한다. 내용자체는 비교적 원전에 충실한 번역이지만 원전에서는 하나의 장면이었던 것을 두 회에 걸쳐 나누고 있다. 허봉사가 점괘를 내려 받는 장면에서 끊고 다음회로 넘어가게 함으로써 독자에게 그 점괘의 결과를 기다리게 하고, 더구나 "이 점괘가 어떻게 나오는지 자세한 것은 다음 회에서 알 수 있을 것이다"라는 서술문을 덧붙임으로써 더 큰 극적효과를 노린 것을 알 수 있다. 이러한 서술 방식은 신문 연재라는 외적 환경을 최대한 이용하여 독자를 다음 회로 유도하기 위한 것으로, 『계림정화 춘향전』을 보다 극적으로 구성하기 위한 장치였다고 할 수 있다. 매회 일정한 분량을 조금씩 피력하여 그 다음 회까지 독자를 이끌고 간다는 신문 연재 형식을 최대한으로 활용하여 『계림정화 춘향전』은 보다 긴장감 있는 구성과 전개를 꾀했던 것이다.

3) 인물묘사의 방법

위에서 살펴본 바와 같이 『계림정화 춘향전』은 원전과는 다른 구성 전개 방법을 쓰는 경우가 있다. 이는 우선은 신문 연재라는 외적환경을 만족시키기 위한 방법임과 동시에 한편으로는 나카라이 도스이의 『춘향전』의 이해 방법, 혹은 번역 의도와도 관련이 있을 것이다. 이러한 도스이의 『춘향전』에 대한 이해는 각 등장인물의 묘사에 잘 나타나 있다. 여기에서는 춘향, 이도령, 월매, 신임사또 등 주요인물을 중심으로 살펴보기로 하자.

『춘향전』은 이도령의 등장과 함께 시작되는데 다음의 인용문은 그 첫 소절이다.

> 우리나라 인조대왕 시절에 전라도 남원 부사 이등의 자제인 이 도령
> 의 나이는 십육 세라. 얼굴은 관옥(冠玉)과 같고 풍채는 두보와 같고
> 문장은 이태백을 닮았더라. 항상 책방에 있으면서 부모에게 안부를
> 묻는 일 외에는 공부에만 힘을 기울이더니, (187-188쪽)

이도령의 외모에 대해 얼굴이 '관옥'과 같고 풍채는 '두보'와 같
다고 비교적 간결하게 표현하고 있다. 그리고 계속해서 그의 문장
솜씨에 대해서 '이태백'과 같다며 그의 학문적인 재능에 대한 서술
이 길게 이어지고 있는 것을 알 수 있다. 이 부분에 대응되는 『계림
정화 춘향전』 장면은 다음과 같다.

> 爰に、朝鮮国仁宗の時に当りて、全羅道南原の府使に李譓とぞ云へる人
> ありて、其一子を李譓玲とぞ呼びける。性質穎敏にして、幼稚時より奇童
> の名声高く、年甫めて十六歳になりし、夙[に]文章詩歌を善し、世に妙な
> る才子なりとて人々賞賛[す]程なりしが、特に天然の美質にして、顔[ハ]恰
> も磨きたる玉の如く、膚は残雪より白し。遠山の眉、丹花の唇、誠に一個
> の好男子なり。然ば、世上の浮たる婦女の思を通ハ[し]、意を傷むる者も
> 多かり[し]が、苟且にも斯る事を心に止ず、終[日]書室に文を繙き、書を
> 習ふを以て此上なき楽とぞなし居たり。 (305-306쪽)

여기에서 주목할 것은 이도령의 외모가 원전에 비해 대단히 자

세하게 묘사되어 있다는 것이다. 특히 원전에서는 얼굴이 '관옥', 풍채는 '두보'라고 되어 있는 것에 반해『계림정화 춘향전』에서는 풍채에 관해서는 아무런 언급이 없고, 얼굴에 대한 묘사만이 상세하다는 것이다. 우선 원전에 '관옥'이라고 되어 있는 부분은 "顏[ハ]恰も磨きたる玉の如く" 즉, 마치 잘 윤을 내놓은 옥과 같다고 번역하였다. 이러한 표현은 일본문학 작품에서 남성의 외모를 칭송할 때 쓰이는 상투적인 표현인데, 여기에서 그치지 않고 살결이 눈이 쌓인 것처럼 희고, 눈썹은 먼 곳에서 바라본 산과 같고,[17] 또한 입술은 꽃같이 붉다고 하고 있다. 그리고 이러한 아름다운 외모 때문에 마음을 설레는 여성들이 많았다고 한다. 이러한 아름다운 남성상은 일본의 대표적인 고전문학 작품으로 일본의 문학사에 큰 영향을 미친『겐지 모노가타리』의 남자 주인공 히카루겐지를 비롯하여 일본문학 작품에 등장하는 전형적인 귀인의 모습이라고 할 수 있다. 또한『춘향전』이 마치 '두보'와 같다며 칭송한 풍채는 완전히 생략을 하고 있는데, 이것은 일본문학 작품에 등장하는 이상적인 문인 귀족들이 건장한 체격보다는 아름다운 얼굴과 자태를 지닌 중성적인 매력을 갖추었기 때문일 것이다. 즉 일본문학 작품 속에 전승되어 내려오는 남자 주인공 상이『계림정화 춘향전』에도 영향을 미친 것으로 생각된다.

17　전개서「半井桃水訳『鶏林情話 春香伝』校注・解題(上)(下)」에서는「膚は残雪より白し。遠山の眉」에 대해 "遠山の花は残んの雪かと見えて"(平家十・海道下)のように、雪でないのに雪かと見間違うほど真っ白かったという伝統的表現が下敷になっている" 라고 지적하고 있다. 306쪽.

또한 여기에서 주목할 것은 춘향뿐만이 아니라 남자주인공이 이렇게 아름다운 외모를 가진 귀인이라고 강조한 것이 바로 이도령의 작품내의 위상과도 깊은 관계가 있다는 점이다. 이도령의 위상을 검토할 때 다음의 이도령과 춘향의 이별 장면은 매우 시사적이다.

> 마지못하여 말에 올라 서울로 향한다. 돌아보고 돌아보니 한 산 넘어 오 리 되고, 한 물 건너 십 리 되니 춘향의 모습이 묘연한지라. 할 수 없어 긴 근심 짧은 탄식 벗을 삼아 올라가니라. <u>춘향이 이 도령을 보내고 눈물을 이리 씻고 저리 씻고 북쪽 하늘을 바라본들 이미 멀어졌는지라. 하는 수 없이 집에 돌아와 의복단장 전폐하고, 분벽사창(粉壁紗窓) 굳이 닫고 무정세월 시름 속에 보내더라.</u> (211쪽)

이도령은 남겨진 춘향을 몇 번이고 돌아보며 결국 한양으로 떠나고 만다. 그리고 이도령을 떠나보낸 춘향은 시름 속에 긴 세월을 보내는 것이었다. 이 장면 이후에는 남원에 새로운 사또가 부임하고 춘향이 그 수청을 거부하는 등 작품의 전개가 크게 바뀐다. 즉, 이 이별 장면이 『춘향전』의 가장 큰 분기점이라고 할 수 있는데, 원전에서는 홀로 남은 춘향의 슬픈 모습에 초점이 맞추어져 있다. 그런데 이 부분에 대응하는 『계림정화 춘향전』은 다음과 같다.

不憫さ遣方なく、馬を下りて、一言の別も告げんと思へども、人目の関に

隔てられ、心ともなく行く人も、留まる人も言葉なく、涙ぞ尽ぬ名残にて、未だ遠からぬ道なれど、眼霞みて見ざりけり。是より、此方の山[を]越ゆれバ、我思ふ人に五里を隔て、彼処[の]川を渉る時ハ、我恋里に十里を離れ、憂事のみを道連に、数日を経[て]都に着ぬ。

(324-325쪽)

이도령은 춘향을 가여워하는 마음에 말에서 내려 한마디라도 건네고 싶었지만 사람들이 보는 눈이 있어 그러지도 못한다. 떠나는 사람도 남겨진 사람도 말을 잇지 못하고 그저 눈물이 앞을 가로막으니 서로의 모습을 볼 수도 없다. 이 산을 넘으면 내 님에게서 5리 떨어지고, 저 강을 넘어가면 그리운 고향에서 10리 멀어진다. 이런 슬픔만을 길벗 삼아 며칠을 보내자니 한양에 도착하였다. 위의 인용문은 대략 이러한 내용인데, 이러한 『계림정화 춘향전』의 표현에서 알 수 있는 것은 이별 장면의 시점이 주로 이도령에게 맞추어져 있다는 것이다. 다시 말하면 앞서 인용한 『춘향전』이 춘향이 시름에 빠져 있는 모습을 그리는 것으로 이별 장면을 마감한 것에 반해, 『계림정화 춘향전』은 이도령을 클로즈업하며 장면을 닫고 있다는 것이다. 즉 『계림정화 춘향전』은 원전에 비해 이도령에게 더 큰 무게를 두고 있다고 할 수 있을 것이다. 전술한 바와 같이 이도령의 외모가 원전보다 더 아름답고 상세하게 묘사되어 있었다는 점도 함께 감안한다면, 『계림정화 춘향전』에서의 이도령의 위상은 원전의 그것보다 훨씬 더 높다고 할 수 있다.

그렇다면 춘향에 대해서는 어떻게 표현하고 있는지 살펴보기로 하자. 우선 다음은 춘향과 이도령이 광한루에서 처음으로 만나 대

175

화를 나누는 장면이다. 춘향은 이도령의 구애를 듣고 그 마음이 변치 않을 것을 맹세한 증서 불망기(不忘記)를 써달라고 청한다.

> 춘향이 받아 이리 접고 저리 접쳐 금낭에 넣은 후에, 또 여쭈오되, "발 없는 말이 천리를 간다 하오니, 만일 이 말이 누설되어 사또께서 아시면 소녀는 속절없이 죽을 터이오니 부디 삼가소서." 도령이 웃고 왈, "사또 어릴 때에는 기생집에 다니셨는지 모르겠지만, 온갖 계집들 방귀 냄새를 무수히 맡으러 다녀 계신지라. 이런 일을 아신들 관계하랴? 부디 염려 말라."하고, 이처럼 담소하다가 춘향더러 묻되, "네 집이 어디요?" 춘향이 옥수를 번뜩 들어 대답하되, "이 산 너머 저 산 너머, 한 모퉁이 두 모퉁이 지나가면 대나무 밭 깊은 곳 돌아들어 벽오동 있는 곳이 소녀의 집이로소이다."
>
> (195-196쪽)

이도령이 써준 불망기를 받아든 춘향이 다소 안심을 하자, 이도령은 춘향의 집을 물어본다. 그 질문을 받고 비로소 춘향은 자신의 집을 가르쳐 주는 것이었다. 그런데 이 부분에 있어서 『계림정화 춘향전』의 내용은 조금 다르다.

> 春香ハ、其証書を手に取上げ、幾回となく繰廻し読、収めつゝ始めて喜び、錦の袋の中に納れ、「斯る誓紙を賜はるからハ、妾が一身、君に任せん。喜バしや」と云ひながら、彼処の欄干に身を寄せて、纖く優しき手を翻し、「此山を過ぎ、彼山を越へ、竹の林の深処に傍ひ、梧桐一樹、立る家

こそ、即ち妾の住居に侍れバ、必ず明日ハ忍び賜へ。空しく、妾を待せ
賜ひそ。日も早、西に入たれバ、是より、今日ハ袂を別ち、再び明日を、
待侍らん」と、別を告て、春香ハ我家の方へ立去ける。 (315쪽)

위 인용문에서는 춘향이 이도령에게 서약문을 받은 후 자신을
이도령에게 맡기겠다고 언약한다. 그리고 난간에 몸을 기대고는
손가락으로 산쪽을 가리키더니 산 넘어 오동나무가 한 그루 서 있
는데 그 곳이 자신의 집이니 반드시 내일 밤 찾아오라고 한다. 그리
고는 자신의 집으로 돌아가는 것이었다. 이러한 전개는 원전과는
사뭇 다르다고 할 수 있다. 원전에서는 담소 끝에 이도령이 춘향의
집을 물었으나, 『계림정화 춘향전』에서는 이도령이 묻기도 전에
춘향이 스스로 자신의 집을 가르쳐주고는 다음 날 찾아와 줄 것을
먼저 요청하고 있는 것이다. 『계림정화 춘향전』의 춘향은 연애에
있어서 보다 적극적인 여성으로 묘사되어 있음을 알 수 있다.

이러한 춘향의 적극적인 성격 묘사는 이후에도 계속된다. 다음
은 이도령이 춘향의 집을 찾아가 첫날밤을 보내는 장면이다.

이 도령이 술을 계속 부어 취하도록 먹은 후에 횡설수설 중언부언하
며 갖가지로 희롱할 적에 북두칠성이 빙글 돌아 자리를 바꾸었다. 춘
향이 민망하여 하는 말이, "이미 달이 지고 밤이 깊었으니 그만 자사
이다." "좋다." 하고 춘향에게, "먼저 벗고 누워라."하며 서로 실랑이
를 한다. 이 도령이 아무리 취중이나 그저 자기는 재미없으니, "글자
타령하여 보자."하고 합환주를 부어 서로 먹은 후에 이 도령이 글자

를 모운다. (204쪽)

술에 취한 이도령이 신체적인 반응을 보이자 춘향이 민망해하며
그만 잠자리에 들자고 한다. 이에 이도령이 춘향에게 "먼저 벗고
누워라"라는 말을 하는 둥 실랑이를 하다가 결국 그 유명한 글자놀
이를 하는 대목이 나오는 것이다. 한편 『계림정화 춘향전』은 이 부
분에 대하여 다음과 같이 서술하고 있다.

李道聆も大ひに喜び、強て酒をぞ過ごしける。時に、春香ハ、道聆に向
ひ、「夜も早、太く更たれバ。寝房に伴ひ參らせん。いざ《立》ゝせ賜へ」
と、両手を握り、一間の中に誘ひしが、道聆は寝もやらで、「若今、此侭
眠るときは、甚だ興なき業に似たり。宜しく、二人字合せをして、此上の興
を添ふべしと(聞く、此字合せと云へるハ、互ひに思ふ文字を書きて、情を
遣るものなりと。)
(318쪽)

위 인용문의 내용을 간략히 설명하면 다음과 같다. 이도령이 술
을 과하게 마시자, 그때 춘향이 도령을 향해 "이제 밤이 깊었으니
잠자리에 드십시다. 어서 일어나시지요." 하며 이도령의 양손을 잡
아 침실로 인도하려고 했다. 그러나 이도령이 흥에 취한 나머지 춘
향의 말을 듣지 않고 글자놀이를 시작했다는 것이다. 이러한 흐름
은 원전에 나온 이도령의 신체적 반응 등 세세한 부분들을 생략했
기 때문에 생긴 결과라고 볼 수 있을 것이다. 그러나 그 결과만을
본다면, 춘향이 먼저 이도령의 양손을 잡고 잠자리로 이끌었지만

이도령이 그를 마다하고 글자놀이를 시작한다는 전개가 되어, 결과적으로는 춘향이 보다 적극적인 여성으로 그려져 있다고 할 수 있다.

이렇게 『계림정화 춘향전』에는 이도령과 춘향의 인물 묘사에 있어서 원전과는 다른 서술을 하고 있는데, 이러한 새로운 인물 해석은 춘향의 어머니인 월매에게도 보인다. 예를 들면 다음은 이도령이 춘향의 집을 처음으로 방문하자 월매가 그를 맞이하는 장면이다.

> 이 도령이 문밖에서 춘향 어미를 부르니, 춘향 어미 나와서 본즉 책방 도련님이라. <u>매우 놀라는 척하며</u> 이른 말이, "이 어인 일이요? 사또께서 아시면 우리 모녀 다 죽을지니 바삐 돌아가라." 이 도령이 하는 말이, "관계치 않으니 바삐 들어가자." <u>춘향 어미 음험한 구석이 있어 속으로 딴마음을 먹고</u>, "잠깐 다녀가라." 이 도령 앞세우고 들어간다.
>
> (199쪽)

이도령이 춘향의 집을 찾아오자 월매가 "매우 놀라는 척을 하며" 사또가 아시면 큰일이니 돌아가라고 한다. 그러나 사실은 "음험한 구석이 있어 속으로 딴마음을 먹고" 이도령을 집안으로 들게 했다는 것이다. 여기에서 월매는 내심으로는 이도령의 방문을 반기면서도 겉으로는 그것을 숨기는 등 세속적인 인물로 그려져 있다. 그러나 『계림정화 춘향전』에서는 다음과 같이 표현하여 원전의 월매와는 조금 다른 양상을 띤다.

179

「君こそハ、南原府使の令郎におハさずや。然れば、斯る事のありて若顕るゝ其時ハ、妾母娘の命をも、召れん。急ぎ、お帰りあれかし」と、云ふをも聞かず、道聆ハ、「其念慮にハ及ばぬ」と、戸を開かせて、入たりけり。

(317쪽)

월매는 자신의 집을 찾아온 이도령을 보자 "남원부사의 도련님이 아니신지요. 만약 이러한 일이 알려진다면 우리 모녀의 목숨이 위험할 터이니 어서 돌아가시지요" 하고 이도령의 방문을 막는다. 그러나 이도령이 이를 뿌리치고 억지로 문을 열게 하고는 들어가는 것이다. 여기에서 월매의 성격 묘사가 원전과는 매우 다르다는 것을 알 수 있다. 겉과 속이 다른 세속적인 인물로 그려진 원전과는 달리 『계림정화 춘향전』에서는 이도령의 방문을 거부하는 모습만이 그려진 것이다.[18]

이러한 월매의 성격 묘사는 신임사또의 수청을 거부하여 춘향이 끌려가는 모습에서 더욱 더 두드러지게 나타난다. 원전에서는

차사 등의 말이, "네 형상이 비록 불쌍하고 가련하나 우린들 어찌 하리? 할 수 없나니 빨리 감만 못하니라." 춘향이 할 수 없이 머리를 싸매고 헌 저고리, 몽당치마 둘러 입고, 헌 짚신을 끌고 죽으러 가는 듯

18　西岡健治는 『계림정화 춘향전』 등장인물의 성격에 대해서, 그 행동들이 일반적 상식에서 일탈되었을 시에는 그 부분을 생략하였는데, 그로 인해 월매의 성격도 다정하고 이지적으로 그려졌다고 논하였다. 「日本における『春香伝』翻訳の初期樣相－桃水野史訳『林情話春香伝』を対象にして－」, 『福岡県立大学人間社会学部紀要』13(2), 2005, 福岡県立大学人間社会学部, 15－33쪽.

한 걸음으로 간다. (215-216쪽)

라고 되어 있다. 즉 포졸들이 변사또의 명을 어기고 관아로 출두하지 않는 춘향을 잡기 위해 춘향의 집으로 오는데, 그래도 춘향이 출두하기를 거부하자, "차사"라는 관리가 춘향에게 네 사정은 가엽지만 그래도 어서 출두하는 것이 좋을 것이라고 설득하는 것이다. 그러나 이 부분에 대해서 『계림정화 춘향전』은 춘향을 설득하는 것이 월매로 되어 있다.

傍に見る母親ハ、生体なく涙に晴間なかりしが、漸々にして顔を揚げ、「これ、喃、娘、斯迄の言葉を尽くし、親と子が詫ても、済ぬ府使の厳命。今ハ、免れん術数もなし。されバ、彼処に赴きて、疾く身の潔白を申立て、帰来ん日を待つぞかし。各々方も、娘が為め、程よく詫びて賜ひね」と、志づのをだまき繰返し頼む言葉を、頤にうけ、将差ハ頻りに急き立けり。

(332쪽)

월매는 집으로 몰려들어온 관리들의 이야기를 옆에서 듣고 있다가, 이는 사또의 엄명인지라 자신들이 아무리 사정을 해도 바뀔 수 없을 듯하니 춘향에게 차라리 관아로 가서 자신의 결백을 증명하고 오라고 이른다. 그리고는 옆에 있던 관리들에게 자신의 딸을 부탁하는 것이었다. 원전에서는 춘향의 심정을 이해는 하지만 그래도 관아로 가라는 충고를 한 것이 관아의 관리였지만, 『계림정화 춘향전』에서는 그 역할을 하는 것이 월매로 바뀐 것이다. 더구나

181

그 말이 매우 이성적이고 합리적이며 나아가 자신의 딸을 관리들에게 부탁하는 것도 잊지 않는 어머니의 상을 보여주고 있다. 이렇게 볼 때『계림정화 춘향전』의 월매는 보다 이성적이고 진실된 어머니의 상으로 그려졌다고 할 수 있다.

그렇다면 마지막 주요인물이라고 할 수 있는 신임사또 변학도는 어떻게 묘사되고 있을까? 우선 원전과 판이하게 다른 것은 그 이름이 박맹단(朴孟端)이라고 되어 있다는 것이다. 이 이름이 어디에서 유래된 것인지, 혹은 이 이름에 어떠한 의도가 감춰져 있는 것인지, 그것은 앞으로 검토해야 할 과제이지만『계림정화 춘향전』에서의 특징은 우선 신임사또가 등장하는 그 순간부터 악역으로 자리매김하고 있다는 것이다. 다음은 원전에서 변학도가 처음으로 등장하는 장면이다.

> 이때 구관은 올라가고 신관은 임금 은혜에 감사드리고 내려온다. 마중 나온 아전들 인사받은 후에 이방 불러 분부할 즈음에 춘향의 이름을 잊어버리고 묻는다. "네 고을에 양이가 있느냐" (212쪽)

신관이 부임지로 내려와 제일 먼저 한 일은 관아의 업무가 아니라 춘향을 부르는 것이었다. 따라서 신임사또의 관리로서의 자질은 부정적으로 그려져 있다고 할 수 있지만 그의 인간성에 대해 구체적으로 악한 이미지를 심어주는 부분은 없다. 이에 반해『계림정화 춘향전』에는 다음과 같이 되어 있다.

扨も、南原府使李讁にハ、日ならず都へ立帰り、そが代りの府使にハ、朴孟端と云へる人命ぜられしが、此人は、世に好色の名声高く、其上、腹黒き性質にて、先の府使にハ似るべうもあらず。誰にも、疎まる[ゝ]人なるが、南原府使に任ぜられし日、欣然として恩を謝し、頓て我家へ立帰りしが、急ぎ房子を側に招き、「汝の郷に、香(春香の春の字を忘れたるなり)」と云へるものあり[や]。如何」

(325쪽)

새로운 관리가 부임지로 내려왔는데, 그는 세상에 호색한이라는 악명이 높고, 거기에다가 뱃속이 시커먼 사람으로 전임사또와는 전혀 다르다고 서술되어 있다. 이러한 표현은 우선은 신문 연재였기 때문에 지면관계상 제약이 있어 많은 생략과 삭제를 해야 했기 때문이었을지도 모른다. 그러나 결과적으로는 신임관리를 처음부터 부정적으로 묘사함으로써 주인공들과 대립되는 악역인 것을 분명히 하기 위해서였을 것이다.

이렇게 보면『계림정화 춘향전』의 인물 묘사가 전체적으로 선악 구별이 명료하다는 것을 알 수 있다. 그리고 춘향, 이도령, 월매를 한 축으로 하여 그와 대립되는 신임사또를 극악한 인물로 묘사함으로써 전체적으로 간략한 인물구도를 만들었다고 할 수 있다.

5. 나가며

이상으로 본고에서는 한국고전문학 작품『춘향전』의 최초의 외국어 번역인『계림정화 춘향전』의 번역 양상을 이도령, 춘향, 월매, 변학도라는 주요인물을 중심으로 살펴보았다. 여기에서 가장 주목할 것은 남녀 주인공이 원전과는 다른 모습으로 그려져 있었다는 것이다. 즉 원전과는 달리 이도령이 건장한 남성상이 아니라 일본 문학 작품에 등장하는 남성 문인 귀족들과 같이 중성적인 매력을 지닌 인물로, 그리고 춘향은 이성관계에 있어서 수동적인 조선시대의 여성상이 아니라 남성에게 먼저 손길을 뻗기도 하는 적극적인 인물로 묘사되어 있다는 것이다.

그렇다면 여기에서는 이러한 인물묘사를 한『계림정화 춘향전』의 전체적인 작품 성격이 어떠한지 생각해보고자 한다. 일반적으로 초기의 번역물은 독자에게 이국문화를 쉽게 이해시키기 위해서 언어 표현뿐만이 아니라 그 안에 녹아 있는 문화의 색깔도 변용시키는 경우가 있다.『계림정화 춘향전』의 인물 묘사도 바로 그러한 예라고 생각된다.『계림정화 춘향전』의 서언에서는『춘향전』을 번역하여 신문 연재물로 개재하는 것은 조선의 '풍토'와 '인정(人情)'을 이해하기 위함이라고 되어 있었다. 그러나 그 이국문화를 이해하기 위해서는 우선은 작품을 먼저 읽어야 하며, 그 작품을 끝까지 읽어나가기 위해서는 작품 내용이 정서적으로 큰 위화감 없이 연결되어야 한다. 나카라이 도스이는 그러한 점에 있어서 이도령과 춘향을 기존의 일본문학 작품에 나오는 인물상으로 묘사한 것이 아닐까 생각된다. 다시 말하자면 작중인물의 성격을 일본인들에게 정서적으로 익숙한 인물상으로 표현하는 것에 의해 일본인 독자들이 위화감 없이 보다 용이하게 읽을 수 있게 한 것으로, 나카라이 도스이는 『계림정화 춘향전』에 자세한 주석을 달고 선악구별이 간단명료한 인물구도를 만들어 냄으로써 독자가 이해하기 쉽게 하고, 또한 이도령과 춘향을 일본적인 감성으로 묘사함으로써 원전과는 다른 일본화된 『춘향전』을 만들었다고 할 수 있다.

| 참고문헌 |

송성욱 편역, 『세계문학전집100 - 춘향전』, 민음사, 2012.
이응수 외, 「일본에서의 『춘향전』 수용 연구」, 『일본언어문화』, 한국일본언어문화학회, 2011, 551−572쪽.
_____, 「일본에서의 『춘향전』 수용의 전개양상−제1기(1882−1924)−를 중심으로」, 한국일본언어문화학회, 2012, 651−672쪽.
草薙聡志, 「半井桃水小説記者の時代 7 ヒーローは朝鮮を目指す」, 『朝日総研リポート』, 朝日新聞社, 2005, 141쪽.
昭和女子大学近代文学研究室, 「半井桃水」 『近代文学研究叢書 第25巻』, 1966, 334−349쪽.
上垣外憲一, 『ある明治人の朝鮮観 半井桃水と日本朝関係』, 筑摩書房, 1996, 13−238쪽.
西岡健治, 「日本에서의 『春香伝』 翻訳初期様相−桃水野史訳 『鷄林情話春香伝』을 対象으로」, 『어문총론』 동방 41, 2004, 217−254쪽.
_____, 「鷄林情話 春香伝」 17集, 韓国古小説学会, 2004, 305−357쪽.
_____, 「日本における 『春香伝』 翻訳の初期様相−桃水野史訳 『林情話春香伝』 を対象にして−」, 『福岡県立大学人間社会学部紀要』 13(2), 福岡県立大学人間社会学部, 2005, 15−33쪽.

번역과 문화의 지평

제2장

김동인의 번역·번안 작품 연구 서설

┃정응수

1. 들어가며

김동인(金東仁, 1900-1951)은 모두 4편의 번역 작품과 2편의 번안 작품을 가지고 있는데, 이를 소개하면 다음과 같다.

(번역작품)

① 「죽음과 그 전후」(『서광』 제7호, 1920년 9월호)

② 「마지막 오후」(『영대』 1권 3호, 1924년 10월)

③ 「객마차」(『영대』 1권 4호, 1924년 12월)

④「마리아의 재주꾼」(『영대』2권 1호, 1925년 1월)

(번안작품)

⑤「유랑인의 노래」(『동아일보』 1925년 5월 11일 - 1925년 6월 19일)

⑥「사진과 편지」(『월간매신』 1934년 4월)

　김윤식(2000)의 조사에 의하면, 1999년 6월 말까지 나온 김동인 관련 연구논저만 해도 무려 400편 가까이 된다고 한다. 그런데 이 많은 논문 중에서 김동인의 번역·번안 작품을 본격적으로 다룬 논문은 전무한 실정이다. 아니 본격 연구 논문은 그만 두고, 이 작품들에 대한 기초적인 연구, 다시 말해 원작자나 번역 텍스트와 같은 서지적 연구조차도 제대로 되어 있지 않다.[1] 이것은 김동인의 번역·번안 작품이 그동안 연구자들에게 얼마나 홀대를 받았는지 말해 주는 것이다.

　사실 김동인 연구의 결정판이라 할 김윤식(2000)의『김동인연구』작품 서지만 보아도 이런 사실은 충분히 짐작할 수 있다. 김윤식은 이 책에서「죽음과 그 전후」,「사진과 편지」를 소설로 분류하고 있다. 물론「죽음과 그 전후」뒤에 '(희곡각본)'이라 덧붙여서 이 작품이 희곡임을 밝히고 있지만, 번역 작품이란 표기를 하지 않아 김동인의 창작 희곡으로 오해할 소지가 있다. 그리고「사진과 편지」도 헝가리 작가 몰나르의「마지막 오후」를 번안한 것인데, 이것도 아

1　서지적 연구도 김병철(1975)이『한국근대번역문학사연구』에서 일부 작품에 대해 언급한 것이 전부이다. 그러나 그마저도, 나중에 본문에서 상술하겠지만, 부정확한 부분이 있다.

무런 표기를 하지 않아 독자들이 창작소설로 받아들일 가능성이 있다. 또한 「마지막 오후」와 「객마차」, 「마리아의 재주꾼」과 「유랑인의 노래」는 모두 작품명 뒤에 '(번역)'이라 표기한 다음 수필·기타 항목으로 분류했다. 그렇지만 이 작품들은 모두 갈래상 소설에 속하는 것으로 생각되므로[2] 소설로 분류해야 하며, 이 중에서 「유랑인의 노래」는 엄밀히 말하면 번역이 아니고 번안 작품이다.

물론 이러한 현상이 그의 번역·번안 작품이 문학적 가치가 없어 그런 것이라면 할 수 없는 일이지만, 사정을 살펴보면 반드시 그렇지만도 않다. 다음의 인용을 보기로 하자.

> 순전히 「받은 感銘」을 표준삼아 말할진대 「윗츠·떤톤」의 <에일윈>을 들고 싶습니다. (-중략-) 소설에서는 받기 힘든 「꿈과 같은 陶醉境」을 <에일윈>에서는 과하도록 받을 수가 있습니다. 그것을 읽으면서 꿈과 같은 아름다운 경치며 전설이며 생활이며 神秘 등에 도취하였던 나는, 末尾에 거진 와서 문득 주인공이 기차를 탄다는 데 의외의 감을 느꼈습니다. (-중략-) <에일윈>을 읽은 뒤에 며칠 동안은 아직 머리에서 떠나지 않는 그 꿈에 잠겨서 그 뒤 장성한 뒤에는 한번 지팡이를 北웰스에 끌고 가서 <에일윈>에서 본 바의 그 모든 神秘며 꿈을 실제로 맛보고자 굳게 생각하였던 것도 지금 생각납니다. (김동인 1964:225)

---

2 「마지막 오후」와 「객마차」는 대화체로 되어 있어 갈래상 이견이 있을 수 있다. 그렇다고 희곡으로 분류하기도 난처한 작품이다. 자세한 사항은 개별 논문에서 다룰 것이지만, 필자는 이를 대화체의 단편소설이라 생각한다.

1926년에 발표한 「떤톤의 <에일윈>」이란 글이다. 그는 1925년 5월 11일부터 6월 19일까지 워츠 던톤의 『에일윈』이란 작품을 「유랑인의 노래」란 제목으로 번안하여 『동아일보』에 연재한 적이 있는데, 이 『에일윈』을 자기가 가장 감동받은 작품으로 꼽고 있다. 셰익스피어까지도 무시하는 그로서는 매우 이례적인 일이지만, 그의 말처럼 그는 이 작품에서 많은 영향을 받았다. 그의 탐미적 경향의 대표작인 「광화사」는 이 『에일윈』과 밀접한 관련이 있다고 한다(현창하 1964:86). 이러한 사실은 김동인의 작품 세계를 더 깊이 이해하기 위해서는 그의 번역·번안 작품에 대한 연구가 반드시 이루어져야 한다는 것을 말해 준다.

따라서 여기서는 이러한 연구를 위한 기초 작업의 일환으로 김동인의 번역·번안작품 6편에 대한 기본적인 정보와 번역 텍스트를 확정하는 작업을 진행하려 한다.

2. 번역 작품의 텍스트 고찰

1) 「죽음과 그 전후」

검·시어딤이란 이름으로, 1920년 『서광(曙光)』 9월호에 발표한 작품이다. '검'은 김의 오식이겠지만 '시'는 동(東)쪽이란 말의 우리말이며 '어딤'은 어질다(仁)는 말의 구개음화되기 이전 표기로, 시어딤이란 동인(東仁)이란 한자 이름을 우리말로 바꿔 놓은 것이라 한다

(김윤식 2000:172). 그는 보통 '금동(琴童)'이나 '늦동'이란 필명을 사용했
지만 가끔은 '시어딤'이란 호를 사용하기도 했다. 그런데『서광』에
발표된 작품의 제목 부분을 보면 '죽음과 그 前後(有島武郎) Ⅰ'이라
되어 있어, 이 작품이 아리시마 다케오(有島武郎, 1878–1923)의 희곡「죽
음과 그 전후(死とその前後)」를 번역한 것임을 바로 알 수 있다.

아리시마의「죽음과 그 전후」는 1917년『신코론(新公論)』5월호에
발표된 작품으로, 바로 전해에 죽은 부인 야스코(安子)의 죽기 전후
의 모습을 다룬 희곡이다. 서막과 제1장, 제2장, 제3장, 제4장, 제5
장, 종막 등 모두 7막으로 이루어졌는데, 김동인은 이 중에서 서막
과 제1장만 번역했다. 제목에 'Ⅰ'이라 붙인 것을 보면 나머지도 번
역하려 했다고 생각되지만, 중단한 이유는 알 수 없다. 이 작품은
「오스에의 죽음(お末の死)」과「평범인의 노래(平凡人の手紙)」와 함께 같은
해 10월에 신초사(新潮社)에서 간행한 아리시마 다케오 저작집 제1집
『죽음(死)』에 수록되었다. 이 책은 아리시마 최초의 단행본으로 작
가로서의 그의 이름이 확립되는 계기가 된 작품이다.

저본과 번역본에 대한 구체적인 비교는 별개의 논문에서 다루겠
지만, 여기서는 번역 텍스트를 최종적으로 확정하기 위해 서막의
앞부분을 잠깐 살펴보기로 하자. 이하 인용문 속의 부호와 밑줄은
설명의 편의를 위해 필자가 붙인 것이다.

序　幕

幕開く。ⓐ舞臺中央の奧まりたる所に一箇の焔かすかに燃ゆる外凡て暗黒。
かくて時過ぐる事五分。

死－時の流れに漂ふ小さな泡がまた一つ、小さな音を残してはじける時が
来た。その用意をして置けよ。
　焰のあたりより感情のこもらぬつぶやく如きこの聲きこゆ。沈黙。
死－また一つの命に永劫開く事のない錠前をかける時が来た。ⓑ<u>錠前はいゝ</u>
<u>か。</u>
<u>鍵はよくあふか。錠前も鍵も鏽びてはゐないか。その用意をして置けよ。</u>
焰のあたりよりつぶやく如くこの聲きこゆ。又沈黙。その間に舞臺やゝ明るくな
り、焰を前にして坐せる「死」の姿灰色の背景中に現はる。舞臺の明るくな
ると共におもむろに薄れ行く焰の周圍には影人若干人半圓狀にうづくまり
居る。

死－その用意をしておけよ。(影人等しく點頭く。以下同じ)悲しみや苦しみ
や悶えの聲が又ひとしきり時の流れを小さくかきみだすだらう。たゞ今度のは
耳にもさはらぬほど小さなものだ。(下略)　　　　　　　　(有島武郎 1929:40)

序　幕

幕열린다。ⓐ<u>舞</u>가운대 좀들어간곳에 불꽃하나이 흐리게불붓는밧게
는、모도어두움。이러케지나기를五分間。
죽음。－째의흐름에서돌던 족으만방울하나이 고만소리를남기고 터
질째가왓다。그준비를 하여두라。
불꽃近處에서 感情이들지아는 중얼거리는것가튼 이소리가들린다。
沈黙。
죽음。－쏘한個의목숨에　永久히열리지안는잠을쇠를채울째가　왓
다。

ⓑ _____

불꽃近處에서 중얼거리는것가티 이소리가들린다。 쏘침묵。 그침묵
새에 舞臺좀더밝아지고 불꽃뒤에안즌「죽음」의모양이 재ㅅ빗背景가
운대 나 타난다。 舞臺밝아지는것과 한께천천이흐려지는불꽃周圍에
는 그름자 몃사람이半圓形으로둘러잇다。

죽음。 -그준비를 하여두라(그름자들 머리를 그덕인다。 알에도갓다)슬픔과
괴로움과답답함의 소리가 쏘한번 째의줄기를 저어노을터이지。 다
만 이번것은 귀에잘안들리도록 작은것이다。 (하략) (김동인 1920:109)

위 두 작품을 비교해 보면, 김동인의 번역에서 ⓐ 무대(舞臺)에서
'대(臺)'가 빠졌으며 ⓑ 부분이 생략되었음을 알 수 있다. 이는 김동
인의 단순한 실수로 보인다. 왜냐하면 인용한 부분을 아무리 살펴
보아도 김동인이 이를 일부러 생략해야 할 이유를 찾을 수 없기 때
문이다. 게다가 그는 다른 번역 작품에서도 비슷한 종류의 실수를
한 적이 있다(정응수, 2009). 그렇지만 전체적으로 보면 김동인의 작
품이 아리시마의 「죽음과 그 전후」를 번역한 작품이라는 걸 알 수
있다.

그런데 "일본 동창 아이들과 문학담을 하면서도 너희 섬나라(島
國) 인종에게서 무슨 큰 문학생이 나랴 하는 생각을 늘 속에 품고"
있었고 "일본문학 따위는 미리부터 깔보고 들었으며 '빅토르·위
고'까지도 통속작가라 경멸할이만치 유아독존"(김치홍, 1984:433)이었
던 김동인이 일본 작가인 아리시마의 작품을 번역한 것은 매우 흥
미로운 일이다. 사실 아리시마는 김동인이 가장 많이 언급한 일본

193

작가이다. 김동인이 자신의 저작에서 거명한 일본 작가는 모두 12명인데, 그 중에서 유일하게 아리시마만 4번이나 언급하고 있다(김춘미, 1985). 그뿐만 아니라 그의 작품을 한국어로 번역까지 했다. 그리고 그 번역은, 그가 번역한 유일한 일본작가의 작품이다. 이는 그가 아리시마에게 얼마나 커다란 관심을 갖고 있었는지 말해 주는 것이리라.

2) 「마지막 오후」

1924년 『영대(靈臺)』 10월호에 금동이란 이름으로 발표한 작품이다. 인적이 드문 공원에서 남녀가 이별하는 장면으로 시작되는 이 작품은, 사진 한 장과 편지 한 통으로 손쉽게 여자에게 농락당하는 남자의 어리석은 모습을 잘 보여주고 있다. 작품이 실린 『영대』의 해당 쪽을 보면 제목 부분에 '對話 마즈막 午後 F, Mornar.'라 되어 있다. 이 때문에 김병철(1975)도 원작자가 누구인지 몰랐던 것으로 생각된다.

F, Mornar.는 F. Molnár의 오기로, 헝가리의 극작가 페렌츠 몰나르(Ferenc Molnár, 1878–1952)를 가리킨다. 부다페스트에서 태어난 몰나르는 제네바에서 법률을 공부한 후 귀국하여 신문기자를 하면서 신문이나 잡지에 문학 작품을 발표했다. 초기에는 도시적인 세련된 기지와 해학이 넘치는 콩트와 단편소설을 썼는데 서서히 희곡으로 작품세계를 넓혀 가면서 세계적인 명성을 얻게 된다. 이후 제2차 세계대전으로 헝가리의 정치상황이 악화되자 유럽을 전전하

다가 1940년 미국으로 망명했다. 대표작으로는 『팔가의 소년들』
(1907), 『리리옴』(1909), 『근위병』(1910) 등이 있는데, 이 중에서 『리리
옴』은 영화화되기도 하고, 브로드웨이의 유명한 뮤지컬 『회전목
마』의 원본이 되기도 한 작품이다(한경민 2005, http://100.naver.com/100.nhn?
docid=63801 검색일: 2010.7.3).

그런데 김동인의 생애를 아무리 살펴보아도 그가 헝가리어나 독
일어를 알고 있었다는 증거가 발견되지 않는다. 또한 당시 유행하
던 에스페란토어를 할 줄 안다는 흔적도 찾을 수 없다. 그렇다면 마
지막으로 생각할 수 있는 것이 일본어 번역본을 텍스트로 삼은 경
우인데, 다음의 인용을 보기로 하자.

> 우리는우리의努力을들이지안코도東京方面에서發行되는온갖번역文
> 化를輸入할수잇다.朝鮮에잇서서外国文化를吸収하여보랴고생각하는
> 사람은적어도中等学校以上의사람들이다.朝鮮사람은初等学校만지나
> 면벌서넉넉히東京서發刊되는書籍을읽을만한語学力을가지게된다.이
> 런지라,朝鮮에서의飜訳文化라하는것은거진無意味할것이다.余力만넉
> 넉하면具備하는것이조치만『急』하고『必要』한것은아니다.(김동인, 1935)

1935년 『조선중앙일보』에 발표한 「대두된 번역운동」의 한 부분
인데, 한국인은 초등학교만 마치면 일본어로 번역된 서양서적을
읽을 수 있기 때문에 서양서적의 한국어 번역은 의미가 없다는 이
야기이다. '한국어 번역 무용론'이라고도 이름 붙일 수 있는 주장
이지만, 다른 한편으로는 그의 서양문학 체험이 일본어 번역본에

의한 것임을 고백하는 기술이기도 하다. 그리고 그의 서구문학 수용이 이처럼 일본어 번역본을 통해서 이루어진 것이라면, 몰나르도 예외는 아닐 것이다. 즉 1920년대 서구작품의 한국어 번역 대부분이 그러했듯이, 김동인도 몰나르의 작품을 번역할 때 일본어 번역본을 텍스트로 사용했을 것이다.[3]

그러면 일본에서 몰나르의 「마지막 오후」가 번역된 것은 언제일까? 김동인이 몰나르의 「마지막 오후」를 번역한 1924년 이전에 일본에서 번역된 몰나르의 「마지막 오후」는 모리 오가이(森鷗外, 1862 - 1922)의 번역 밖에 없다. 즉 1913년 『미타(三田)문학』 5월호에 발표된 「마지막 오후(最終の午後)」가 그것이다(국립국회도서관, 1959). 따라서 김동인이 오가이의 일본어 번역본을 텍스트로 삼아 몰나르의 「마지막 오후」를 한국어로 번역했다고 생각되는데, 이를 확인하기 위해 두 작품의 서두 부분을 인용하기로 하자.

ⓐ市の中心を距ること遠き公園の人氣少き道を男女逍遙す。

ⓑ女。そこでこれ切りおしまひにいたしませうね。まあ、お互に成行に任せた方が一番宜しうございますからね。詰まりさうした時が來ましたのですわ。さあ、お別れに此手にキスをなさいまし。これからは又只のお友達でございますよ。

男。さやう。どうも、思召通りにするより外ありません。

女。兎も角もお互の間に愉快な、わだかまりの無い記念だけは殘つてゐると

---

3 김병철(1975:689)에 의하면, 1920년대 단행본으로 간행된 총 124편의 외국 번역작품(일본작품 제외)가운데 한국인이 번역하고 출처가 명확한 작품은 모두 63편인데, 이 중에서 일본어에서 중역한 작품이 무려 51편이나 된다고 한다. 당시 번역된 작품의 대다수가 일본어 중역이었음을 알 수 있다.

云ふものでございますね。二人は惚れ合つてゐました。キスをしました。厭き

ました。そこでおさらばと云ふわけでございますからね。

男。いかにも仰やる通りです。(女の手に接吻す。)

女。そこでわたくしは此道を右の方へ參りませう。あなたは少しの間こゝに立

つて待つて入らつしやつて、それから左の方へお出なさいまし。切角お別れ

をいたす日になつて、宅にでも見附けられると、詰まりませんからね。

ⓒ男。いかさま、そんならこれで。　　　　　　　　　(森鴎外, 1972a:521)

①(市街의中心에서 좀 상거가 잇는 公園、사람 긔척적은 길을、사내

와 게집이 거침)

②게집。ー그럼、이것쑨으로 결말을 내입시다。자우간、되여가는

대로 내버려두는것이、가장 됴흘테니깐요。말하자면、지금이 그째

이어요。자、마즈막으로、이손에 키쓰를 해주세요。그리고、이제

부터는、단지 한 친구가 되지오。

사내。ー자、그것은 마음대로 합시다。

게집。ー엇더튼、둘의 새에는、유쾌한 거트즘업는 긔억쑨은 남어잇

슬테지오。둘은 서로 반하고、키쓰하고、실승생기고、그러고는、

작별인사를 하는셈이니깐요。

사내。ー과연 그럿습니다。(게집의손에 키쓰함)

게집。ー나는、이길을 오른편으로 갈테니、당신은、잠간더 서게시

다가、외인편으로 가주세요。마즈막 작별하는자리에서、집 녕감한

테 들키든지 하 자미업스니깐요。

③사내。ー네。그럼 쏘……。　　　　　　　　　(김동인, 1924a:426)

김동인의 번역을 보면, 우선 다양한 문장부호의 사용이 눈에 띈다. 그런데 이 부호가 오가이 번역본을 그대로 따라 한 것이 아니고 자기 나름대로 궁리해서 사용한 것이다. 예를 들어 ①에서 김동인은 쉼표를 2번이나 사용하고 있다. 그런데 이 쉼표가 원문ⓐ에 없는 것이다. 이러한 것은 ②를 보면 더욱 확실해진다. 원문ⓑ에는 2개뿐이 없는 쉼표가 김동인의 번역본에서는 무려 8개나 사용되고 있다. 이러한 현상은 물론 쉼표에만 한정된 것이 아니다. ③에서는 원문에 없는 줄임표가 사용되었고, ①에서는 원문에 없는 괄호를 사용하기도 했다. 아마도 이 부분이 대화가 아니고 지문이라는 것을 명확히 하려는 의도에서 그랬을 터이지만, 아무튼 그는 번역할 때 원문에도 없는 부호를 나름대로 궁리해서 사용하고 있다. 그렇지만 번역은 거의 직역에 가까운 형태로 이루어져 김동인이 오가이의 번역본을 텍스트로 삼았음을 알 수 있다.

3) 「객마차」

이 작품도 금동이란 이름으로 1924년 『영대』 12월호에 발표한 것이다. 10년 전에 이루어질 뻔 했던 둘 사이의 사랑 혹은 불륜이 불발로 끝난 이유를 여자가 남자에게 설명하는 형식의 글로, 사랑을 앞둔 여인의 복잡 미묘한 심리상태를 헤아리지 못해 파탄에 이르게 한 남자의 어리석음을 질타하는 내용이다. 작품이 실린 『영대』의 해당 쪽을 보면 제목 부분에 '對話 客馬車 F, Molnar.'라 되어 있는데, 이에 대해 김병철(1975)은 원작자가 F. Malnar이고 그의 국적

이 프랑스라 했다. 김병철의 F. Malnar는 F. Molnár의 오식이겠지
만 그의 국적을 프랑스라 한 이유는 명확하지 않다.

　물론 이 F. Molnár가 앞에 나온 「마지막 오후」를 쓴 그 몰나르를
가리키는 것은 두말할 필요가 없는데, 이 「객마차」의 일본어 번역
역시 1924년 이전에 나온 것은 오가이의 번역밖에 없다. 즉 1913
년 『미타문학』 6월호에 발표된 「객마차(辻馬車)」가 그것이다(국립국회
도서관, 1959). 두 작품의 서두 부분을 비교하기로 하자.

　此対話に出づる⑧人物は

　貴夫人

　男

　の二人なり。⑥作者が女とも女子とも⑥云はずして、⑩貴夫人と云ふは、⑥
　其人の性を指すと同時に、齢をも指せるなり。この貴夫人と云ふ詞は、女の
　生涯のうち或る①五年間を指すに定れり。男をば単に⑧男と記す。その人所
　謂男盛と云ふ年になりたれば。

　貴夫人。なんだかもう百年位お目に懸からないやうでございますね。

　男。えゝ。そんなに御疎遠になつたのを残念に思ふことは、わたくしの方が
　一番ひどいのです。

　貴夫人。⑥でも只今お目に懸かることの出来ましたのは嬉しうございますわ。
　過ぎ去つた昔のお話が出来ますからね。まあ、事によるとあなたの方では、
　もうすつかり忘れてしまつて入らつしやるやうな昔のお話でございますの。

　　　　　　　　　　　　　　　　　　　　　　　　（森鴎外b, 1972:209)

199

이 對話에 나오는 ①人物은、

貴夫人

사내

두람사이다. ②作者가、녀편네라던지 女子라던지 ③하지 안코 ④「貴
夫人」이라고 하는것은、⑤그 사람의 性이며 나히까지 가르침이다.
이貴夫人이란 말은、녀인의 生涯의 엇던 ⑥五年間을 가르치는 術語니
아…。사내는 다만 ⑦「사내」라한다. 소위 한창나히의 사내를 가르
침이다.

貴夫人。－엇전지、한 백년이나 뵙지 못한것갓습니다.

사내。－네 그러케 쓰게된것을 분하게 녁이는것은、아마 내가 더하
리다.

貴夫人。－⑧그래도、이자리에서 뵙게된것은、참 깃브올시다。니
약이를 할수가 잇스니깐요. 혹은 엇더케되면、당신편에서는 벌서
니저버린 냇적니약이말슴이외다.   (김동인, 1924b:106)

　여기서도 「마지막 오후」와 마찬가지로 다양한 문장부호의 사용
이 먼저 눈에 띈다. 예를 들어 쉼표의 경우를 보면、①과 ② 그리고
⑧에서는 텍스트 ⓐ와 ⓑ、ⓗ에 없는 쉼표를 김동인이 만들어 넣었
고, ③에서는 텍스트 ⓒ에 있는 쉼표를 김동인이 생략하고 있다. 또
④와 ⑦에서처럼 낫표도 사용하고 있다. 물론 이것도 텍스트 ⓓ와
ⓖ에는 존재하지 않는 부호이다. 그뿐만 아니라 ⑥에서는 줄임표까
지 사용하고 있는데, 이는 그가 문장부호를 매우 자각적으로 사용
했다는 것을 말해준다. 번역은 ⑤나 ⑥처럼 원문과 조금 다르게 번

역한 부분도 있지만, 전체적으로 보면 김동인이 오가이의 번역본을 텍스트로 삼았음을 알 수 있다. 즉 김동인의 몰나르 번역은 2편 모두 오가이의 번역본을 중역한 것이다. 바꿔 말하면 몰나르의 한국에서의 수용과정에서 오가이가 중개자 역할을 했다고 할 수 있다.

4)「마리아의 재주꾼」

이 작품도 금동이란 이름으로 1925년『영대』1월호에 발표한 것이다. 작품이 실린『영대』의 해당 쪽을 보면 제목 부분에 '마리아의 재조슌 A, France'라 되어 있어, 아나톨 프랑스(Anatole France, 1844 – 1924)의 작품을 번역한 것임을 알 수 있다. 김병철(1975)도 이 작품이 아나톨 프랑스의 작품을 번역한 것이란 사실을 밝히고 있다.

「마리아의 재주꾼」은 공 굴리고 칼 던지는 재주 밖에 없는 곡예사 발나비 모습을 통해 오직 정성과 진심만이 구원에 이르게 한다는 가르침을 주는 이야기로, 원래 중세부터 유럽에 전해지던 민간 전설이었다. 이 전설은 이후 소설과 오페라, 만화, 영화 등의 다양한 갈래와 매체를 통해 각색되었는데, 1892년 아나톨 프랑스가 단편소설로 정리하여 발표하면서 더욱 유명해졌다. 아나톨 프랑스는 1921년에 노벨상을 받은 프랑스의 소설가로,『실베스트르 보나르의 죄』,『붉은 백합』등의 대표작을 가지고 있다.

물론 이「마리아의 재주꾼」도, 앞에서 살펴본 다른 작품들과 마찬가지로 일본어 번역본을 텍스트로 삼아 번역했을 것이다. 그리

201

고 김동인이 「마리아의 재주꾼」을 한글로 번역한 1925년 이전에 일본어로 출판된 「마리아의 재주꾼」은 3종류가 있다. 첫 번째는 1909년 『분쇼세카이(文章世界)』 2월호에 「재주꾼(手品使ひ)」이란 제목으로 게재된 작품이다. 그런데 잡지의 목차에 "手品使ひ(飜譯)(六〇) ………佛蘭西 アナトール、フランス"라고만 되어 있고, 본문의 제목 부분에도 "手品使ひ 佛蘭西 アナトール・フランス"라 되어 있어 역자가 누구인지 알 수 없다. 『분쇼세카이』는 1906년 3월부터 1920년 12월까지 하쿠분칸(博文館)에서 발행한 문예지였다. 다야마 가타이(田山花袋)가 편집주임이었던 관계로 후일 자연주의 문학의 거점 구실을 하게 되지만, 처음에는 독자 투고로 운영되던 잡지였다. 따라서 익명의 투고도 받았을 것이다.

두 번째는 1910년 와카쓰키 시란(若月紫蘭, 1879~1962)이 번역한 『아나톨 프랑스 단편 걸작선(アナトール・フランス短篇傑作集)』에 들어 있는 「성모의 재주꾼(聖母の手品師)」이다. 와카쓰키는 도쿄(東京)대학 영문과 출신의 극작가와 연극 연구자로서, 1908년 『요로즈초호(万朝報)』의 기자가 되었다. 1921년 『사람과 예술(人と芸術)』을 창간하고 이듬해에 신극연구소를 설립한다. 나중에 도요(東洋)대학의 교수를 역임했다.

세 번째는 1913년 노가미 규센(野上臼川, 1883~1950)이 번역한 『방역근대문학 : 소설과 희곡의 번역집(邦訳近代文学 : 小説と戯曲の翻訳集)』에 실려 있는 「마리아의 재주꾼(マリヤの手品師)」이다. 규센은 영문학자로, 부인이 유명한 소설가인 노가미 야에코(野上弥生子)이다. 버나드 쇼의 연구와 소개를 하는 한편으로 노가쿠(能楽)에도 관심을 기울여, 사후 그가 수집한 자료를 기초로 해 노가미기념 호세이(法政)대학 노가쿠 연구소가 만들어졌다.

　그러면 김동인이 이 중에서 어떤 것을 텍스트로 사용했는지 알
아보기 위해 각 작품의 서두를 살펴보기로 하자.

　　@ルイ王の御世に、フランスに一人の貧しい手品使ひがあつた。コムピエギ
　ユの生れで名をバルナバと云ひ、いろいろの手品を演じながら町から町へと
　渡り歩いた。市日には、町の四つ角に摩れ切れた一枚の古毛氈を敷いて、
　むかし師匠から習つた可笑げな人寄せの口上を、其のまま一句も變へずに
　述べ立てては、子供達や用無し連を引き附ける、そこで身體を不自然な恰
　好に曲げたり、鼻の上に一枚の白蠟皿を載せて落さぬやうに巧みに平均を
　取つたりする。
　　　　　　　　　　　　　　　　　　　　　　　　　　　　　(1909:60)

　　ⓑ佛王ルイの治世の事で有る、コンピユヌの町に其名をバーナビーと謂つて
　熟練と力との妙技を演じては、田舎廻りをやつて居る一人の貧乏手品師が居
　つた。
　　天氣の好い日には彼は何時も大四辻の角に陣取つて、古毛布を拡げるに決
　まつて居る、そして極昔の手品師から習つた面白い文句を一字一句も違え
　ず述べ立てて、小供やのらくら者の連中を呼び集める、見物が集ると珍妙な
　態度をして、自分の鼻の先に錫の皿を載つけて釣合を取るので有るが最初
　の間は、見物は何時でも之に無頓着な風をするに決つて居る。

　　　　　　　　　　　　　　　　　　　　　　　(若月紫蘭, 1910:1－2)

　　ⓒルイ王の時代に佛蘭西に一人の貧乏な手品師があつた。コムピェーニュの

203

生れで、名前はバルナビイと云った。熟練と力の藝當を演じながら町から町を渡り歩いてゐた。

天氣の日には彼は古い、毛の擦り切れた毛氈を四つ辻に擴げた。而して面白い口上で以つて子供や遊び人を寄せ集めて置いて、變ちきりんな姿勢をして鼻の先に錫の皿を乘つけて釣合を取つて見せる。此の口上といふのは彼かずつと古い手品師から傳授を受けたものであるが、彼は少しも文句を替へずに述べ立てた。　(野上臼川, 1913:279-280)

①루이王때에 프랜쓰에 한 가난한 재니가 이섯다. 컴페―뉴出生으로서、일흠은 발나비―랴는 사람이엇다。슉련과 힘의 재조를 미천삼아、고을(洞)들을 도라다니고 이섯다。

일긔나 됴흔날은、그는 낡아서 털이 다업서진 요를 十字거리에 펴노코、여러 가지 자미있는 셜명으로서 아희들이며 열업는사람들을 모하노코、몸을 별하게 하여가지고、코우에 白錫접시를 올려노코、중심을 잡아 보인다。이 셜명이라는것은、그가、이젼ㅅ재니의게 傳授바든것으로서、그는 고대로 니약이 하는 것이다。　(김동인, 1925a:124)

위에 열거한 일본어 번역본의 첫머리 ⓐ, ⓑ, ⓒ와 김동인의 번역을 비교해 보면, 김동인의 번역 ①이 ⓒ를 거의 그대로 직역했음을 알 수 있다. 즉 김동인은 노가미 규센의 번역본을 저본으로 삼아 「마리아의 재주꾼」을 번역했던 것이다.

3. 번안 작품의 텍스트 고찰

1) 「유랑인의 노래」

이것은 1925년 5월 11일부터 6월 19일까지 『동아일보』에 김동인이란 이름으로 연재한 작품이다. 『동아일보』에 실린 작품 첫 회분의 제목 부분을 보면 '流浪人의 노래 金東仁 飜案 安碩柱 揷畵'라되어 있어 이것이 번안 작품임을 알 수 있다. 또한 머리말을 보면 "이것은 전역(全譯)이아니외다.그러타고개역(概譯)이랄수도업슴니다. 原名은 『驚異의再生』이라하는것으로서 원작자 『윗츠떤튼』은 이작품하나로서일홈이세계덕으로된이만치 이작품은온갓뎜으로 훌륭한작품이외다 (-중략-)인물들의일홈만은 긔억하기쉬웁게조선일홈으로고치기로하엿슴니다"(김동인, 1925b)라 되어 있어, 워츠 던톤의 『경이의 재생』을 번안했음을 알 수 있다.

워츠 던톤(Watts Dunton, Walter Theodore, 1832-1914)은 영국 빅토리아조의 시인·소설가·평론가로서, 당시 유행하던 라파엘전파(前派)의 동인으로서는 활동하지 않았지만(http://en.wikipedia.org/wiki/Pre-Raphaelite_Brotherhood 검색일: 2010.7.29), 그 동인인 로세티(D. G. Rossetti, 1828-1882)나 스윈번(A. C. Swinburne, 1837-1909) 등과 매우 친밀하게 지냈다. 따라서 그의 작품에도 라파엘전파적인 요소가 자연스럽게 녹아 있었을 것이다. 도가와 슈코쓰(戸川秋骨, 1915:1)가 그의 작품을 가리켜 라파엘전파의 그림을 소설로 바꿔 놓은 것이라 평한 것도 바로 이러한 점을 지적한 것일 것이다.

그는 평생 단 2권의 작품집만 출판했다. 『사랑의 도래(The Coming of Love)』(1897)란 시집과 『에일윈(Aylwin)』(1898)이라는 소설이 그것이다. 그리고 이 『에일윈』이 베스트셀러가 되면서 그는 단번에 유명작가가 되었다(http://en.wikipedia.org/wiki/Theodore_Watts-Dunton 검색일: 2010.7.29).
　그렇다면 김동인의 머리말에 나오는 『경이의 재생』이란 작품은 무엇인가? 다음의 인용을 보자.

> 저자는 이 작품에 빗댄 그 사상 때문에 여러 가지로 제목에 고심을 한 것 같다. 저자의 시적 사상에 관한 주장인 경이의 재생이라는 것이, 이 소설의 경우에도 그 근본사상이 되었기 때문에 그것을 제목으로 하려고 했다 한다. 그래서 마침내 주인공의 이름을 따 에일윈이라 명명했음에도 불구하고 여전히 에일윈, 즉 경이의 재생이라고 제목에 할주(割註)처럼 적어 넣었다. 저자의 생각에는 우주만상에 대한 우리들의 경이가 곧 시이고, 문학이며, 마침내 그것이 인간의 진보라고 말하는 것 같다.[4]
>
> (戶川秋骨, 1915:5)

　즉 워츠 던톤이 『에일윈』이란 작품에서 말하려고 했던 주제가 '경이의 재생'이기 때문에 이를 제목으로 삼으려 했지만 사정으로

4　著者はこの作によせたその思想から、いろいろにその題名に苦心をしたらしい。著者の詩的思想に就ての主張である驚異の再生と云ふ事は、この小説の場合にもその根本の思想となつて居るので、それを題名に取らうとしたのださうである、併し遂に主人公の名を取つてエイルキンと命じたのであるが、それでもなほエイルキン、則ち驚異の再生と、題名に割註のやうな記入がしてある。著者の考では、宇宙の万象に対する吾人の驚異が則ち詩であり、文学であり、やがてそれが人間の進歩であるといふにあるらしい。

인해 제목이 주인공의 이름을 딴『에일윈』으로 결정되자 '경이의 재생'이란 말을 제목에 할주처럼 집어넣었다는 것이다. 원문을 보아도『에일윈 / 경이의 재생(Aylwin / The Renascence of Wonder)』이라 되어 있다(http://www.gutenberg.org/files/13454/13454-8.txt 검색일: 2010.7.30). 말하자면『경이의 재생』은『에일윈』의 부제(副題)라 할 수 있다.

그러면 일본에서『에일윈』이 번역된 것은 언제인가? 김동인이『유랑인의 노래』를 연재하기 시작한 1925년 이전에 나온『에일윈』의 일본어 번역본으로는 1915년 도가와 슈코쓰(戸川秋骨, 1870-1939)의『에일윈 이야기(エイルヰン物語)』가 있다. 도가와는 평론가, 영문학자, 수필가로서 메이지학원(明治学院)과 도쿄제국대학 영문과를 거쳐 게이오(慶應)대학 교수를 역임했다. 1893년에는 메이지학원 시대의 학우였던 시마자키 도손(島崎藤村, 1872-1943), 기타무라 도코쿠(北村透谷, 1868-1894) 등과 함께 잡지『분가쿠카이(文学界)』를 창간하기도 했다. 일찍부터 번역가로 활동해『에머슨논문집(エマーソン論文集)』이나『십일 이야기(十日物語)』(데카메론),『유고애사(ユゴー哀史)』(레 미제라블) 등을 번역했는데, 김동인도 메이지학원에서 공부했으므로 김동인의 선배이기도 하다.『에일윈 이야기』는 1925년에도 '세계명작대관' 시리즈로 개판(改版) 발행되었는데, 발행일이 7월 25일이므로 김동인이 읽은 것은 1915년판일 것이다.

2)「사진과 편지」

김동인이란 이름으로 1934년『월간매신』4월호에 발표한 것이다. 『월간매신』에 실린 제목 부분에는 "短篇小說 寫眞과 便紙"라 되어 있어 그의 창작소설 같은 인상을 준다. 하지만 소설 마지막에서 "附言(이것은 모르나-르의 『마그막午後』에서 想을 取하엿슴을 말하여 둔다)"라 밝히고 있어, 이 작품이 앞에서 언급한 몰나르의 「마지막 오후」와 관련이 있음을 밝히고 있다.

두 작품을 비교해 보면 먼저 공간적 배경이 다르다. 몰나르의 「마지막 오후」는 주 무대가 피한지(避寒地)인 타트라와 부다페스트이고, 김동인의 「사진과 편지」는 피서지(避暑地)인 해수욕장과 서울이다. 또 「마지막 오후」는 헤어지는 장면에서 시작하여 과거를 회상하는 형식으로 진행되지만, 「사진과 편지」는 처음 만나는 장면에서 시작하여 시간적 순서에 따라 사건이 진행되는 형식으로 되어있다. 그러나 두 작품 모두 유부녀가 단지 사진과 편지만 가지고 자기의 불륜 상대인 남자를 마음대로 조종하는 모습을 그리고 있다는 점에서 똑같다. 이런 의미에서 이 「사진과 편지」는 「마지막 오후」를 번안한 작품이라 할 수 있다.

사실 김동인은 몰나르를 매우 좋아했던 것으로 보인다. 그가 번역한 작품이 모두 4편 밖에 없는데 그 중에서 몰나르의 작품이 2편이나 되고, 또한 몰나르의 작품을 번역한 지 10년이 지난 1934년에 「마지막 오후」를 번안한 「사진과 편지」를 발표할 정도니 말이다.

게다가 김동인이 이 번안소설의 제목을 「사진과 편지」라 붙인 것도 흥미롭다. 아마도 몰나르의 「마지막오후」에서 두 연인 사이의 관계를 변화시키는 가장 중요한 도구로 등장하는 것이 '사진'과 '편지'이기 때문이리라. 그리고 이처럼 남녀가 이별할 때 편지가 결정적인 역할을 하는 소도구로 사용되는 것은 이미 1930년에 발표된 「여인」에도 등장한다. 「여인」은 그의 여성편력을 다룬 자전적 소설이라 말해지는 작품인데, 이 작품에서 주인공이 가장 마음에 두고 있던 김옥엽과 헤어지는 계기를 만든 것도 바로 이 편지라는 소도구였다.

4. 나가며

이상에서 김동인의 번역·번안 작품에 대한 연구의 전단계로서 각 작품에 대한 기본적인 정보와 번역 텍스트를 확정하는 작업을 했다. 이를 정리하면 다음과 같다.

① 「죽음과 그 전후」: 아리시마 다케오의 희곡 「죽음과 그 전후(死とそ の前後)」(1917)의 서막과 제1장 번역.

② 「마지막 오후」; 모리 오가이가 번역한 몰나르의 「마지막 오후(最終 の午後)」(1913)를 중역.

③ 「객마차」: 모리 오가이가 번역한 몰나르의 「객마차(辻馬車)」(1913)를 중역.

④ 「마리아의 재주꾼」: 노가미 규센이 번역한 「마리아의 재주꾼(マリヤ の手品師)」(1913)을 중역.

⑤ 「유랑인의 노래」: 도가와 슈코쓰가 번역한 워츠 던톤의 『에일윈 이야기(エイルヰン物語)』(1915)를 번안.

⑥「사진과 편지」: 몰나르의「마지막 오후」를 번안.

이제부터는 이를 바탕으로 개별 작품들에 대한 구체적인 연구를 진행하여 김동인의 번역 태도를 밝히는 것은 말할 것도 없고, 이 작품들이 그의 다른 작품들과 어떤 관계에 있는지도 밝히고 싶다.

| 참고문헌 |

김동인,「떤톤의 <에일윈>」,『동인전집』10, 홍자출판사, 1964.
_____,「마리아의재조믄」,『靈臺』정월호, 영대사, 1925.
_____,「마즈막 午後」,『靈臺』10,영대사, 1924a.
_____,「客馬車」,『靈臺』12, 영대사, 1924b.
_____,「죽음과 그 前後」,『曙光』7, 문흥사, 1920.
김병철,『한국근대번역문학사연구』, 을유문화사, 1975.
김윤식,『김동인연구』개정증보판, 민음사, 2000.
김춘미,『金東仁研究』, 고려대학교민족문화연구소, 1985.
김치홍편,「문단 30년의 자최」,『金東仁評論全集』, 삼영사, 1984.
東亜日報,「流浪人의 노래」, 1925.5.11. - 1925.6.19.
정응수,「森鴎外の『諸国物語』と金東仁の翻訳小説について-モルナールの『辻馬車』を中心に」,『比較文化研究』87, 日本比較文化學會, 2009.
조선중앙일보,「擡頭된 飜訳運動」, 1935.5.22.
한경민,「몰나르 페렌츠의『팔 거리의 아이들』분석」,『동유럽연구』15, 한국외국어대학교 외국학종합연구센터 동유럽발칸연구소, 2005.
현창하,「耽美主義作家としての金東仁」,『天理大学学報』16, 天理大学, 1964.

有島武郎,「死とその前後」,『有島武郎全集』4, 新潮社, 1929.
国立国会図書館編,『明治·大正·昭和翻訳文学目録』, 風間書房, 1959.
戸川秋骨,『エイルヰン物語』, 国民文庫刊行会, 1915.
野上臼川,「マリヤの手品師」『邦訳近代文学 : 小説と戯曲の翻訳集』, 尚文堂, 1913.
文學同志會編,「手品使ひ」『文章世界』4－3, 博文館, 1909.

森鴎外, 「最終の午後」, 『鴎外全集』11, 岩波書店, 1972a.

_____, 「辻馬車」 『鴎外全集』14, 岩波書店, 1972b.

若月紫蘭, 「聖母の手品師」, 『アナトール・フランス短編傑作集』, 三書敎院, 1910.

http://www.gutenberg.org/files/13454/13454-8.txt(검색일: 2010.7.30)

http://en.wikipedia.org/wiki/Pre-Raphaelite_Brotherhood(검색일: 2010.7.29)

http://en.wikipedia.org/wiki/Theodore_Watts-Dunton(검색일: 2010.7.29)

http://100.naver.com/100.nhn?docid=63801(검색일: 2010.7.3)

번역과 문화의 지평

제3장

근대한국의 루소『사회계약론』 번역과 수용
―1909년「盧梭民約」을 중심으로―

｜이 예 안

1. 들어가며

18세기 말 격동기 프랑스에서 루소(J. J. Rousseau, 1712‒1778)의『사회계약론(Du Contrat Social, ou Principes du droit politique)』(1762)이 인간 생존에 가장 기본적이면서도 절실한 문제로 자유·평등·권리 이념을 주창하고 개인과 사회의 새로운 존재방식을 제시함으로써 커다란 영향을 끼친 사실은 거듭 강조할 필요도 없을 것이다. 그러한 루소『사회계약론』의 사상이 동아시아에 전해지게 된 것은 출간 후 약 100여 년이 지난 메이지시기 일본에서 자유민권운동이 절정에 이르렀

을 즈음이었다. 메이지시기 일본에서『사회계약론』은 복수의 번역
자에 의해 번역되었는데, 그 가운데 나카에 조민(中江兆民, 1847-1901)
의『民約譯解』(1882-1883)는 자유민권운동을 추동하는 사상적 근원
으로서 큰 반향을 불러일으켰다.

그리고 이러한 조민의『民約譯解』는 일본을 넘어 변혁기 동아시
아 각국에 전해져 루소『사회계약론』사상을 전파하는 역할을 했
다. 청국에서는 조민의『民約譯解』를 저본으로 무술변법시기인
1898년부터 1899년에 걸쳐『民約通義』로 수차례 번각되었으며, 신
해혁명을 전후로 하여 1910년『民約論譯解』, 1914년『共和原理民約
論』이 출판되었다.[1] 그리고 일제강점기 직전인 1909년 대한제국에
서 조민의『民約譯解』를 저본으로「盧梭民約」이 번역되었다. 1909
년 8월 4일부터 9월 8일까지『皇城新聞』1면 톱에 연재되었던「로
사민약」은 한국 최초의 루소『사회계약론』번역이었다.

선행연구에서는 한국 최초의 루소『사회계약론』번역으로서「로
사민약」의 존재는 언급된 바 있지만 이 문제와 관련한 본격적인 연
구는 부족한 상황이다.[2] 이러한 상황은 아마도 근래 한국 학계에서,

---

1 八鏡樓主人譯,『民約通義』(1898). 譯者未詳,『民約論譯解』(『民報』26, Paris,
1910). 田桐譯,『重刊共和原理民約論』, 東京民國社, 1914. 이 중『民約論譯解』의 후
기에는 '按中江篤介. 有東方盧梭之稱.(생각건대 나카에 도쿠스케는 동방 루소의
칭호를 가지고 있다)'라고 쓰여 있어 중국에서의 조민 평가를 확인할 수 있다.
중국에서 中江兆民,『民約譯解』수용에 관해서는, 島田虔次,「中国での兆民受容」,
『中江兆民全集』月報 2, 1983.12. 狹間直樹,「中国人による『民約訳解』の重刊をめ
ぐって-中国での兆民受容-」,『中江兆民全集』月報18, 1986. 宮村治夫,『開国経験
の思想史-兆民と時代精神』, 東京大学出版会, 1996 등 참조.
2 「盧梭民約」의 존재를 최초로 언급한 것은 김효전,『서양 헌법이론의 초기수용』,
철학과현실사, 1996, 382-397쪽이다. 이후 김효전,「盧梭民約」,『동아법학』제
22호(동아대학교 법학연구소, 1997)에서 전문을 소개했다. 일본에서는 宮村治

근대한국의 서양사상 번역과 수용 문제에 대한 관심이 높아졌음에
도 불구하고 여전히 구체적인 연구 결과가 부족한 상황과도 관련
될 것이다.[3] 연구가 부족한 이유는 주지하는 바와 같이, 근대한국
의 서양 사상 번역과 수용 문제를 다룰 때에는 근대서양과 근대한
국의 관계에 더하여 그 번역·수용과정에서 매개 역할을 했던 근대
일본 또는 근대중국을 고려해야 하며, 수용과 재수용, 번역과 중역
이라는 2중, 3중의 문제를 고려해야 하는 복잡성 때문일 것이다.
즉 근대한국에 서양사상이 중국 또는 일본을 경유하여 수용·번역
되는 과정에서 어떠한 2중 또는 3중의 굴곡을 거쳤는가, 그 굴곡
들의 의미와 결과는 어떠한 것인가에 관해 검토하는 작업이 요구
된다.

雄, 전게 논문, 93-117쪽에서 언급하고 있다. 그러나 텍스트 분석은 이루어지
지 않고 있다. 「盧梭民約」의 텍스트 분석 및 동아시아의 루소『사회계약론』수용
검토를 시도한 것으로, 이예안, 「개화기의 루소『사회계약론』수용과 번역」, 『일
본문화연구』40, 동아시아일본학회, 2011 참조.

3 근대한국의 서양사상 수용과 번역을 둘러싼 문제는 그 논의의 필요성이 자주 지
적되고 중요성이 강조되어 왔는데 비해서 충분히 논의되고 있지 않는 듯하다.
이 문제에 관한 초기 선행연구로는 문학분야에서 김병철, 『한국근대번역문학
사연구』, 을유문화사, 1975; 『한국근대서양문학이입사연구』, 을유문화사,
1980, 법학·사상분야에서 김효전, 『서양 헌법이론의 초기수용』, 철학과현실
사, 1996; 『근대한국의 국가사상』, 철학과현실가, 2000 등에서 방대한 서지적
자료를 발굴, 정리하고 있다. 하지만 이러한 선행연구가 출간된 후에도 개별적
인 논의는 여전히 충분히 이루어지지 않고 있는 듯하다.
근대한국의 「盧梭民約」 수용에 관한 논문은, 이예안, 「자료정선: J.J. Rousseau,
Du Contrat Social, ou Principes du droit politique ; 中江兆民, 『民約譯解』; 『皇城
新聞』, 「盧梭民約」」(『개념과 소통』9, 한림과학원, 2012여름); 「자료정선: "民約
(민약)"에 관하여」(『개념과 소통』10, 한림과학원, 2012겨울) 참조.
근대한국의 루소수용이라는 큰 맥을 짚은 최근 연구로는 김용민, 「한국에서 루
소사상 수용과 연구현황에 관한 일 고찰」, 『정치사상연구』제18집, 한국정치사
상학회, 2012가을. 송태현, 「장 자크 루소의 한국적 수용」, 『외국문학연구』52
권, 한국외국어대학교 외국문학연구소, 2013이 있다.

이러한 문제의식을 본 논문의 테마에 적용시키면 다음과 같은 물음을 던질 수 있을 것이다. 루소의『사회계약론』은『민약역해』로 그리고 이를 거쳐「로사민약」으로 번역되는 과정에서 어느 부분이 어떻게 취사선택되어 강조 또는 삭제되면서 수정되었는가? 그 결과 루소『사회계약론』사상은, 메이지일본과 대한제국이라는 각각의 장소에서 어떠한 굴절된 형태를 드러내며 특징적인 사상으로서 재구축되었는가? 이러한 문제들을 고려하면서 이하에서는 우선「로사민약」의 번역저본 문제와 관련하여『민약역해』를 검토하고 이를 전제로『사회계약론』,『민약역해』,「로사민약」을 비교검토함으로써 근대한국의 루소『사회계약론』번역과 수용이라는 문제를 생각해 보고자 한다.

2. 번역 저본 『민약역해』 검토

1) 메이지시기 일본의 『사회계약론』 번역 상황

1909년 황성신문에「로사민약」이 연재되기까지 일본에는『사회계약론』에 대한 번역이 4종 있었다. 루소의『사회계약론』이 일본에 처음 번역된 것은 1874년 조민에 의해서였다. 조민은 1872년부터 1874년에 걸쳐 약 2년 동안 프랑스에서 유학하였는데 귀국하자 즉시 루소의『사회계약론』제2편 전반부(제1장-제6장)를「민약론」으로 번역하였다.『사회계약론』제2편 전반부는 주권 및 주권자의 원리와 넓은 의미에서 헌법에 관해 논한 부분이다. 이러한 내용을 번역한 「민약론」은 메이지정부에 의해 출판금지처분을 받아 정식으로 간행되지는 못했다. 그러나 「민약론」은 자유민권운동이 태동하던 시기에 미야자키 하치로(宮崎八朗), 우에키 에모리(植木枝盛), 고노 히로나카(河野広中), 이타가키 다이스케(板垣退助) 등 자유민권운동의 지도자층 사이에서 필사본 형태로 널리 유통되어 영향을 주었으며, 근대 일본사상의 큰 흐름 중 하나를 형성하였다는 점에서 평가되어야 할 것이다.[4]

루소 『사회계약론』에 대한 번역이 최초로 출판된 것은 1877년

---

4 루소사상의 번역자로서 조민의 이름이 알려지기 시작한 것은 1874년 「民約論」이 탈고된 후 얼마 지나지 않아서였다. 1875년에 이미 미야자키 하치로(宮崎八郞)는 「民約論」을 고향 구마모토(熊本)에 세운 우에키학교(植木学校)에서 교과서로 사용하였으며, 세이난전쟁(西南戦争) 시기에 「泣読櫨騷民約論」라는 문장을 남겼다(上村希美雄, 『宮崎兄弟伝』 日本篇上, 葦書房, 1984 – 1999년, 89 – 106쪽. 또한 우에키 에모리(植木枝盛)의 1877년 7월 26일자 일기에는 "아침에 민약론을 필사했다(朝民約論を写す)"고 되어 있으며(植木枝盛日記』, 高知新聞社, 1955, 76쪽), 고노 히로나카(河野広中)는 이타가키 다이스케(板垣退助)와의 대화를 다음과 같이 적고 있다. "다시 화제를 돌려 민약론에 이르자 이타가키 선생이 말하길 도사에 불학자 나카에 도쿠스케(=조민)라는 자가 있는데, 이 자가 일전에 민약론을 번역하였으나 뭔가 정부로부터 담판이 있어 코를 풀어 버렸다는데, 그 필사본을 우에키가 가지고 있다고 합니다. 이것이 오늘날의 민약론보다 볼만하다고 하니 우에키가 오면 말해서 봅시다(又端ヲ改メテ民約論ノ事ニ至リシニ、君日ク土洲者ニ仏学者中居徳助(ママ)ト云フ者アリ、此者ガ曩ニ民約論ヲ訳セシガ、何カ政府ヨリ談ジラレ為ニ鼻ヲ拭テ捨タリシガ、其写トカヤヲ植木ガ所持セント、之ハ今日ノ民約論ヨリハ可ナリト、植木ニ御出ナレバ話シテ見ラレヨ)"(「南遊日誌」 1879년 10월 6일, 『中江兆民全集』別卷, 岩波書店, 2001, 3쪽). 그리고 이타가키에게 보낸 편지에는 "그로부터 나카에 도쿠스케 씨가 번역한 루소 민약론의 필사본을 가지고 있는지 여부를 물어 열람은 했으나 결국 필사는 하지 못했다(夫ヨリ中居徳助氏ノ訳セシ蘆騷民約論ノ写ヲ所持セラルルヤ否ヤヲ問ヘシテ、此ハ披閲ノミニテ遂ニ謄写セザリキ)"고 한다(「南遊日誌」 1879년 10월 18일, 상동). 우에키가 필사한 '민약론' 및 '나카에 도쿠스케가 일전에 번역한 민약론'이란 물론 1874년의 「민약론」을 가리키며, "오늘날의 민약론"이란 1877년에 출판된 하토리 도쿠(服部徳)의 『民約論』을 가리킨다.

하토리 도쿠(服部德)의 『民約論』(有村壯一)이었다.[5] 그러나 그 당시에 이
미 1874년 조민의 「민약론」과 1877년 하토리의 『민약론』을 모두
읽은 자유민권운동 지도자들 사이에서는 하토리의 『민약론』보다
조민의 「민약론」이 높이 평가되고 있었다. 또한 현재 일본에서도
하토리 『민약론』은 대체로 직역에 가까운 평범한 번역문이기는 하
지만 루소의 논리에 착종, 비약이 있거나 역설적일 때에는 이를 이
해하지 못하고 기본적인 어학력, 이해력에 있어서도 부족하다고
평가되고 있다.[6] 그리고 이어서 1882 – 1883년 조민의 『민약역해』,
1883년 하라다 센(原田潛)의 『民約論覆義』가 출판되었다. 먼저 후자
부터 간략하게 언급하면, 하라다 센 『민약론복의』는 번역에 있어
기존의 하토리 『민약론』과 조민 『민약역해』에 대거 의거하고 있으
며 또한 하토리 번역의 오역을 더욱 증폭시키고 있어 실제로 프랑
스어 원전에 의거했는지조차 의심스럽다고 평가되고 있다.[7]

이에 비하여 조민이 루소의 『사회계약론』에 대한 두 번째 번역
을 시도하여 발표한 것이 『民約譯解』이다. 한 사람이 한 권의 책을
번역한 후 세월의 경과에 따라 추고, 개정하여 가는 과정은 흔히 있
을 수 있는 일일지도 모르지만 그러나 조민의 1874년 「민약론」과
1882년의 『민약역해』는 완전히 별개의 번역이라고 볼 수 있을 만

---

5 服部德, 『民約論』에 대해서는 김효전, 「「민약론」해제」, 『동아시아 개념연구 기
  초문헌해제』(한림과학원편, 선인, 2009)에서 다루고 있다. 이 服部德, 『民約論』
  를 포함하여 메이지시기 일본의 『사회계약론』 번역들의 비교검토에 관해서는
  井田進也, 「明治初期 『民約論』諸訳の比較檢討」, 『兆民をひらく』(光芒社, 2001)에서
  자세히 다루고 있다.
6 井田進也, 앞의 논문, 131쪽.
7 井田進也, 앞의 논문, 131 – 132쪽.

큼 형식면, 내용면에서 차이를 보인다. 조민은 1874년 프랑스 유학에서 귀국하자 즉시 불학숙(佛學塾)이라는 프랑스학과 전문학교를 설립하여 이끌어 나가는데 주요 교과목으로 루소「민약론」, 「교육론」, 「개화론」을 설정하고 강의, 토론을 계속해 나갔다.[8] 1882년 『민약역해』는 조민이 다년간에 걸친 강의, 토론, 사색을 통해 루소 사상 전반에 대한 이해를 넓혀가는 가운데 특히『사회계약론』에 대하여 새로이 얻은 지견을 발표한 결과라고 할 수 있다. 이『민약역해』에 의해 조민은 '루소 민약론'의 번역가, 대표적인 자유민권 사상가로서의 명성을 굳혔으며, 『민약역해』는 일본에서 메이지사상을 대표하는 주요 저작 중 하나로 높이 평가되어 왔다.[9]

---

8 「家塾開業案」, 『中江兆民全集』17권, 1874, 119–121쪽. 「교육론」, 「개화론」은 각각『에밀』, 『학문예술론』을 가리킨다.

9 도쿠토미 소호(德富蘇峰)는 조민사상에서『민약역해』의 의의를 "이 한편의 민약론은 선생에게 금과옥조이다"라고 표현했으며(蘇峰生, 「妄言妄聴」, 1895년 12월 13일, 14일, 15일자『国民新聞』(『中江兆民全集』별권, 209–212면)), 아스카이 마사미치(飛鳥井雅道) 교수는『민약역해』를 "메이지사상사의 금자탑(明治思想史の金字塔)"으로 명명했다(『中江兆民』, 吉川弘文館, 1999, 157쪽). 그런데『민약역해』에 관한 대부분의 선행연구는 1882년의 조민이라는 현실상황을 대전제로 조민의 정치 구상에 초점을 맞추고 있다. 즉『민약역해』의 정치 구상을 자명한 것으로 받아들인 나머지 조민이『사회계약론』을 어떻게 이해하였는지 그리고 그러한『사회계약론』의 이해를 바탕으로 어떻게『민약역해』의 사상을 구축하고 있는지에 관한 기본연구가 일본 내에서도 부족한 상황이다. (『민약역해』를 다룬 주요 연구는 다음과 같다. 井田進也, 「『民約訳解』中断の論理」, 『思想』641, 岩波書店, 1977; 「中江兆民の翻訳・訳語について」, 『文学』48, 岩波書店, 1980; 「中江兆民の翻訳・訳語について」, 『文学』49, 岩波書店, 1981. 中村雄二郎, 「中江兆民『民約訳解』にみられるルソー思想のうけとり方について」, 『近代日本における制度と思想』, 未来社, 1999. 米原謙, 「方法としての中江兆民 - 『民約訳解』を読む」, 『下関市立大学論集』27(3), 下関市立大学学会, 1984. 山田博雄, 「中江兆民の『民約論』『民約訳解』覚え書 - 兆民の社会構想の一側面」, 『法学新報』109(1・2), 中央大学法学会, 2002. 宮村治雄, 「中江兆民と"立法" - 『民約論』と『民約訳解』の間」, 『開国経験の思想史』, 東京大学出版会, 1996. 단, 『사회계약론』과『민약역해』의 비교검토 및『민약역해』를 본격적으로 분석한 논문은 없다. 비교적 최근에 山田博雄,

2) 번역저본 『민약역해』의 성립배경

『황성신문』에서 루소『사회계약론』을 번역하는 데 조민의『민약역해』를 선택한 이유로는 다음 4점을 지적할 수 있다. 첫째, 무엇보다도『민약역해』는 당시 일본에서 간행된 다른『사회계약론』번역과는 달리 대한제국시기 지식인층이라면 기본소양으로 이해 가능한 한문체였다. 둘째, 앞에 언급한 바와 같이 일본사회 내부에서『사회계약론』에 대한 복수의 번역들 중 조민의『민약역해』가 높이 평가받고 있었다. 셋째, 청국의 지식인들도 루소『사회계약론』사상을 소개하는 데 조민의『민약역해』에 의거하고 있었다. 앞에 언급한『민약통의』(1898 - 1899)를 비롯하여, 양계초의「盧梭學案」(『淸議報』98 - 100, 1901) 역시 조민이 서술한 루소사상에 의거하여 논의를 전개한 바 있다.[10] 이러한 양계초의 논의가 대한제국시기 지식인들에게

『中江兆民翻訳の思想』(慶応義塾大学出版会, 2009)에서『民約訳解』전편에 걸쳐 쟁점들을 지적하고 사회계약론과 대비 검토하고 있으나 간단한 코멘트를 하는 데 그치고 있다. 국내에서는 일찍이 최상룡,「『民約譯解』에 나타난 中江兆民의 Rousseau이해」,『아세아연구』27(2)(고려대학교아세아문제연구소, 1984)에서 소개되었으나 이후 연구자들 사이에서 본격적인 논의로 이어지는 일은 없었다.

10 「로사학안」의 내용소개 및 상세 서지사항에 관해서는 강중기,「자료정선 : 梁啓超,「盧梭學案」」,『개념과 소통』11호, 한림과학원, 2013 참조.
양계초가 무술정변에 패하여 1898년부터 일본망명생활을 하는 중에 일본에서 번역된 서양사상을 본격적으로 수용하게 된 사실은 잘 알려진 바이다. 양계초는 대개 후쿠자와 유키치, 가토 히로유키 등의 영향을 많이 받았다고 알려져 있는데, 한편으로 일본 최초의 서양철학서라고 불리는 조민의『理学沿革史』(1886)에 주목하여 이를 토대로 저술활동을 한 바 있다. 「로사학안」은『理学沿革史』第4編,「近代ノ理学」第7章,「第18世紀法朗西ノ理学」第二「ルーソー」를 토대로 저술한 것이다(狹間直樹編,『梁啓超 : 西洋近代思想受容と明治日本 : 共同研究』, みすず書房, 1999 참조).

끼친 영향의 크기는 잘 알려져 있다.[11] 넷째, 1906년『황성신문』에
연재된「日本維新三十年史」에서 조민은 메이지 일본의 '루소 민약
론의 역자', '프랑스류의 자유주의', '민권사상의 원류'로 소개된
바 있다.[12]「로사민약」이 연재되기 3년 전에 이미 조민은 대한제국
의 지식인들에게 알려져 있었던 것이다.

한편, 1909년 한국에서 조민의『민약역해』를 입수할 수 있는 방
법은 4가지 있었다. 첫째, 불학숙에서 간행한 학술지『政理叢談』에
1882−1883년에 걸쳐 연재된『민약역해』및 이들 연재물을 모아
단행본으로 출간된『민약역해』. 둘째, 조민 사후인 1907년 당시 일
본의 대표적인 잡지 중 하나인『太陽』(博文館)에서 메이지 30년 특집
으로 발간한『明治名著集』에 수록된『민약역해』. 셋째, 조민의 제자
고토쿠 슈스이(幸德秋水)가 스승의 죽음을 기리며 1909년에 출간한
『兆民文集』(日高有倫堂)에 수록된『민약역해』가 그것이다. 기타『민약
역해』의 중국판본인『민약통의』(1898)도 생각할 수 있는데『민약통
의』와「로사민약」을 비교해 본 결과 루소의 'Avertissement(머리말)'
이『민약역해』에는「著者緒言」으로 번역되어 있으나『민약통의』에
는 없고「로사민약」에는 있는 점을 고려하면「로사민약」의 번역저
본으로서『민약통의』의 가능성은 배제된다.「로사민약」의 번역저

---

11 표기법에 집중하여 보면 '盧梭'는 예를 들어 신채호의「大韓의 希望」,「大我와 小
   我」(『大韓協會月報第』1號(1908.4.25), 同第5號(1908.8.25)), 이춘세의「政治學
   說霍布史學說第1」(『畿湖興學會月報』第6號(1908.8.20)등에서 사용되고 있다.
12 5월2일−5월10일자.『황성신문』에「일본유신삼십년사」는 약9개월에 걸쳐 대
   대적으로 연재되었는데 그 안에서는 메이지사회를 견인한 서양사상의 3파로서
   카토히로유키(加藤広之)의 독일학파, 후쿠자와유키치(福沢諭吉)의 영국학파와
   함께 조민의 프랑스학파에 관한 서술이 되어 있다.

본으로 미야무라 하루오(宮村治夫)는 『조민문집』을 주목하고 있으나 『조민문집』이 발간된 것은 1909년 10월로 「로사민약」의 연재가 끝나고 1개월가량 경과한 후이므로 시기적으로 맞지 않는다. 한편 불학숙에서 출판한 『정리총담』 및 『민약역해』는 입수가 용이하지 않았다고 전해지므로 「로사민약」의 번역저본으로서는 잡지 『태양』의 특집호 『明治名著集』이 유력하다고 생각된다.

3) 『민약역해』의 특징

『민약역해』의 특징으로는 크게 다음 4점을 들 수 있다. 첫째, 조민은 루소 『사회계약론』의 제1편과 제2편 제1장에서 제6장까지를 번역하여 불학숙의 기관지 『政理叢談』에 연재했는데(1882.3.10–1883.9.5), 그중에 『사회계약론』 제1편에 해당하는 번역을 모아서 단행본 『民約訳解 卷之一』(佛學塾出版局, 1882)를 출판했다. 이 단행본 『民約訳解 卷之一』의 내용이 이후 일본에서 거듭 소개되고 『明治名著集』에 수록되어 아시아에 전해지게 된다. 둘째, 『민약역해』에서 루소의 원저서 『사회계약론』에 없는 「叙」와 「譯者緖言」을 둔 점. 「서」와 「역자서언」은 조민이 루소의 원저서에 구애받지 않고 자신의 생각을 자신의 언어로 표현하면서 『민약역해』의 기본방향을 제시하고 있다는 점에서 중요하다. 셋째, 「서」와 「역자서문」에서 제시한 방향에 맞추어 조민이 루소의 원문에 의도적으로 가필, 첨삭을 가하여 그 취지를 수정하면서 번역하였고 또한 난해한 문장의 단락에 해설을 덧붙인 점. 이러한 조민의 번역문에 대해서는 한편으로는 '번역의 완성도'가 매우 높다고 평가되며 다른 한편으로는 '원문에 대해서 대담하게 수정, 가필을 한 자유 활달한 번역풍'이라고 평가되고 있다. 얼핏 보면 상반된 평가가 내려져 있는데[13] 이는 조민이 루소의 『사회계약론』을 충분히 숙지한 위에 그 취지를 메이지일본의 상황을 고려하면서 메이지 일본의 사상으로서 재구성하여 제시하였다는 것을 의미한다고 할 수 있다.

넷째, 순전한 한문체로 번역을 한 점이다. 조민이 『사회계약론』에 대한 두 번째 번역으로 한문번역을 시도한 데에는, 1878년 이래 전념해 온 한문수행 과정에서 사상의 언어로서 한문을 발견함과 동시에 유학사상과 루소사상이 상통함을 발견하고 이후, 유학사상을 바탕으로 루소사상을 받아들이고자 했던 배경이 있다.[14] 그런데 주목하고 싶은 점은 그러한 조민의 사고가 이후 조민의 아시아 주의로 이어진다는 점이다. 1880년 발족한 흥아회는 아시아 연계를 위한 토대 마련의 일환으로 한문 교육을 중시했는데 이 흥아회의

---

13 井田進也, 「中江兆民の翻訳・訳語について」, 『中江兆民のフランス』, 岩波書店, 2000, 313쪽; 「明治初期, 『民約論』諸訳の比較検討」, 『兆民をひらく』, 光芒社, 2001, 127쪽.

14 조민은 오카마쓰(岡松甕谷)의 한학숙에 다닐 당시에 다음과 같은 글을 썼다. '循子之法、雖東西言語不同、未有不可写以漢文者也(그 법에 따르면 동서의 언어가 같지는 않다고 하여도 여지껏 한문으로 옮기지 못한 것은 없었다).' (『中江兆民全集』별권, 463쪽). 즉 조민은 프랑스어를 일본어로 번역하는데 발생하는 어려움을 한문을 통해서 극복할 수 있다고 생각하고 있었음을 알 수 있다.
또한, 조민이 한학숙에 다니면서 집필한 한문문장 중 하나인 1878년 「原政」에서는 유학사상과 루소사상의 상통하고 있음을 깨닫고 다음과 같이 표현하고 있다. "余聞仏人蘆騒著書、頗譏西土政術、其意蓋欲昌教化而抑芸術、此亦有見於政治者歟(내가 듣기로, 프랑스인 루소는 저서에서 서구의 정치기술을 심히 비난했다. 그 취지는 교화를 융성하게 하고 예술을 억제하려는 것이리라. 이 또한 정치에 볼만하지 않은가!"(「原政」, 『奎運鳴盛録』5, 1878.11.23; 『中江兆民全集』11권, 15-17쪽).

취지에 조민은 공감을 표현한 바 있다. 그리고 1884년부터 1885년
에 걸쳐 국권단체 현양사 활동에 참여할 때에도 조민은 '한문'으로
아시아 청년지사들 사이의 의사소통을 도모하고 '문장'으로 중국
을 교화시키겠다는 생각을 가지고 있었다.[15] 또한 중국인민의 문명
화를 목적으로 루소의『에밀』을 한문번역하려 했다.[16] 조민의 한문
문장 및 유학사상 중시의 사고는 일본을 넘어 아시아에 대해 근대
적 개혁을 요청하는 주장과 연계되어 있으며, 이 연장선상에서『민
약역해』의 한문번역의 취지 또한 읽을 수 있다.

　　즉, 조민이 루소의『사회계약론』을 한문번역하여『민약역해』를
집필한 목적은 루소의 사상을 충실히 전달하는 데 있지 않고 이질
적인 루소사상을 어떻게 메이지 일본 그리고 아시아에 이해시킬
것인가 그리고 어떻게 그 토양에 부합하는 사상으로 탈바꿈시키고
이식하여 이를 토대로 새로운 정치체제를 구상할 것인가에 있었다
고 할 수 있다. 이러한 의도가 있었기에 조민은 번역을 하는데 있어

15　현양사가 기획한 한중일 지사양성 학교인 상해 동양학관(東洋學館) 및 부산 선
　　린관(善隣館)에서도 아시아 청년지사들 사이의 의사소통을 목적으로 한문교육
　　을 중심에 두었는데 이 학교들의 설립 및 운영 건에 조민은 관여했다(이예안,
　　「나카에 조민의 아시아인식」,『일본사상』23호, 한국일본사상사학회, 2012,
　　205 – 218쪽 참조).

16　조민이 후두암에 걸려서 목소리도 안 나오는 상태로 병석에 있을 때 병문안을
　　간 이시카와 한잔(石川半山)은 조민과 나눈 필담을 다음과 같이 전하고 있다. '나
　　는 코지마 류타로(小島竜太郎)군이 예전에 선생님의 손으로『에밀』의 한문번역
　　을 만들어 이를 청국에 수출해서 400여 주의 문명을 이끌려고 한다는 이야기를
　　했더니 선생님은 고개를 끄덕이며 석판에 쓰셨다. 그것이 Education의 책이다
　　(僕は小島竜太郎君が曽て先生の筆を以てエミールの漢訳を作り、之を清国に輸出し
　　て四百余州の文明を化導せんことを望みたる話を語れり、先生首肯して石盤に書して
　　曰く、是れEducationの書なり).' (「兆民先生を訪ふ」,『中江兆民全集』별권, 275쪽;
　　이예안, 「나카에 조민의 아시아인식」, 214쪽 참조).

『사회계약론』의 내용을 부분적으로 삭제, 수정하고 또한 새로운 구절을 첨가하면서 새로운 사상을 구축하였던 것이다. 또한『사회계약론』을 '민약'으로 '역'(번역)하였을 뿐 아니라 '해'(해석)를 붙이면서 내용을 보충하여『민약역해』를 완성한 이유도 여기에 있다. 이렇게 변형된 루소사상을 아시아에서는 루소『사회계약론』사상으로 이해하고 받아들였던 것이다. 다음 장에서『사회계약론』,『민약역해』와 비교하면서「로사민약」을 검토해 보자.

3. *Du Contrat Social* —『民約譯解』—「盧梭民約」비교

1)「로사민약」의 특징

이상과 같은 상황을 배경으로『황성신문』측에서는 조민의『민약역해』를 저본으로 채택하여「로사민약」으로 번역했을 가능성이 크다. 그런데 특이한 점은「로사민약」이 대부분은『민약역해』를 충실하게 번역하는 가운데, 그 타이틀과 모두 부분의「소개」에서 'Rousseau'를 표기할 때에는『민약역해』의 '婁騷'를 따르지 않고 독자적으로 '盧梭'를 사용하고 있다는 점이다.[17] 한국어 발음상으로 보면 전자(Ruso)가 후자(Rosa)보다 '루소(Rousseau)'의 발음에 더 가깝다. 또한 근대한국 문헌에서 'Rousseau'의 표기법을 살펴보면

---

17 『민약역해』본문의 번역에 해당하는 부분에서는 조민의 표기법에 따라 '婁騷'를 사용하고 있다.

'羅索' '루스우' '나색' '婁昭' '盧梭' '루-소' 등 다양한 표기법이 혼재하고 있었다. 「盧梭民約」의 표기법 '盧梭'는 번역자가 의도적으로 선택하여 사용한 것이라고 추측할 수 있다.

이 문제를 근대 동아시아의 루소사상 유통경로와 관계하여 살펴보면, 근대한국의 문헌에서 'Rousseau' 표기법으로 '盧梭'를 사용한 예는 그 출전이 일본 문헌인 경우에는 확인되지 않고 중국 문헌인 경우에 보인다. 표기법 '盧梭'는 1905년 『음빙실자유서』[18] 및 특히 그 안에 실린 「盧梭學案」에서 사용된 이래 1906년 『황성신문』에 연재된 「일본유신삼십년사」에서 사용되었다. 「일본유신삼십년사」는 일본의 『奠都三十年 : 明治三十年史·明治卅年間国勢一覧』을, 이에 대한 중국어번역 『日本維新三十年史』을 저본으로 하여 중역한 것이다.[19] 일본의 『奠都三十年』에서는 'ルソー'를 사용하는 데 비하여, 이에 대한 중국어번역 『明治維新三十年史』에서는 표기법 '盧梭'가 확인된다. 표기법 '盧梭'는 1908년 『음빙실자유서』의 한글 번역서 출간을 거쳐 1909년 「盧梭民約」으로 이어졌다. 즉 근대한국의 초기 루소수용이 양계초에 의해 활성화되었으며 따라서 근대한국에서 루소는 양계초가 즐겨 사용하던 표기법 '盧梭'로 주지되었기에, 「盧梭民約」은 그에 유래한 '盧梭'를 타이틀로 내세우면서 그 내용은 조민의 『민약역해』를 번역, 소개했다고 추측할 수 있다. 이러한 「로사민약」에는 그야말로 근대한국의 루소 『사회계약론』 수용을 둘러싼 일본과 중국이라는 두 경로의 착종이 여실히 드러나 있다.

---

18 대한제국 소재 중국 광지서국 분점 1905년 판본.
19 朴文館 編集, 『日本維新三十年史』, 光緒29, 1903.

이렇게 하여 성립된 「로사민약」은 1909년 8월 4일부터 9월 8일까지의 기간 동안 『황성신문』 제1면에 연재되었다. 타이틀 「로사민약」 앞에는 연재 1회에서 4회까지는 휘날리는 만국기 밑에서 신문을 팔에 안고 호외를 알리는 소년의 모습이 그려져 있으며 5회 이후에는 증기선과 증기기관차의 삽화가 그려져 있다. 「로사민약」을 최신사상으로서 알리고자 하는 사고가 엿보인다. 지면상의 배치로 보면 『황성신문』은 「로사민약」을 전면에 내세우는 태도를 취하고 있다. 그럼에도 불구하고 연재를 전후로 해서 그에 관한 예고나 반향을 다룬 기사는 보이지 않는데 이 점에서 정부 측 제재에 대한 경계를 엿볼 수 있을지도 모르겠다.[20]

「로사민약」의 번역자는 유학자 출신으로 『민약역해』의 한문을 기본소양으로 이해하였을 가능성이 크다. 『민약역해』를 「로사민약」으로 번역하는데 있어서 『민약역해』의 한문체를 한자·한글 혼용체로 풀어쓰면서 내용상으로는 『민약역해』의 「서」와 '역자서문'을 대폭 줄여서 「소개」의 글을 서술하는 한편 본문에 대해서는 몇 군데 수정을 가한 외에는 매우 충실하게 직역하였다. 원문의 한자를 거의 대부분 그대로 차용하면서 한글을 섞어 문장을 풀어쓰고

---

20 한편 1905년 이후 강화된 언론정책의 일환으로 『황성신문』의 고문은 일본인 오가키 다케오(大垣丈夫)로 바뀌어 있었다. 그런데 오가키는 대한협회, 대한자강회 고문으로 단체 창립의 주도인물 중 한 사람인 동시에, 대륙낭인, 아시아주의자이며 일제강점기에는 경성통신사 사장으로 부임하기도 한 양면적인 인물이었다. 그 아래에서 「로사민약」의 연재가 진행되었다는 사실에 대하여, 절대군주제를 취하는 대한제국의 사회에 급진적인 민주공화제를 주입함으로써 사회의 여론을 분산시키고 사회의 붕괴를 초래하고자 한 '통감부의 일본인 관리들'에 의한 책략이라고 보는 견해도 있다(류재천, 『한국언론사』, 나남, 1980. 김효전, 「盧梭民約」, 530쪽).

있는 태도에서는 지식인층을 상정독자로 하고 있음을 확인할 수 있다. 『민약역해』와 「로사민약」 사이에는, 『사회계약론』과 『민약역해』 사이에 있는 체제상, 내용상의 획기적인 차이는 찾아 볼 수 없다.

그럼에도 불구하고 본고에서는 『민약역해』와 「로사민약」 사이에 결정적인 차이를 만들고 있는 점으로 다음의 2점을 지적하고 싶다. 첫째, 『민약역해』의 「서」와 「역자서언」은 조민이 직접 『민약역해』의 기본방향을 서술한 문장으로 이후 『민약역해』의 내용을 이해하는 데 매우 중요한 단서를 제공하고 있다. 그런데 「로사민약」에서는 이러한 『민약역해』의 「서」와 「역자서언」을 크게 생략하여 「소개」로 약술하면서 그 내용을 수정하여 제시하고 있다. 이는 「로사민약」의 독자적인 기본방향을 시사한 문장으로 주목된다.

둘째, 「로사민약」은 전술한 바와 같이 『민약역해』를 한자와 한글을 혼용하여 풀어쓴 것으로 내용을 거의 정확하게 전달하고 있다. 일본식 한문독해에서처럼 굳이 풀어 읽지 않고, 한문조로 읽어도 의미가 통하는 부분은 한문조로 읽음으로써 문장을 더욱 간결하게 하면서도 그 의미를 명료하게 하고 있어 번역자의 한문소양의 깊이가 엿보인다. 단, 주목하고 싶은 점은 『민약역해』에서 조민이 표기한 훈독 순서와 다르게 「로사민약」에서 번역한 곳이 5군데 있는데 그 중 4군데가 같은 구절이며 또한 그 구절이 『민약역해』의 테마로서 자유개념을 제시하는 곳이라는 점이다. 「로사민약」의 번역자는 『민약역해』의 자유개념을 의도적으로 전도시키고 있는 듯 보인다.

거듭 강조하지만 내용면에서 『사회계약론』과 『민약역해』 사이에 커다란 차이를 보이는 반면 『민약역해』와 「로사민약」 사이에는 위에 지적한 2점을 제외하고는 차이를 보이지 않는다. 즉 『민약역해』와 「로사민약」의 본문은 거의 완벽하게 일치하고 있다. 그러나 각 텍스트의 모두(冒頭) 부분을 장식하는 「서」, 「역자서언」과 「소개」의 내용차이를 염두에 두고 본문을 읽어 내려갈 때 각 텍스트는 다른 해석의 여지를 열어두고 있는 듯하다.

이하에서는 먼저 『민약역해』의 「서」, 「역자서언」과 「로사민약」의 「소개」가 각각 표명하는 정치적 기본방향의 차이를 확인해 보자. 그리고 이어서 『사회계약론』의 정치 구상을 『민약역해』에서 어떻게 변형시켜서 제시하고 있는지, 또한 『민약역해』의 본문과 그 내용을 옮긴 「로사민약」의 본문은 문면으로 보면 같은 내용이지만 각각의 권두언의 영향 아래에서 어떤 다른 독해를 가능하게 하는지를 살펴보자. 마지막으로, 이상과 같은 맥락에서 『사회계약론』, 『민약역해』, 「로사민약」의 자유개념을 비교검토해 보자.

2) 기본방향

『사회계약론』은 「저자서언」과 총 4편의 본문으로 구성되어 있다. 「저자서언」에서 루소는 본서 집필을 시작하였을 당시에는 풍습과 제도에 관한 대작의 완성을 목표로 하고 있었으나 결과적으로는 그 구상의 일부분밖에 집필하지 못하였고 그것이 바로 본서인 『사회계약론』이라는 내용을 밝히고 있다. 그리고 이어서 본문이 시작된다. 이에 비해서 조민은 전술한 바와 같이 『민약역해』에서 루소의 『사회계약론』을 번역하기에 앞서 독자적으로 「서」와 「역자서언」을 첨가하고 있으며, 「로사민약」에서는 이러한 『민약역해』의 「서」와 「역자서언」을 부분적으로 발췌, 생략, 수정하여 「소개」로 게재하고 있다. 즉, 조민은 루소 『사회계약론』에 대하여 자신의 의도를 투영하면서 『민약역해』를 집필하였으며 『황성신문』의 번역자는 이러한 조민 『민약역해』에 대하여 자신의 의도을 투영하면서 「로사민약」을 집필하였다고 할 수 있다. 이렇게 각 저자에 의해서 서문에 제시된 기본방향은 각저의 본문 내용과 그 해석에 결정적으로 방향을 부여하게 된다. 그러면 『민약역해』에서 조민이 독자적으로 첨가한 「서」와 「역자서언」은 어떠한 내용이며, 「로사민약」의 번역자가 『민약역해』를 대폭 수정하여 서술한 「소개」는 어떤 내용인지 살펴보자.

『민약역해』의 「서」와 「역자서언」의 내용은 크게 다섯 부분으로 나누어 생각할 수 있다. 첫째, 「서」의 도입부분에서 조민은 성인(聖人)의 가르침인 육경(六經)을 통해서 하(夏), 은(殷), 주(周) 3왕조가 인륜지도(人倫之道)에 도달한 상태를 이상적인 정치로 칭송하면서 이러한 정치가 시대와 인정에 부합함을 확인하고 또한 가장 열악한 정치란 시대와 인정을 거스르는 상태라고 지적하고 있다. 둘째, 그러므로 작금의 시대와 인정에 부합하는 이상적인 정치를 실현가능하게 하는 제도로서 근대 서양의 의회제도를 제시하면서 그러한 의회제도의 사상적 연원으로 루소의 자치론을 강조한다. 셋째, 「서」의 마지막 부분에서는 이러한 루소 민약론의 소개가 서양의 풍속을 무

조건 추앙하여 민심을 격앙시키고자 하는 의도가 아님을 부언하고 있다. 넷째, 「역자서언」에서 조민은 루소의 민약론에 대해서 루이 15세의 치정을 비판하고 자치론을 주창하며 민권을 옹호한 사상으로 소개하고 있다. 다섯째, 그러나 동시에 민약론의 번역자로서의 입장을 밝히는 이 「역자서언」에서 이러한 민약론에는 자칫 과격한 논리가 내재되어 있음을 경고하고 있다.[21]

이상과 같은 조민의 입장표명은 조민의 독자적인 루소 이해를 나타내는 것으로 조민이 본문에서 루소의『사회계약론』의 논리를 어떤 식으로『민약역해』의 논리로 바꾸고 있는지를 이해하는데 매우 중요한 단서를 제공한다. 그런데 이러한『민약역해』의 「서」와 「역자서언」을 「로사민약」에서는 다음과 같이 축약하여 「소개」부분을 서술하고 있다. 「로사민약」이 원용하고 있는『민약역해』의 부분과 「로사민약」의 「소개」를 비교해 보자.

> 頃者、与二三子謀、取婁騒所著民約者訳之、逐巻鏤行、以問于世、亦唯
> 欲不　負為昭代之民云爾、如妄崇異域習俗、以激吾邦中厚之人心、予豈
> 敢焉(叙) // 所著 民約一書、掊撃時政、不遺余力、以明民之有権、後世論
> 政術者、挙為称首、…… 抑民約立意極深遠、措辞極婉約、人或苦於難
> 解、
> (「訳者緒言」,『中江兆民全集』1권, 67-68쪽)

근래 2, 3인과 도모하여 루소가 저술한『민약』이라는 책을 번역하였

21　『민약역해』의 기본적인 정치 이념에 관해서는, 이예안, 「中江兆民『民約譯解』의 번역과 정치사상」,『일본사상』22호, 한국일본사상사학회, 2012 참조.

다. 각장에 좇아 자구를 새겨 세상에 묻고자 하느니 선정(善政)의 백성
됨에 그르치지 않기를 바랄뿐이다. 함부로 이역(異域)의 풍습을 숭배
하여 이 나라의 충절한 인심을 격앙시키는 것과 같은 짓을 어찌 내가
굳이 하겠는가.(「서」) // 『민약』이라는 책을 저술하여 당대의 정치를
공격하는데 여력이 없었다. 이로써 인민에게 권리가 있음을 분명히
하였으므로 후세에 정술을 논하는 자들이 추대하여 수장으로 칭하였
다. ……그런데 『민약』의 뜻이 매우 심원하고 문장이 완약하므로 사
람들이 혹은 해석함에 어려움을 겪을 지도 모르겠다.　　　(「역자서언」)

世界上民權을 倡導함은 盧梭氏를 首屈할지라 然而今에 其言論은 旣陳久에
屬하얏고 且神聖한帝國에 共和提論함은 昭代의所禁이니 譯者엇지 異俗을
崇拜하야 橫議를 嗜好하리오 但該氏의民約이 措辭가帵約하고 寓意가深遠
하야 可觀할奇景이 往往히 存在한故로 左에 譯載하노라

(「소개」, 『로사민약』 8월 4일)

『민약역해』의 「서」와 「역자서언」에 관해 정리하여 전술한 다섯
부분 중 「로사민약」이 생략한 부분은, 이상적인 정치로서 고대 중
국의 유교적 이상향을 서술한 부분(첫째)과 의회제도의 근원으로서
루소의 자치론을 거론한 부분(둘째) 그리고 루이 15세를 비판한 부
분(넷째)이다. 중국 지향, 서구식 자치론 주장, 전제정치 비판에 관
한 언급을 회피한 것이다. 한편, 『민약역해』에서 서양 풍속을 비판
적으로 수용하고자 하는 자세를 표명한 부분(셋째)과 루소의 민권론
이 과격한 정치비판으로 흐를 수 있는 점을 지적한 부분(다섯째)은

발췌하여 번역하고 있다. 그리고 여기에 더하여 「로사민약」에서는 루소의 민권론은 이미 '陳久'한 것으로 '神聖한帝國에共和提論'하는 것 자체가 금물이지만 민약론의 문장과 내용이 볼만하여 번역, 게재한다는 점을 추가해서 서술하고 있다.

이러한 「로사민약」의 「소개」는 『민약역해』와 결정적으로 차이를 보이는 부분이다. 조민이 '나라(邦, 國)'를 서술할 때 사용한 표현인 '신성(神聖)'이나 '소대(昭代)'에는 물론 메이지 일본의 천황제에 대한 의식이 있었으며 조민이 『민약역해』에서 최종적으로 구축하고자 했던 정치체제는 천황제를 포섭한 입헌군주제로 조민은 이를 '공화'의 한 형태로 이해하고 있었다. 이에 반해서 「로사민약」의 번역자는 '신성한 제국'을 전제로 하면서 '공화'를 부정하고 있는 것이다. 또한 '민권'은 그 자체로서 부정되고 있지는 않으나 그 논의가 이미 진부한 것으로 치부되고 있다.

「소개」에서 보이는 이러한 정치적 입장은 한편으로는 『민약역해』의 「서」와 「역자서언」 중에서 의회제도의 연원으로서 루소의 자치론을 언급한 부분과 루이 15세를 비판한 부분을 생략한 그 사고와 부합하지만, 그러나 다른 한편으로는 이어서 나오는 「로사민약」의 본문내용 즉 『민약역해』를 거의 직역해서 풀어 쓴 그 본문내용과는 거의 부합하지 않는다. 단적인 일례로서 「소개」의 글 직후에 「로사민약」은 『민약역해』를 충실히 번역하여 "余亦民主國의民됨을 得ᄒ야政을議ᄒᄂ權이有ᄒ니"라고 서술함으로써 민주국의 일원으로서 의정권(議政權)이 있음을 당연한 것으로 서술하고 있다. 즉 「소개」의 정치적 입장은 1909년 일제강점이 가속화됨에 따라 기울어

233

져 가는 대한제국의 현실에서 「로사민약」의 번역자가 '제국'을 긍정하는 가운데 루소의 '민약', '민권' 사상을 제시하고자 하는 복합적인 사고에 기인한 것이었다고 추측할 수 있다.

한편, 조민은 이상과 같은 「서」와 「역자서언」을 서술한 다음 비로소 『사회계약론』을 번역하여 『민약역해』의 본문으로 위치시키고 있다. 그리고 번역에 임할 때에는 「서」와 「역자서언」에서 표명한 사고에 입각해서 『사회계약론』에 대한 가필, 삭제, 수정을 하면서 그 취지를 변경시켜 『사회계약론』과는 완전히 다른 『민약역해』의 사상을 제시하고 있다. 이에 비해서 이러한 『민약역해』의 본문 내용을 「로사민약」은 가감 없이 충실히 옮기고 있어 본문만을 본다면 둘 사이에 의미의 차이는 거의 발생하지 않는다. 그러나 앞서 검토한 『민약역해』의 「서」, 「역자서언」과 「로사민약」의 「소개」의 차이를 염두에 두고 각각을 읽어 내려간다면 역시 두 본문의 취지는 다른 해석을 가능하게 하는 여지를 보여준다. 우선 『사회계약론』, 『민약역해』, 「로사민약」의 정치 구상을 비교해 보자.

3) 정치 구상

전술한 바와 같이 조민은 「서」와 「역자서언」의 기본방향에 따라 『사회계약론』을 수정하면서 『민약역해』를 집필하고 있는데, 특히 본문 도입부에서는 『사회계약론』의 문제의식을 대폭 수정하여 『민약역해』의 문제의식으로 바꾸어 표명하고 있다. 이 부분은 『민약역해』의 전체 취지를 응축하고 있다고 평가되는 곳이다.[22] 또한 그

위치로 보아도 루소사상에 대한 조민의 해석자로서의 이해와 번
역자로서의 이해가 그 경계를 넘나들며 혼재하고 있는 곳으로 그
두 이해의 타협점이 번역문의 형태로 나타나 있는 곳이라고 할 수
있다.

JE veux chercher si dans l'ordre civil il peut y avoir quelque regle
d'administration légitime et sûre, en prenant les hommes tels qu'ils
sont, et les loix telles qu'elles peuvent être : Je tâcherai toujours
d'allier dans cette recherche ce que le droit permet avec ce que
l'intérêt prescrit, afin que la justice et l'utilité ne se trouvent point
divisées. (O.C.Ⅲ, 351쪽)[23]

나는 인간을 있는 모습 그대로 이해하고 법률을 있어야 할 모습으로
이해할 때 시민질서에 관한 합법적이고 확실한 운영규범이라는 것이
존재 가능한지 모색해 보고자 한다. 이 모색에 임할 때에는 권리가
허락하는 바와 이익이 명령하는 바가 항상 부합하도록 노력하고 정
의와 유용성이 결코 분리되지 않도록 노력하겠다.

民約一名原政
政果不可得正邪、義与利果不可得合邪、顧人不能尽君子、亦不能尽小

22 岡和田常忠,「兆民·ルソー「民約一名原政」訳解」, 日本政治学会編,『日本における西
欧政治思想』, 岩波書店, 1975, 54쪽 이하 참조.
23 J.J.Rousseau, *Du Contrat Social*(1762); *Œuvres complètes* Ⅲ(1964), Bibliothèque
de la Pléiade, Gallimard.

人、則置官設制、亦必有道矣、余固冀有得乎斯道、夫然後政之与民相
適、而義之与利相合其可庶機也　　　　　　　(『中江兆民全集』 1권, 73쪽)

民約의一名은原政
政은果然可히正치못ᄒ며義와利ᄂ果然可히合지못홀가顧컨ᄃㅣ人마다
能히皆君子가아니오亦能히皆小人이아닌즉官을置ᄒ고制를設홈이亦
有道홀지라余ㅡ斯道에有得홈을希冀ᄒ노然ᄒ後에政이與民相適홈과義
가與利相合홈히庶幾홀딘져　　　　　　　　　(『로사민약』 8월 4일)

『사회계약론』의 본문 모두 부분에서 루소는 '인간을 있는 모습
그대로 이해하고 법률을 있어야 할 모습으로 이해'하는 자세를 기
본자세로 '시민질서에 관한 합법적이고 확실한 운영규범'을 모색
하는 것을 저술 목적으로 하고 있음을 밝히고 있다.

이러한 루소의 매니페스트에 대해서 조민은 대폭적인 수정을 가
하여 '義'와 '利', '君子'와 '小人'이라는 유학적 개념을 사용하면서
위정문제에 관한 이상을 모색하고자 한다. 우선 주목하고 싶은 곳
은『사회계약론』의 원제목인 'Du Contrat Social ; ou, Principes du
droit politique(사회계약론 또는 정법의 제원리)'[24]를 조민이 독자적으로 본

---

24 'droit politique'는 대부분의 현대어 번역에서는 '정치적 권리'로 번역되고 있
다. 그런데 루소의 맥락은 반드시 '권리'에 한정되어 있지 않고 '인민의 권리'가
'사회의 법'이 되는 상태를 상정한다. 프랑스어 'droit'가 본디 '법'과 '권리'의
두 의미를 모두 가지는 점과도 연동되며, 이러한 맥락에서 'droit politique'는 사
회계약에 의하여 성립한 '정치적 결사(corps politique)'의 '권리'='법'을 의미
한다. 이러한 의미에 따라 메이지초기 지식인들은 'droit politique'를 政法(=
'헌법'의 의미)으로 번역한 바 있으며, 일본의『사회계약론』번역 가운데에도

문 도입부 소제목으로 가져와서 '民約一名原政'이라고 번역, 게시하고 있는 점이다. Du Contrat Social(사회계약)을 '민약'으로 Principes du droit politique(정법의 제원리)를 '원정'으로 번역하였다고 볼 수 있는데 이로부터는 루소가 '사회계약'을 '정법'의 문제로서 논하고자 하는데 비하여 조민은 '민약'을 '政'의 문제로 논하고자 하고 있다는 것을 알 수 있다. 즉 루소의 'droit politique(정법)'에의 관심을 조민은 '政'의 문제로 초점을 이전시키면서 '民約'과 '原政'을 연계된 개념으로 제시하고 있다고 하겠다. 이하에서 상세히 루소의 원문과 조민의 번역문을 비교해 보자.

우선, '政果不可得正邪' 부분은 해당하는 원문을 판단하기 어려워 조민 연구자들 사이에서도 의견이 갈라지는 곳이다. 이다 신야는 '원문 모두 부분의 구문을 대담하게 해체한 대담한 의역' 또는 '가필'이라고 보고 있으며[25] 다른 한편 오카와타 쓰네타다(岡和田常忠)는 '政'은 'l'ordre civil(시민질서)'에 대한 번역어라고 보고 있다.[26] 또한 나카가와 히사야스(中川久定)는 이 부분이 직역이 아님을 인정하면서 『민약역해』에 대한 프랑스어 번역을 시도할 때 '政'을 'le gouvernement(정부)'로 번역하고 있다.[27] 본고의 입장은 오카와타의

'國法'(='헌법'의 의미)을 취하는 예가 있다. 이상과 같은 취지에서 본고에서는 'droit politique'를 '政法'으로 번역한다.

25 井田進也, 「中江兆民の翻訳·訳語について」, 『中江兆民のフランス』, 岩波書店, 2000, 313쪽 이하.

26 岡和田常忠, 「兆民·ルソー「民約一名原政」訳解」, 60−62쪽.

27 中川久定, Traduction de Jean−Jacques Rousseau par Nakae Chômin(Du contrat social), Des Lumières et du comparatisme, Presses Universitaires de France, 1992, 299쪽.

해석과 가깝다. 조민이 소제목 'principes du droit politique(정법의 제원리)'에 대해서 그 내용을 바꾸어 '原政'이라고 쓴 사고와 마찬 가지로 여기에서는 'l'ordre civil(시민질서)'에 관한 'quelque regle d'administration légitime et sûre(합법적이고 확실한 운영규범)'의 문제를 '政'에 관한 '正'의 문제로 바꾸어 번역하고 있다고 생각한다.

한편, '義与利果不可得合邪'에 대해서는 번역어 '義'와 '利'가 'le droit(권리)'와 'l'intérêt(이익)' 혹은 'la justice(정의)'와 'l'utilité(유용성)' 에 대한 것임을 쉽게 알 수 있다. 루소는 시민질서에 관한 합법적이고 확실한 운영규범에 관한 모색에서 권리와 이익, 정의와 유용성의 일치를 요청하였는데 이에 대해서 조민은 '政'의 '正'을 모색함에 있어 '義'와 '利'의 부합을 요청하고 있는 것이다.

이러한 사고와 연동하여 조민은 이어서 'en prenant les hommes tels qu'ils sont, et les loix telles qu' elles peuvent être(인간을 있는 모습 그대로 이해하며 법률을 있어야 할 모습으로 이해할 때)'를 '顧人不能尽君子、亦不能尽小人,則置官設制、亦必有道矣、余固冀有得乎斯道'로   번역하고 있다. 『사회계약론』에서는 시민질서에 관한 합법적이고 확실한 운영규범을 모색하는 전제로서 인간을 있는 모습 그대로 법률을 있어야 하는 모습으로 이해할 것을 요청한 대목이다. 이에 대해서 조민은 사람을 '君子'와 '小人'으로 구분하면서 인간의 도덕성 유무를 정치의 근본문제로 적극적으로 위치시키고 있다. 그리고 인간도덕의 한계를 극복하기 위해서 '官'과 '制'를 설치할 필요가 있다고 한다. 이러한 '官'과 '制'야말로 조민이 『사회계약론』에서 발견한 '民約' 원리를 통해서 설립하고자 하는 국가와 국회, 그리고 통치원리로서의 법률이다.

그리고 마지막으로 조민은 '夫然後政之与民相適、而義之与利相合 其可庶機也'라고 염원을 토로한다. 인간의 도덕적 한계는 정치제도 를 구비하고 비로소 극복 가능하며 그 결과로써 '政'과 '民'이 조화 하고 '義'와 '利'가 부합할 수 있다고 생각하는 것이다. 위정을 논하 는데 있어서 덕치주의를 전제로『사회계약론』의 사회설립론 및 입 법론을 제시하고자 하는 조민의 사고를 확인할 수 있다.

즉, 조민은『사회계약론』의 서술목적과 기본자세를 밝히는 부분 을 번역함에 있어 대폭적인 수정을 가함으로써『민약역해』의 서술 목적과 기본자세로서, 유교적 정치이상을 추구하는 속에서『사회 계약론』에서 발견한 근대적 정치원리로서 사회계약과 국가설립 그리고 법률제정을 제시하고자 하는 것이다. 이러한 조민의 사고 는『민약역해』전편에 걸쳐서 전개되고 있다. 한편으로 조민은 '君 子'와 '小人'의 대비를『민약역해』중에 3회에 걸쳐 가필하면서 제 시하고 있다. 위에서 살펴본『민약역해』본문 도입부에 이어서 제4 장 그리고 제8장에 배치하고 있어 '君子'와 '小人'은『민약역해』의 전반, 중반, 후반에 세워진 세 개의 축으로서 유교적 인간관 및 정 치관을 전개하는 역할을 한다. 예를 들어『사회계약론』제8장에서 루소가 'l'état de nature(자연상태)'에 비교하여 'l'état civil(시민상태)' 의 사람을 묘사하는데 있어 이전과는 다르게 정의에 의하고 도덕 성이 부여되며 의무와 권리를 가지고 이성에 따라 살게 된다고 서 술한 부분이 있다. 루소가 '시민상태'의 사람을 설명하는데 '정의' 나 '도덕'을 언급하는 것은 권리와 의무의 주체로서의 시민을 서술하는 전제에 한한다. 그런데 이에 비해서 조민은 '天世(l'état de nature)' 에서 '人世(l'état civil)'로 이행함에 따라 사람에게 생기는 도덕적 관념을 부각시키면서 이를 응축하여 '理'와 '義'의 단어로 표현한다. 그리고 이어서는 '理'와 '義'에 '부합하면 즉 군자라 하고 부합하지 아니하면 즉 소인이라 한다. 그리하여 선악의 이름이 비로소 생긴다'라고 가필하고 있다. '민약'에 의하여 설립된 '인세'에서 사람은 모든 일을 '理'와 '義'에 비추어 그 부합여하에 따라서 '군자'와 '소인'으로 구분되고 '선악'이 구별된다고 언명하고 있는 것이다.

이렇게 '군자'와 '소인'으로 이분화된 인간관을 기점으로『사회계약론』과『민약역해』의 메시지는 분기된다.『사회계약론』에서 루소가 부자관계, 그리고 군주와 신민의 관계를 자유, 평등한 시민 대 시민의 관계로 제시하는 부분에 대해서 조민은『민약역해』에서 한편으로 그러한 루소의 논리를 유지하면서 다른 한편으로는 위에 서술한 유교적인 인간질서를 대입하여 부자관계, 군신관계를 서술하고 있다. 이와 같이 '人倫'을 중시하면서 그로부터 유교적 정치이상향에 도달하려는 신념으로, 루소의『사회계약론』을 포섭하여 제시한 것이『민약역해』의 기본적인 정치 구상이다.

이러한 근본적인 차이에 근거한『사회계약론』과『민약역해』의 정치 구상은 다음 부분에서 결정적으로 벌어진다.『사회계약론』에서 루소는 결사행위에 의하여 개개인은 자신의 '생명', '재산', '권리'를 'un corps moral et collectif(정신적이고 집합적인 몸)'에 양도하고 그 대가로 'son unité, son moi−commun, sa vie et sa volonté(통일성, 공동의 자아, 생명과 의사'를 부여받는다고 서술하고 있다. 루소가 제시하는 '사회계약'은 간략하게 설명하자면, 사람들이 각자 '개인의 인격과 재산'을 '전체'에 완전히 '양도'하고 그 '대가'로 '공공인격'을 '수여'하는 '계약'이다. 그 결과로 구성원 간의 완전한 평등을 기반으로 하는 견고한 정치공동체가 성립한다는 취지를 서술한 것이『사회계약론』이다.

그런데 이에 대하여 조민은 번역할 때, 생략·가필·수정 등을 통하여 루소의 취지를 완전히 바꾸어 제시하고 있다. 우선 조민은 루소의 취지에 따라, 사람들이 각자 '개인의 인격과 재산'을 '전체'에 완전히 '양도'한다는 그 내용을 '민약'에 의해 '邦'과 '民'이 창출된다고 번역한다. 그러나 그 '대가'로서 '통일성, 공동의 자아, 생명과 의사'를 '수여'한다는 부분은 번역하지 않고 그 내용을 삭제하고 있다. 즉 여기에서 계약=교환은 존재하지 않으며, 조민이 제시하는 '민약'은 그 기본적인 사고에서 '개인'이 '전체'에 흡수된다는 문제를 안고 있다. 이러한 조민의 번역태도에 대해서는 서구사회의 개인주의와, 개인보다 사회가 우선시되는 일본사회의 전통적 사고 사이의 거리에 기인하는 것이라고 해석되기도 한다.[28]

그 생략 대신에 조민은 이어서 가필하여 그러한 인민이란 즉 '議院'과 '律例'를 '心腹' '氣血'로 삼는 존재임을 명시하면서 이 존재가 '衆身'과 '衆意'로 이루어졌다고 말한다. 루소의 사회설립론을 조민은 사회설립과 더불어 국회와 헌법의 설립제정원리로 바꾸어

---

28 中川久定,「ルソーと兆民との亀裂をめぐって―『社会契約論』と『民約訳解』―」,『中江兆民全集』月報15, 岩波書店, 1985.8, 187-188쪽.

제시하고 있다고 할 수 있는데 특히 공동체에 있어서 국회와 헌법의 존재의의를 인체의 생존에 필수불가결한 오장육부와 기혈에 빗대어 표현한 강렬한 비유가 인상적이다. 메이지일본의 존속을 위해서는 국회설립과 헌법제정이라는 근대 정치 체제를 필수불가결한 것으로 요청하는 절실함이 전해오는 듯하다.

개인보다 전체를 중시하며 그 안에서 군자와 소인을 논하는 유교적 세계관과 자유 평등한 시민사회를 논하는 『사회계약론』의 논지를 아울러 제시하는 것은 지난한 작업으로, 이 때문에 『민약역해』에는 두 줄기의 논리가 때로는 모순을 거듭하면서 공존하게 된다.

이러한 『민약역해』의 논리를 가감 없이 그대로 옮겨 놓은 것이 「로사민약」인데 이렇게 유교적인 정치 이념 안에서 근대적인 정치 구상을 제시하는 그러한 사고이기에 비교적 용이하게 근대한국에 수용될 수 있었던 점도 있었을 것이다. 게다가 「로사민약」은 『민약역해』의 위와 같은 이중논리를 담기에 앞서서 모두 부분에서 '공화'를 부정하고 '제국'을 긍정하며 또한 '민권'에 대해 애매한 태도를 제시함으로써 『민약역해』의 민약 개념 및 국회설립과 헌법제정 논의를 근대한국의 정치상황에서 재해석할 수 있는 가능성을 열어 두었다. 「로사민약」은 '군주제'에 방점을 둔 '입헌군주제'를 지향하고 있었다고 해석할 수 있다. 물론 「로사민약」의 모두 부분에 표명된 의사가 번역자의 진정한 의사인지 아니면 당국의 검열을 의식한 것인지 이를 판단할 수는 없으나 이러한 「로사민약」의 입장이 반드시 「로사민약」 본문의 내용 즉 『민약역해』 본문의 요지와 배치되지 않는 점에는 주목할 가치가 있다. 「로사민약」의 모두 부분의 성명은 『민약역해』에 착종하는 논리 중에 조민의 유교적인 정치관을 인출하여 강조한 것이라고 이해할 수 있을 것이다. 결과적으로 『민약역해』가 루소에 의거하면서 제시한 자유, 평등의 이념, 그리고 국회설립과 헌법제정의 요청은 「로사민약」에서 더욱 제약된 의미를 가지게 된다. 이러한 「로사민약」의 제한적 입장을 엿볼 수 있는 부분이 '자유' 개념에 관한 번역이다.

4) 자유개념

『사회계약론』 제1편 제1장 「본편의 취지」에서 루소는 인간의 생득적 자유의 보장을 목적으로, 힘이 지배하는 자연 상태에서 사회계약을 통하여 일반의지 즉 법이 통치하는 시민 상태로 전환시키는 문제를 주제로 제시하고 있다. 그런데 이에 대해서 『민약역해』는 다음과 같이 번역함으로써 독자적인 주제를 설정한다. 그리고 이러한 『민약역해』의 취지를 「로사민약」은 충실하게 번역하고 있다.

L'HOMME est né libre, et partout il est dans les fers. Tel se croit le maître des autres, qui ne laisse pas d'être plus esclave qu'eux. Comment ce changement s'est—il fait? Je l'ignore. Qu'est—ce qui peut le rendre légitime? Je crois pouvoir résoudre cette question.

(O.C. Ⅲ, 351쪽)

사람은 자유로운 존재로 태어났으나 도처에 쇠사슬로 묶여 있다. 타인의 지배자라고 생각하는 사람일수록 노예상태를 벗어나지 못한다. 이러한 변화가 어떻게 일어났는가? 나로서는 모르겠다. 그것을 정당화한 것은 무엇인가? 나는 이 문제라면 풀 수 있으리라 생각한다.

昔在人之初生也、皆趣舎由己不仰人処分、是之謂自由之権、今也天下尽不免徽　縲之困、王公大人之属、自托人上、詳而察之、其蒙羈束、或有甚庸人者、顧自由権、天之所以与我俾得自立也、而今如是、此其故何也、吾不得而知之也、但於棄其自由権之道、自有得正与否焉、此余之所欲論之也、　　　　　　　　　　　　　　　　　　　　（『中江兆民全集』1권, 74쪽）

昔에在하야人이初生함에皆趣舎함이由己하고人의處分을不仰하니是所謂自由權이라今에天下ㅣ다徽縲의困을不免하고王公大人의屬이라도人上에自托하나詳察하면其羈束을蒙함이或庸人보다甚한者ㅣ有한지라顧컨대自由權은天이我를與하야自立케한바ㅣ어늘今에如是하니其故ㅣ何에在한고吾ㅣ得知치못하나但其自由權의道를棄함에正不正을得한與否가自得하니此ㅣ余의論코자하는所以니라　　　　　　　　　　（『로사민약』8월 5일）

조민은 루소의 생득적 자유개념을 충실히 번역하는 한편 루소가 주제를 제시한 부분만을 수정하는 방식으로 『민약역해』의 주제로서 '자유'를 명시하고 있다. 즉 루소가 'Qu'est—ce qui peut le rendre légitime? Je crois pouvoir résoudre cette question (그 이행(=자유로운 상태에서 노예상태로의 이행)을 정당화한 것은 무엇인가? 나는 이 문제라면 풀 수 있으리라 생각한다)'라고 하면서 주제를 명시하는 부분에 대해서, 조민은 '但於棄其自由權之道、自有得正与否焉、此余之所欲論之也(다만 자유권을 버리는 방법에는 올바른 방법과 그렇지 않은 방법이 있다. 이것이 내가 논하고자 하는 바이다)'라고 그 내용을 바꾸어 문제제기를 하고 있는 것이다. 조민이 『사회계약론』의 주제에서 벗어나 『민약역해』의 주제로서 '자유권'을 설정하는 것은 이 부분에서 시작된다.

이러한 『민약역해』의 내용을 「로사민약」은 거의 충실하게 옮기고 있다. 단, 주목하고 싶은 점은 조민이 『민약역해』의 독자적인 주제로 설정한 문제 즉 '但於棄其自由權之道、自有得正与否焉、此余之所欲論之也(다만 자유권을 버리는 방법에는 올바른 방법과 그렇지 않은 방법이 있다. 이것이 내가 논하고자 하는 바이다)'라는 한 문장을 '但其自由權의道를棄함에正否正을得失한與否가自得하니此ー余의論코자하는所以니라'로 바꾸어 쓰고 있다는 점이다. 『민약역해』에서는 자유권을 버리는 올바른 방법이 문제가 되는데 비하여 「로사민약」에서는 '自由權의道'를 버리는 방법이 문제가 되고 있는 것이다. 그러면 '自由權의 道'를 버린다 함은 어떤 의미일까?

이 문제와 관련해서 『민약역해』의 「解」를 살펴보자. 위에서 조민은 '자유권'을 버리는 데에는 올바른 방법과 그릇된 방법이 있다고 하면서 그 방법을 논하는 것이 『민약역해』의 주제라고 명시하면서, 이러한 자기 자신의 입장을 설명하기 위해서 단락 뒤에 「解」를 첨부하고 있다. 이 「解」는 『민약역해』의 곳곳에 배치되어 있는 「解」 중에 가장 상세한 것으로 조민의 자유 개념이 가장 선명하게 제시

245

되어 있는 점에서 중요하다.

雖然自由權亦有二焉、……、天命之自由、本無限極、而其弊也、不免交
侵互奪之患、於是咸自棄其天命之自由、相約建邦国、作制度、以自治、
而人義之自由生焉、如此者所謂棄自由權之正道也、無他棄其一而取其
二、究竟無有所喪也、若不然豪猾之徒、見我之相争不已、不能自懷其
生、因逞其詐力、脅制於我、而我従奉之君之、就聽命焉、如此者非所謂
棄自由權之正道也、無他天命之自由、与人義之自由、并失之也、論究此
二者之得失、正本卷之旨趣也　　　　　　　　(『中江兆民全集』1권, 75쪽)

自由權이亦二가有하니……天命自由는本無限極ᄒᆞᆫ듸其弊인즉交侵과互
奪ᄒᆞᄂᆞᆫ患을難免일ᄉᆡ是에皆天命自由를自棄ᄒᆞ고相約ᄒᆞ야邦国을建ᄒᆞ
며制度를作ᄒᆞ야自治ᄒᆞ야人義의自由가生ᄒᆞ니如此ᄒᆞᆫ者는所謂自由權의
正道를棄홈이니無他라其一을棄ᄒᆞ고其二를取홈이라然이나究컨듸畢
竟所喪은無有ᄒᆞᆫ지라若不然이면豪猾의徒의相争不已ᄒᆞ야能히其生을自
保치못홈을見ᄒᆞ고因ᄒᆞ야其詐力을逞ᄒᆞ야我를脅制홈에我－奉ᄒᆞ야君
이라ᄒᆞ고就ᄒᆞ야命을聽ᄒᆞ니如此ᄒᆞᆫ者는所謂自由權의正道를棄홈이아
니라ᄒᆞᄂᆞ니無他라天命의自由와人義의自由를并失홈이니此二者의得失
을究ᄒᆞ야論홈이正히本卷의旨趣라　　　　　　　(『로사민약』 8월 5일)

조민에 의하면 태고의 사람들이 자기의 의사대로 삶을 영위하며
어느 곳에도 속박되지 않았던 상태는 오로지 '天'에 의거한 것이었
다. 따라서 이를 '天命之自由'라 명명한다. 그러나 이러한 '천명의

자유'에는 제약과 한도가 없기에 필연적으로 인간들 사이에 침탈이 일어나게 된다. 따라서 '천명의 자유'를 버리고 '민약'에 의해서 국가를 건설하고 제도를 설립하여 자치를 이루어 그 안에서 각자가 생활하며 이익을 얻는 것이 사람들과 더불어 사는 방법이다. 따라서 이를 '人義之自由'라고 명명한다. 이러한 자유의 정의에서 보면 '자유권을 버리는 정도'란 사람들이 민약을 통해서 정치제도를 확립하는 가운데 '천명의 자유'를 버리고 그 대신에 사회적인 자유로서 '인의의 자유'를 획득하는 자유권의 전환행위를 의미한다고 이해할 수 있다.

이어서 조민은 만약 '천명의 자유'가 지속된다면 우리가 서로 싸우는 상태를 기회로 교활한 무리가 사력을 뻗쳐 우리를 굴종시킬 것이라고 경고한다. 그리고 이렇게 구성원 사이의 다툼으로 인해서 힘을 잃고 부덕한 권력자에 지배되어 스스로 자유를 손에서 놓아버리는 그런 것이야 말로 자유권을 버리는 그릇된 방법이라고 말한다. 이러한 논리에서 출발하여 조민은 『민약역해』에서 '천명의 자유'를 비판하고 '인의의 자유'에 관한 논의를 전개해 간다.

이상과 같이 『민약역해』에서 '민약'을 통해서 '천명의 자유'에서 '인의의 자유'로 전환할 것을 요청하는 내용은 실은 루소가 『사회계약론』 「제8장 시민상태(l'état civil)」에서 '사회계약(contrat social)'을 통해서 '자연적 자유(la liberté naturelle)'에서 '시민적 자유(la liberté civile)'로 전환할 것을 요청한 내용을 조민이 앞부분으로 가져와서 원용한 것이다. 루소의 '시민적 자유(la liberté civile)' 개념을 번역하는 데, 조민은 「君臣之義」, 「父子之親」, 「夫婦之別」, 「長幼之序」, 「朋友之信」

를 뜻하는 '人義'를 '自由'와 결합시킴으로써 근대서구의 시민 개념을 지양하고 유교적 사회질서 내부에서 자유개념을 구상하고자 했다는 근본적인 문제가 있다. 그러나 이에 대한 자세한 검토는 본고의 범위를 넘는 작업이므로, 여기에서는 조민이 루소의 취지에 따라 '천명의 자유'를 버리고 '인의의 자유'를 획득할 것을 주장했다는 사실에 주목하자.

이러한 『민약역해』에 비해서 「로사민약」의 번역에서 가장 특징적인 점은 『민약역해』에서 반복되고 있는 '棄自由權之正道(자유권을 버리는 정도)'를 모두 '自由權의正道를棄함'으로 훈독 순서를 바꾸어 읽고 있는 점이다. 전체적으로 『민약역해』를 충실하게 번역하고 있는 가운데 이 한 구절만을 그렇게 읽음으로써 의미를 전환시키고 있어 번역자의 정확한 의도를 추측하기는 어렵다. 그렇지만 이로부터는 첫째, '천명의 자유를 버리는' 일은 '자유권의 정도를 버리는' 일로 해석되며 여기에서 '천명의 자유'는 곧 '자유의 정도'로 해석된다. 둘째, 그러한 '자유권의 정도'를 버리고 획득해야 할 자유로서 '인의의 자유'를 제시하고 있다고 이해할 수 있다.

『민약역해』에서 버려야 한다고 하는 '자유'란 즉 '천명의 자유'인데, 「로사민약」에서는 이러한 '천명의 자유'를 '자유의 정도'로 제시하고 있는 것이다. 이렇게 '천명의 자유'를 중시하는 입장은 모두 부분의 「소개」에서 '제국'을 옹호하면서 '공화'와 '민권'을 부정한 입장과 부합된다. 1909년 당시의 사회는 일본에 의한 국권 침탈이 가속화되고 있던 상황으로 국체보존에 전심하고 있었으며 『황성신문』의 집필진을 비롯한 대부분이 '제국'의 존속을 기대하고 있었다. 이와 더불어 '천부인권설'이 알려짐에 따라 전통적인 '천' 숭배사상이 새로이 주목받고 있었다.『민약역해』의 '자유권을 버리는 정도'를「로사민약」에서 '자유의 정도를 버린다'고 바꿔서 제시함으로써 본원적인 자유상태로서 '천명의 자유'를 강조하는 그 의도에는 '제국'의 존속을 정치 구상의 근본으로 위치시키고자 하는 자세를 엿볼 수 있을지도 모르겠다.

또한 이러한 논리에서 보면 '인의의 자유'는『민약역해』에서는 '민약'을 통해서 획득해야 할 최상의 가치를 내포하고 있는데 반해,「로사민약」에서는 지향해야 할 '자유의 정도'가 아니다. 즉「로사민약」에서는, 근대적인 정치제도 확립이라는 보다 절실한 문제에 당면하여 '천명의 자유'라는 '자유의 정도'를 버리고 차선책으로 선택해야 하는 자유의 상태로서 '인의의 자유'를 제시하고 있는 것이다.

『사회계약론』의 'la liberté de nature(자연적 자유)'에서 'la liberté civile(시민적 자유)'로의 전환을 번역할 때 조민은『민약역해』에서 한편으로는 유교적 세계관을 바탕으로 깔고 다른 한편으로는 1882년 메이지 일본의 정치적 현실을 염두에 두면서 '천명의 자유'와 '인의의 자유'개념을 재구성하여 전자로부터 후자로의 전환을 제시하였다.「로사민약」은 이러한『민약역해』의 논리를 다시금 1909년 대한제국의 현실에서 재조명하여 '천명의 자유'를 '자유의 정도'로 위치시키면서 '인의의 자유'를 추구하는 자세를 시사하고 있다고 할 수 있다.

249

4. 나가며

루소의 '사회계약' 개념과 이에 의거한 추상적인 사회설립론에 대해서, 조민은 메이지 일본이라는 특수한 상황에 맞추어 해체·재구성하여 '민약' 개념을 제시하고 국회설립·헌법제정을 요청하였으며, 이러한 내용을 「로사민약」은 거의 그대로 받아들여 소개했다. 「로사민약」은 『민약역해』를 번역 저본으로 삼음으로써, 한편으로는 개화기 한국에 한층 더 이질적이었을 루소의 사회계약사상을 한문맥의 유교사상을 바탕으로 풀어내면서 당시의 시대적 요구에 부응하는 근대적 정치 구상으로서 입헌군주제를 크게 위화감 없이 제시할 수 있었을 것이다

그런데, 이렇게 루소의 추상적인 사회설립론에 대해서 메이지 일본이라는 개별 상황에서의 사회구상론으로 바꾸어 놓은 그 내용을, 개화기 한국에서 그대로 수용한 결과로서 초래되는 것들 또한 짚고 넘어갈 필요가 있다. 조민이 루소의 '사회계약'을 '민약'으로 번역할 때 그 이면에서는 루소의 기본이념이 배제되어 버렸기 때문이다. 즉 '사회계약'에 의거한 '개인'과 '사회'의 이상적인 관계, 이에 근거한 '개인'의 '자유'와 '권리', 그리고 이상적인 '사회'의 모습, 그 전체상은 묻혀버리고 말았다. 이렇게 루소사상의 원래 모습과는 동떨어져 있는 것들이었음에도 불구하고 이를 개화기 한국에서는 '루소사상'으로 수용하고 있었던 것이다.

그리고 이러한 근대한국의 루소사상 번역과 수용은 이후 한국 사회에서 루소사상이라는 것을 생각하는 데 한계점으로 작용하였

을 터이다. 또한 더 나아가 자유, 평등, 권리, 시민, 사회 등 근대적
개념의 수용 및 형성에 직간접적인 작용을 하였을 터이다. 한 걸음
더 앞으로 나아가기 위하여 그 한계점과 결절점을 추출하여 확인
하는 작업이 요청된다.

| 참고문헌 |

<1차 자료>
－한국
「日本維新三十年史」, 『皇城新聞』, 1906.4.30.－1906.12.31.
양계초저·전항기편, 『飮氷室自由書』, 塔印社, 1908.
신채호, 「大韓의希望」, 『大韓協會月報』1, 1908.4.25.
이춘세, 「政治學說霍布史學說第1」, 『畿湖興學會月報』6, 1908.8.20.
신채호, 「大我와小我」, 『大韓協會月報』5, 1908.8.25.
「盧梭民約」, 『皇城新聞』, 1909.8.4.－1909.9.8.

－일본
Rousseau著·中江兆民譯, 『民約論』, 1874; 『中江兆民全集』1, 岩波書店, 2000.
中江兆民, 「家塾開業案」, 1874; 『中江兆民全集』17.
中江兆民, 「原政」, 『奎運鳴盛録』5, 1878.11.23; 『中江兆民全集』11.
植木枝盛, 「南遊日誌」, 1879; 『中江兆民全集』別卷.
Rousseau著·中江兆民譯, 『民約訳解卷之一』, 佛學塾出版局, 1882; 『中江兆民全集』1.
Rousseau著·中江兆民譯, 『民約訳解卷之二』; 『政理叢談』 12－46호, 佛學塾,
　　　1882.8.－1883.9; 『中江兆民全集』1.
Rousseau著·服部德訳, 『民約論』, 有村壯一, 1877.10.
Rousseau著·中江兆民譯, 『民約譯解』, 佛學塾出版局, 1882; 『中江兆民全集』1.
Rousseau著·原田潛譯, 『民約論覆義』, 春陽堂, 1883.6.
中江兆民, 『理學沿革史』, 文部省編纂局, 1887; 『中江兆民全集』4－6.
蘇峰生, 「妄言妄聴」, 『国民新聞』, 1895. 12, 13, 14, 15; 『中江兆民全集』別卷.
幸徳秋水, 『兆民先生』, 春陽堂, 1910; 『中江兆民全集』別卷.
『植木枝盛日記』, 高知新聞社, 1955.

－중국

Rousseau著·兆民譯·八鏡樓主人,『民約通義』, 1898.

羅晋譯,『日本維新三十年史』, 廣智書局, 1902.

『日本維新三十年史』, 朴文館 編集, 1903.

梁啓超,『飮氷室文集』, 廣智書局, 1905.

Rousseau著·兆民譯·譯者未詳, 「民約論譯解」,『民報』26, 1910, Paris.

Rousseau著·兆民譯·田桐譯,『重刊共和原理民約論』, 東京民國社, 1914.

－프랑스

J.J.Rousseau, *Du Contrat Social(1762); Œuvres complètes* Ⅲ*(1964)*, Bibliothèque de la Pléiade, Gallimard.

<2차 자료>

－한국

김병철,『한국근대번역문학사연구』, 을유문화사, 1975.

류재천,『한국언론사』, 나남, 1980.

김병철,『한국근대서양문학이입사연구』, 을유문화사, 1980.

최상룡, 「『民約譯解』에 나타난 中江兆民의 Rousseau이해」,『아세아연구』27(2), 고려 대학교아세아문제연구소, 1984.

김효전,『서양헌법이론의 초기수용』, 철학과현실사, 1996.

김효전,『근대한국의 국가사상』, 철학과현실사, 2000.

김효전, 「『민약론』해제」,『동아시아 개념연구 기초문헌해제』, 한림과학원편, 선인, 2009.

이예안, 「개화기의 루소『사회계약론』수용과 번역」,『일본문화연구』40, 동아시아 일본학회, 2011.

이예안, 「자료정선; J.J.Rousseau, Du Contra Social, ou Principes du Droit Politique; 中江兆民,『民約訳解』;『盧梭民約』」,『개념과 소통』9, 한림과학원, 2012여름.

김용민, 「한국에서 루소사상 수용과 연구현황에 관한 일 고찰」,『정치사상연구』제 18집, 한국정치사상학회, 2012가을,

이예안, 「자료정선: "民約(민약)"에 관하여」,『개념과 소통』10, 한림과학원, 2012겨 울.

송태현, 「장 자크 루소의 한국적 수용」,『외국문학연구』52권, 한국외국어대학교 외 국문학연구소, 2013.

이예안, 「中江兆民『民約譯解』의 번역과 정치사상」,『일본사상』22호, 한국일본사상 사학회, 2012.

이예안, 「나카에 조민의 아시아인식」, 『일본사상』23호, 한국일본사상사학회, 2012.
강중기, 「자료 정선 : 梁啓超, 「盧梭學案」」, 『개념과 소통』11호, 한림과학원, 2013.

－일본
岡和田常忠, 「兆民·ルソー「民約一名原政」訳解」, 『日本における西欧政治思想』, 岩波書店, 1975
島田虔次, 「中国での兆民受容」, 『中江兆民全集』月報2, 1983.12.
米原謙, 「方法としての中江兆民－『民約訳解』を読む」, 『下関市立大学論集』27(3), 下関市立大学学会, 1984.
上村希美雄, 『宮崎兄弟伝』, 葦書房, 1984－1999.
中川久定, 「ルソーと兆民との亀裂をめぐって－『社会契約論』と『民約訳解』－」, 『中江兆民全集』月報15, 1985.
狹間直樹, 「中国人による『民約訳解』の重刊をめぐって－中国での兆民受容－」, 『中江兆民全集』月報18, 1986.4.
宮村治夫, 『開国経験の思想史－兆民と時代精神』, 東京大学出版会, 1996.
樽本照雄, 「梁啓超の種本－雑誌『太陽』の場合」, 『清末小説』50, 1998.
中村雄二郎, 「中江兆民『民約訳解』にみられるルソー思想のうけとり方について」, 『近代日本における制度と思想』, 未来社, 1999.
飛鳥井雅道, 『中江兆民』, 吉川弘文館, 1999.
狹間直樹(編), 『梁啓超 : 西洋近代思想受容と明治日本 : 共同研究』, みすず書房, 1999.
井田進也, 「中江兆民の翻訳·訳語について」, 『中江兆民のフランス』, 岩波書店, 2000.
宮村治雄, 「「東洋のルソー」索隠－兆民そしてトルコ·朝鮮·中国－」, 『思想』, 岩波書店, 2001.
井田進也, 「明治初期『民約論』諸訳の比較検討」, 『兆民をひらく』, 光芒社, 2001.
山田博雄, 「中江兆民の『民約論』『民約訳解』覚え書－兆民の社会構想の一側面」, 『法学新報』109(1·2), 中央大学法学会, 2002.
山田博雄, 『中江兆民翻訳の思想』, 慶応義塾大学出版会, 2009.

－프랑스

Jean Sénelier, *Bibliographie générale des œuvres de J. －J. Rousseau,* Presses Universitaires de France, 1950.
中川久定, Traduction de Jean－Jacques Rousseau par Nakae Chômin*(Du contrat social) Des Lumières et du comparatisme,* Presses Universitaires de France, 1992.

번역과 문화의 지평

제4장

근대 기독교 사상 번역과 한자

ᛁ김성은

1. 들어가며

본고에서는 한자문화권의 언어적 근대 문제를 "기독교"와 "번역"이라는 두 가지 축을 가지고 해명하고자 한다. "한자문화권", "기독교", "번역"이라는 연구 주제는 한 편의 논문에서 다루기에는 방대한 내용이지만, 본고에서는 먼저 이 세 가지 연구 주제가 만나는 접점에 대해 이야기 하면서 새롭게 동아시아의 근대를 규명하는 시론으로 삼고자 한다.

그렇다면 근대 동아시아의 기독교 번역문헌을 분석하는 작업이 어떻게 한일 양국의 자화상을 그리는 유효한 수단이 될 수 있을까? 종래의 비교연구 경향에 대해 새로운 영역을 개척할 수 있는가?

일반적으로 한일비교문학, 문화 연구는 일제강점기에 해당하는 20세기 전반을 다루어 "영향과 수용"이라는 방법을 취해 왔다. 이 시대는 일본제국주의와 번역의 연관성, 국어교육과 식민지 언어정책, 한국어와 일본어라는 이중 언어를 구사하여 작품 활동을 한 한국인작가 등, 다양한 연구 주제가 풍부하다. 그에 비해 본고가 연구 대상으로 하는 19세기 후반의 시기는 상대적으로 주목받지 못했다. 19세기 후반 미국계 선교사에 의한 선교 활동이 한국과 일본에서 시작되었다는 사실에 기초하여 한일비교연구를 시도하지 않으면, 즉 기독교 선교를 축으로 한일양국을 대치시키지 않으면, 19세기 후반은 한일비교연구에서 좀처럼 다루게 되지 않는 시기이다.

그러나 동아시아 번역사를 살펴보면, 이 시기는 중국고전에서 한국어와 일본어로 번역이 활발하게 이루어진 전근대 상황에서, 1895년 일본의 청일전쟁 승리 이후 일본어에서 한국어, 중국어로 중역을 통한 서양 사상 번역이 시작되는 전환기이다. 그 과도기에 서양 선교사들에 의해 시작된 기독교 문헌 번역, 특히 동아시아라는 한자권의 번역방법을 활용하고, 동시에 해체하고자 한 선교사들의 번역론은 근대 동아시아 번역사에 새로운 흐름을 창조했다. 한국어역과 일본어역 사이에 직접적인 영향, 수용 관계가 없기 때문에, 한국에 대한 근대 일본의 영향력이 미치기 이전의 한일 양국이 어떻게 근대문체 형성과 기독교 수용에 차이를 보이는지 새로운 한일비교문학, 문화의 가능성을 제시할 수 있는 것이다.

이러한 문제의식을 좀 더 확대해서 말하면, 본고에서는 "근대"를 전근대의 연장선상에서 바라보고자 했다. 근대는 서양 문물의 충격에서 혹은 미국과 일본이라는 제국의 외압에서 시작된, 동아시아의 전근대와는 단절된 역사인 것처럼 종종 논해진다. 물론 근대 시기에 새로운 사상이 도입되고, 서양 사상을 효과적으로 전달하기 위해 새로운 교육, 미디어, 문체, 어휘가 모색된 것은 사실이다. 그러나 그러한 모색은 전근대의 문화유산을 바탕으로 한 것이었다. 이것은 매우 단순하고 당연한 이야기이지만, 근대 연구자들에게 종종 잊혀지는 전제이기도 하다.

이를 위해 본고에서는 먼저 유럽과 다른 동아시아, 한자문화권의 언어적 근대가 가지는 특징이 무엇인지 살펴보고자 한다. 다음으로 근대 동아시아의 기독교 선교 역사를 통해 선교사들의 번역론과 기독교 문헌 번역에서 한자, 한문의 역할을 검토하기로 한다.

이러한 "한자문화권", "기독교", "번역"에 관한 논의는 근대 동아시아의 타자 인식론을 위한 실마리를 제공할 수 있을 것이다. 즉 타자를 인식하는 수단으로 번역을 재평가하고, 한자라는 타자가 한국과 일본에서 어떻게 규정될 수 있는지, 나아가 외국인 선교사라는 타자에 의해 근대 동아시아에 남겨진 문화유산을 어떻게 평가해야 하는지, 새로운 연구 주제를 환기시키고 근대 동아시아의 다양성과 역동성을 밝혀줄 것으로 기대한다.

2. 한자문화권의 언어적 근대

한자권의 언어적 근대란 무엇을 의미할까? 오늘날 한국인은 한국어로 말하고, 한국어로 글을 쓰며, 일본인은 일본어로 말하고 일본어로 글을 쓰는 것을 당연한 것처럼 받아들이고 있다. 그래서 어떤 나라를 알고자 하면 먼저 그 나라 언어를 배워야 한다고 생각하기도 한다. 그러나 언어에 국적을 붙이기 시작한 것은 오래된 일이 아니다. 언어와 국가, 민족의 결합을 필연적인 것으로 생각하는 것은 근대적 발상이다.[1] 근대 이전에 사람들은 多언어 상황을 국가나 민족과 연결시키지 않았고, 국가나 학교가 정한 규범에 얽매이지 않고 언어 생활을 했다.

같은 언어를 사용하는 사람들이 자연스럽게 동일 민족, 국가로 발전한 것이 아님을 중국의 예를 보면 쉽게 알 수 있다. 예를 들어 중국 표준어의 기초가 되는 북방지역의 관화(官話)와 동남부 지역의 광둥어(廣東語)의 차이를 보면, 프랑스어와 스페인어, 영어와 독일어 정도의 거리가 있다고 해도 과언이 아니다.

그럼에도 불구하고 중국인이 자신이 말하고 있는 것은 한어(漢語)라고 믿고 의심하지 않는 이유는 첫 번째는 방언의 차이를 해소해 주는 서기언어(書記言語) 체계(한자)가 있기 때문이고, 두 번째는 한민족(漢民族)인 이상 당연히 하나의 말을 공유하고 있다는 의식, 언어공동체라는 이데올로기 때문일 것이다. 즉 엔더슨이 말했듯이 국가

---

1 사카이 나오키, 후지이 다케시 역,『번역과 주체』이산, 2005, 46-47쪽.

라는 상상의 공동체가 국어를 만들고, 학교 교육과 미디어를 통해 보급되고 있는 것이다.

이러한 상황은 중국어에 한정된 것이 아니다. 일본어의 경우에도 오키나와의 말을 류큐 방언(方言)이라고 규정할 것인지, 류큐어(語)라고 할 것인지에 따라 언어공동체의 모습은 달라진다. 중요한 것은 어떤 지역의 말을 독립된 언어로 부를지, 아니면 한 국가의 언어에 종속된 하위 단위 방언으로 부를지는 언어학적 분류가 아닌 그 지역 사람들의 정치 상황에 따라 결정된다는 것이다. 동일하게 한국어와 일본어 역시 근대 국민국가 형성의 요구에 기초하여 규범화된 국가어, 국민어로서 탄생되고 제작된 산물이다.

여기까지는 유럽과 비유럽 모두 시간의 차이는 있어도 근대화라는 사회 변용 과정에서 공통된 현상이라고 할 수 있다. 그렇다면 동아시아에서 유럽과 다른 국어 내셔널리즘의 특징은 무엇일까?

그것은 동아시아에서 각 국어의 형성이 전통적으로 그 지역을 지배하고 있었던 한자에 의한 서기체계(書記體系), 즉 한자권(漢字圈)으로부터의 이탈, 혹은 해체라고 의식되어 온 점이다. 중국을 중심으로 하는 동아시아에서 특히 외교 및 커뮤니케이션 도구로서 사용된 것은 한자라는 표의문자이고, 서기체계로서의 한문이었다. 예를 들어 조선통신사가 일본을 왕래하면서 일본의 유학자들과 필담(筆談)을 나누며 교류할 수 있었던 것도 서기체계로서의 한문을 공유했기 때문이다. 유럽 전근대에서 라틴어가 국가와 민족 사이를 중개하는 공통어가 되었듯이, 동아시아에서는 한자가 유통 가능한 광역공통어(廣域共通語)였던 것이다. 더욱이 한자와 한문은 사서삼경

259

(四書三經) 등의 경전을 배경으로 하여 서양의 캐논처럼 "신성하고 진정한 글"이라고 받아들여졌던 점, 또한 소수의 문자 엘리트의 전유물이었던 점에서도 역시 라틴어와 공통점을 가지고 있다.

다른 한편으로 유럽에서 라틴어와 속어(俗語)의 이중구조와 마찬가지로, 동아시아에서 한자와 한문은 공적인 교류, 전달의 수단으로 사용되는 문자로서 일원화되어 있었지만, 이와 대조적으로 각 국가와 지역마다 음성언어의 차이는 확연히 존재했다. 이러한 문어문(文語文)과 구어문(口語文)의 괴리는 근대 언문일치운동의 주요 연구 주제이다.

그런데 루터에 의한 성경의 속어(俗語) 번역에서 알 수 있듯이, 성스러운 라틴어에서 해방된 결과 유럽 각 국의 근대 언어가 생겨났다. 이에 비해 동아시아에서 민족어의 자립은 조금 다른 길을 걸었다. 먼저 한국, 일본, 베트남이라는 한자권의 주변국에서는 근대화 과정에 많든 적든 "탈중화"를 지향하고 있었고, 근대 "국어"는 한자권=중화문화권으로부터의 자립, 혹은 극복으로 이해되었다. 특히 국어의 규범적 문체를 확정할 때, 한자나 한자 어휘를 어떻게 효과적으로 외부적 존재로 자리매김하느냐가 마치 국어의 순수성, 진실성을 증명하는 문제처럼 여겨졌던 것은 한국이나 일본의 국어 국자(國語國字) 문제에서 종종 볼 수 있다. 또 조선시대에 "언문"으로 천시되던 한글이 국문(國文)으로 공적 지위를 부여받고, 베트남에서 한자를 폐지하고 알파벳 표기를 규범화한 것은 근대의 소위 속어 혁명(음성언어중심주의)이 동시에 민족문자의 자립을 이끈 것으로 평가할 수 있다.[2]

이때, 한자는 주변국의 언어 내셔널리스트들로부터 근대의 문명에 역행하는 야만의 상징으로 비난받았던 적도 있다. 더욱이 일본의 국학자와 같이 국어의 순수성, 진실성을 침범하는 타자로서 한자뿐만 아니라 "중국적인 것"을 부정적으로 표상해 왔던 것도 언어, 문화 내셔널리즘에 관련된 문제임을 간과할 수 없다.[3]

다만, 서기언어(書記言語) 레벨에서 말하면 한자를 자국어에서 배제하고자 하는 주변국의 문화 내셔널리즘의 표출 방식은 한국과 일본이 반드시 같은 모습은 아니었다. 예를 들어 일본에서는 메이지 초기 문체변혁의 시도로서 종래에 한문의 해독과 작성 기법이었던 훈독법(訓讀法)이 하나의 문장체로 성립하여, 한문과 분리되었다. 정확히 말하자면 한문에서 훈독문이 독립하기 시작하여 한문을 대신하여 공식 문체로서의 지위를 획득했다. 근대 일본에서 훈독문은 조칙이나 법률은 물론이고 교육이나 미디어의 영역에서 널리 사용되는 실용문으로 발전했다. 말하자면 한문의 근대화, 대중화가 문명개화와 함께 진행되었던 것이다.[4]

또한 한어(漢語)를 사용한 번역어의 창출을 통해 사회(社會), 개인(個人) 등의 일본식 근대 한어(漢語)가 중국과 조선에 수출되어 각 국어에 수용되는 현상도 19세기 말에서 20세기 초에는 널리 보인다. 한자, 한문과 근대 국어의 관계는 적어도 일본에서는 이율배반적이지 않았다. 더욱이 잘 알려져 있는 것처럼 근대 일본이 한자권 지역

---

2 村田雄二郎, 「漢字圏の近代」, 『漢字圏の近代－ことばと国家』, 東京大学出版会, 2005, 6－7쪽.

3 子安宣邦, 『漢字論』, 岩波書店, 2003, 88－100쪽.

4 齋藤希史, 『漢文脈の近代』, 名古屋大学出版会, 2005, 236－263쪽.

에 대해 제국주의 침략을 하면서 한국과 대만에 내세웠던 슬로건은 문자와 혈통의 공통성을 주장하는 "동문동종(同文同種)"이었다. 와한(和漢)의 학문은 근대에 이르러 일단 일본과 중국으로 분리되었다고 하지만, 다음에는 한자, 한문을 일본의 제국화에 유리하게 내세워 대동아공영권을 구축하고자 하는 정치적 동기가 부상한 것이다. 이와 같이 한자, 한문과 국어 내셔널리즘의 관계는 근대 동아시아의 국제 관계를 파악하기 위해서도 중요하다.

3. 근대 동아시아의 기독교 선교 역사

이와 같은 문제의식 속에서 본고에서는 한자권의 언어적 근대를 "기독교"와 "번역"이라는 두 가지 축을 가지고 해명해 가고자 했다. 근대 동아시아에서 기독교는 선교사들의 적극적인 선교활동에 의해 한중일 삼국에 전해졌다. 기독교는 인류 보편적인 성격을 가진 종교였지만, 근대 한중일 삼국에서는 서로 다른 특수한 수용 양식을 보여주었다.

예를 들어 한국과 일본은 각각 1882년 조미 수호 통상 조약과 1854년 미일 화친 조약으로 미국에 의한 개항을 경험했다. 이 두 조약은 조선과 일본이 구미 나라와 처음 맺은 조약이고, 그 후 프로테스탄트 선교가 미국계 선교사들에 의해 시작되는 계기가 되었다. 이와 같은 역사적 공통점과 지리적 근접성은, 한국과 일본의 프로테스탄트 선교 활동이 양국의 선교사들의 교류를 통해 이루어졌다는 것을 시사한다. 더욱이, 그 후에 일본에 의한 식민지화와 독립 후의 남북분단, 민주주의와 자본주의에 기초한 한국과 일본의 발전 등, 한국과 일본의 밀접한 관계는 20세기에 들어서도 계속 되고 있다.

그러나 이와 같이 근대 역사를 공유해 왔음에도 불구하고, 한일 양국의 기독교 포교율에는 확연한 차이가 있다. 현재 한국에서는 인구 25% 이상을 기독교 신자가 차지하고 있는데 비해, 일본에서는 1%도 되지 않는다. 양국의 이러한 기독교 수용의 차이는 어디서 오는 것일까?

한편 중국에서는 영국 동인도 회사를 후원자로 하는 모리슨 선교사가 1807년에 프로테스탄트 선교를 개시했다. 1830년에는 미국계 선교사 브리지만이 파송되어, 그 후 중국 선교는 영국계 선교사와 미국계 선교사의 협력 혹은 경쟁을 통해 이루어졌다. 더욱이 아편전쟁(1840-1842) 후 프로테스탄트 선교의 기회는 확대되어 1858년 천진조약을 거쳐 본격화되었다. 그러나 20세기에 한국이나 일본과 다른 공산주의의 길을 걷게 되는 중국의 기독교 선교와 수용을, 한일 양국과 동일선상에서 비교하는 것은 어려울 것이다.

하지만 중국이 동아시아에서 기독교 선교의 역사적 출발점이 되었다는 것은 주목해야 할 사실이다. 그것은 19세기 중국이 기독교 문헌 번역을 위한 언어와 문학 수용이라는 관점에서 한국과 일본의 지식인들에게 지적규범을 제공하고 있는 중요한 지역, 시대이기 때문이다.

263

한자권인 동아시아에서, 기독교 문헌이 먼저 중국의 서기언어, 즉 한자, 한문으로 번역되었다는 사실은 중국뿐만 아니라, 한국이나 일본에서 기독교 포교가 성공한 주요한 요인이 되었다.[5] 즉, 전근대 시기 동안 중국 고전을 번역해 온 역사를 가진 한국과 일본에서는 구미 언어의 기독교 문헌이 동아시아에서 먼저 한문으로 번역되어 있었기 때문에, 각각 한국어와 일본어로 신속하게 중역(重譯)할 수 있었던 것이다. 더욱이 한국과 일본에서는 자국어로 중역되기 이전에 한역(漢譯) 성서가 유포되어, 한문 소양을 가진 지식인들 사이에서 이미 널리 읽혀져 있었던 것도 기독교 수용을 가속화했다고 말 할 수 있다. 나아가 재청(在淸) 선교사들이 서양어를 한자로 번역하기 위해 만든 사전은 근대 동아시아에서 중국뿐만 아니라 한국과 일본에서 서양어를 자국어로 번역할 때 활용되었다.

또한 재일(在日), 재한(在韓) 선교사는 한자권 고유의 번역 방법론을 활용하는데 만족하지 않았다. 한국과 일본에서 기독교 포교 활동이 활발해지면서 선교사에게는 그 지역의 지식인뿐만 아니라, 서민에게도 전하는 번역문체가 필요했기 때문이다. 그래서 그들은 각각 한국 고유어와 일본 고유어로 번역을 시도하면서 번역문헌이 비(非)언어엘리트 계층에 확산되기를 도모하지 않으면 안 되었다. 그때 선교사들에 의해 주목되고 고안된 한국과 일본의 비(非)언어 엘리트 계층의 문체는 근대 국민국가라는 시대와 상호 작용하여 민족 고유 언어로 발전해간다.

---

5 金成恩, 『宣教と翻訳―漢字圏·キリスト教·日韓の近代』, 東京大学出版会, 2013, 157－163쪽.

이와 같이 기독교라는 서양사상이 근대 한일 양국에 구체적인 언어로서 어떻게 녹아들어 가는가. 특히 한자권에서 먼저 한문으로 번역된 기독교 문헌이 그 후 한국어 한글과 일본어 가나로 어떻게 번역되어 가는가에 대해 본고에서는 다루고자 한다.

4. 근대 사상 번역을 위한 한자 활용

1) 시대의 급박함과 계몽의 필요성

동아시아에서 근대 서양 사상을 빠르게 번역하고 유포하는 원동력은 무엇이었을까? 그것은 한자와 한문의 힘이었다. 먼저 근대라는 시대가 어떻게 한자와 한문을 통한 번역을 요구하였는지 시대성에 대해 설명하고자 한다.

근대 초기 한자를 사용하고, 전근대 번역루트의 문체를 선택한 번역물을 평가하면서, 조악하다, 미숙하다 등등의 말로 평가 절하하는 연구자들도 있다. 그러나 그것은 요즘처럼 누구나 외국에 쉽게 가 볼 수 있고, 직접 외국에 가지 않더라도 인터넷으로 많은 정보를 얻을 수 있는 현대인의 기준에서 이야기 하고 있는 것이다. 단순히 번역된 텍스트를 분석하여 문체, 어휘의 고유성, 적합성을 평가하는 것이 아니라, 근대라는 시대적 특수성을 고려하여 번역이 이루어진 컨텍스트와 함께 이해해야 한다.

일본의 번역자들이 근대 서양 사상을 한자로 번역하고, 전근대의 번역론, 즉 중국 고전을 번역하듯이, 혹은 중국 백화소설을 번역하듯이 문체를 선택한 것은 크게 세 가지로 그 번역 배경을 이야기할 수 있다. 첫째, 시기의 급박성, 둘째, 계몽의 필요성, 셋째, 약자의 논리이다.

근대 서양 사상을 받아들이고 소화해내기 위해 한자 번역어와 한문에 기초한 문체는 어쩔 수 없이 감행된 방식, 즉 필연의 산물이었다. 특히 서구라는 거대한 타자와 대면하게 된 전환기의 동아시아에서 한자 번역어와 한문에 기초한 문체는, 정치, 문화, 사회적으로, 부각된 제반의 문제들을 해소해나가는 동시에, 촉각을 다툴 정도로 급박하게 진행된 자국의 근대화를 위해서도 없어서는 안 될 선행 조건이자, 유일한(특히 일본) 방책으로 여겨졌다. 그렇다면, 근대와 맞물려 한자 번역어와 한문에 기초한 문체가 합당한 당위성과 존재의 성립 조건을 갖추게 된 근거는 무엇인가?

첫 번째로 시대의 급박함(절박성)이다. 다급한 역사적 상황을 꼽아, 한자 번역어와 한문에 기초한 문체의 불가피함을 역설하는 논리는 근대 일본의 지식인에게 공유되고 있었다. 대표적인 일본의 계몽가 후쿠자와 유키치(福沢諭吉)가 『서양사정(西洋事情)』을 출판했을 때, 이 책에 한자 가타카나 혼용문, 즉 2장에서 언급한 훈독문을 사용한 것도 바로 이 때문이다. 그는 일본 근대화에 이념적 토대를 제공해 줄 서구의 철학가나 대문호의 작품이 당시의 일본에 거의 번역되지 않았다는, 시급하고도 조악한 당시의 여건 전반을 환기하고 있다. 개혁이 절실히 요구되는 상황을 맞이한 동아시아에서 서양의 근대 지식에 접근할 통로는 매우 한정적이었다. 이것이 후쿠

자와 유키치에게는 한자 번역어와 한문에 기초한 문체인 훈독문을
합리화하는 근거로 자리 잡는다.

두 번째로 계몽의 필요성을 꼽을 수 있다. 후쿠자와 유키치에게
번역은 서양의 근대지식을 일본에 소개할 유일한 방법이자, 개화
되지 못한 민중을 깨우치고 합리성과 근대의 세계로 이들을 인도
하기 위해서는 없어서는 안 될, 근본적이면서도(초보적인) 중요한 계
몽의 일환이었다. 『서양사정』의 서문을 살펴보자. 밑줄은 인용자
에 의한 것이다.

> 어떤 사람이 나에게 이른 바, 이 책은 가히 괜찮다 하겠으나 문체가
> 더러 정아(正雅)하지 않으니, 바라건데 이를 한학(漢學)하는 유학자 아
> 무개 선생에게 상의하여 어느 정도 첨삭을 가하면 더 한층 선미(善美)
> 를 다하여 길이 세상의 보감(寶鑑)이 되기에 족할 것이라 하니, 나는
> 웃어 가로되, 그렇지 아니하다, <u>양서(洋書)를 번역함에 오직 화조문아
> (華藻文雅, 화려한 수사와 우아한 문장)에 주의함은 큰 번역의 취의에 어긋나
> 니, 요컨대 이 한 편 문장의 체제를 꾸미지 않고 힘써 속어를 사용함
> 도 단지 뜻을 전함을 주로 삼기 위함이라.</u>[6]

『서양사정』의 원고를 사람들에게 보여주었더니, 서구의 제도를
소개하는 내용은 좋으나 문장이 "정아"하지 못하니 한학자(漢學者)
인 아무개 선생에게 첨삭을 받음이 어떤가라는 평이 있었다. 그러

---

6   福沢諭吉, 『西洋事情』 初編, 卷之 1, 1872, 「小引」.

나 후쿠자와는 아니다, 이 번역은 "뜻을 전함"을 주된 목적으로 했기 때문에 문장을 꾸미지 않은 것이라고 대답했다는 일화이다. 또한 후쿠자와는 만일 한학자의 첨삭을 받을 경우 "한학하는 유학자 무리의 완고하고 편벽되고 고루하고 비루한 견해" 때문에 원문의 내용이 왜곡될 수 있다는 점을 경계하고 있다.[7]

앞서 2장에서 말한 것처럼, 사물을 기록하고, 의견을 개진하고, 번역하기에 한자 가나 혼용문인 훈독문은 유용했다. 서양의 것을 한자로 기록하는 일은 언뜻 번거로운 일처럼 보이지만, 어휘의 양이 풍부하고 조어(造語)가 쉽다는 점을 고려하면 동아시아의 언어 중 한자어에 견줄 만한 것은 없다. 훈독체는 상당히 간략화된 어법이었고, 매우 경제적인 문장이었다. 훈독문 사이에 한자어를 적당히 끼워넣으면 쉽게 일본어 문장을 적을 수 있었다. 알기 쉽도록 뜻을 전달하기 위해 여러 가지로 고심하는 일보다 훈독문이 수고가 덜한 작업이었다. 무엇보다도 문명개화를 지향하는 근대 일본에서 문장의 실용성은 무엇보다 중요한 가치로 인식되고 있었다.

세 번째로 약자의 논리이다. 한자 번역어와 훈독체는 결국 약자가 취한 행동이라는 인식이 꾸미지 않은 문체에 면죄부를 부여해 준다. 근대 번역의 핵심은 원문에 대한 충실함이나 번역문의 완성도에 있는 것이 아니라, 바로 약자의 필요성에 있다. 후쿠자와에게 번역은 일본 근대 개혁의 수단이자 무기였다.

이와 같이 급박성, 계몽의 요청, 약자의 권리라는 세 기둥이 지탱

---

7 福沢諭吉, 『西洋事情』初編, 卷之１, 1872, 「小引」.

하는 시대의 합리성은 한자 번역어와 한문에 기초한 번역문의 근거를 역사적 사실로 받아들이게 한다. 급박하고, 가진 것이 없어, 더욱이 필요해서 한자와 한문을 사용할 수밖에 없었던 것이다. 근대 동아시아에서 한자와 한문은 시대의 요구이자 근대 서양 사상 수용을 위한 필수적인 조건이었던 것이다.

2) 기독교 사상 번역과 한자의 조어력

앞 절에서는 한자와 한문에 기초한 문체를 사용한 번역이 요구되던 근대 동아시아의 시대 상황을 설명했다. 다음으로 한자와 한문에 기초한 문체가 어떻게 실제 번역에서 유용하게 사용되었는지 살펴보고자 한다. 구체적으로 한국인 성서 번역자의 예를 들어 기독교 사상 번역 과정에서 한자 번역어와 전근대의 번역 문체가 선택된 과정을 설명해 보자.

이수정은 성경을 한국어로 번역한 최초의 한국인이다. 또한 그는 기독교 선교 초기 재한(在韓), 재일(在日) 선교사 교류의 상징적 인물로 평가되고 있다. 이수정은 1882년부터 1886년까지 4년간 일본에서 머무르면서 기독교를 접한 후 일본 교회에서 세례를 받고, 재일 선교사 루미스의 도움으로 미국 교회에 조선에 선교사 파견을 요청하는 호소문을 썼다. 그 후 1885년 언더우드(연세대학교 창립자)가 최초의 개신교 선교사로 한국에 파견된 것이다.

〈그림 1〉 이수정 번역 성경   〈그림 2〉 로스 번역 성경

1885년 이수정은 『신약마가젼복음셔언해』를 국한문 혼용체로 번역했다. 번역 당시 만주에서는 선교사 로스에 의해 복음서가 한글 전용 문체로 번역, 간행되어 있었다. 두 성경 번역의 비교, 대조를 통해 19세기 후반 이수정이라는 개화기 지식인이 지향한 이상적인 근대 번역 문체가 무엇이었는지를 살펴보자. 이수정 역의 국한문 혼용체 『신약마가젼복음셔언해』의 본문은 <그림 1>, 로스 역은 <그림 2>를 참고 바란다.

다음 예문을 살펴보자. 밑줄은 인용자에 의한 것이다.

현토 역   : 一 <u>神之子耶穌基督之福音其始也</u>[8]

언해   : 一 <u>神</u>(신)의子(자)<u>耶穌</u>(예슈쓰)<u>基督</u>(크리슈도스)의<u>福音</u>(복음)이
　　　　　　니그쳐음이라[9]

---

8 이수정 역, 『新約聖書馬可傳』, 요코하마미국성서회사, 1884, 1쪽. 현토역의 인용
　은 필자가 직접 자료조사를 통해 뉴욕에 있는 미국성서공회 소장본에 의거했다.

로스 역 : 一 <u>하나님</u>의아달예수<u>키리스토복음</u>의처음이라[10]

여기에 인용한 것은 마가복음 1장 1절 앞부분의 예수는 신의 아들이라는 선언이다. "神", "基督", "福音"은 모두 기독교 사상의 중요한 개념어로서, 『신약마가젼복음셔언해』는 "神"과 "福音"에 관해서는 그대로 한글로 음독하여 "신", "복음"이라는 한글 표기를 병행하고 있는 반면, "耶穌"와 "基督"에 대해서는 헬라어에 가까운 발음을 의식하여 "예슈쓰", "크리슈도스"라고 표기하고 있다. 또한 "子"는 일반명사이지만, 위 인용문의 문맥에서는 예수가 "神의 子"인 것이 주제이므로, 한자 표기로 의미를 강조한 것이다.

이수정 역과는 대조적으로 로스 역은 "神", "耶穌", "基督", "福音"을 "하나님", "예수", "키리스토", "복음"이라는 한글 표기만으로 번역하고 있다. 기독교를 처음 접한 당시 한국인들은 로스역의 한글 표기만으로 기독교 용어를 쉽게 이해하기는 곤란했을 것이다. 새로운 개념어가 수용되기 위해서는 먼저 번역어가 문장 속에서 한 단어씩 구분되어야만 한다. 당시 띄어쓰기가 정비되지 않은 한글 전용문에서는 그러한 단위 구분이 어렵다. 반면 국한문 혼용체에서는 한자가 단어 구분 역할을 해준다. 즉 낯선 기독교 개념어를 전달하기 위해서는 국한문 혼용체가 한글 전용문보다 성경 번

---

9 이수정 역, 『신약마가젼복음셔언해』, 요코하마미국성서회사, 1885, 1쪽. 『신약마가젼복음셔언해』의 인용은 필자가 직접 자료조사를 통해 뉴욕에 있는 미국성서공회 소장본에 의거했다.

10 로스역 인용은 정길남 편, 『개화기 국어자료 집성 – 성서문헌편』, 박이정, 1995, 385쪽에 수록된 『예수셩교셩셔말코복음』(심양문광서원, 1884)에 의거했다.

역에 효과적인 문체였던 것이다. 더욱이 한자라는 표의적 문자 체계는 조어력과 시각적 효과가 뛰어나서, 기독교의 새로운 개념을 표현하고 전달하기에 한글보다 적합했다고 말할 수 있다.

지금까지 이수정 역 『신약마가전복음셔언해』는 유학경서의 언해와 동일하게 구어적인 어미와 고유어의 사용에 주목하여, "한문체→국한문 혼용체→한글 전용문체"라는 근대 문체 발달 과정을 전제로 국한문 혼용체에서 한글 전용문체로 이행하는 과도기적 문체라고 간주되어 왔다.[11] 그러나 필자의 검토 결과, 이수정은 한글 전용문인 로스 역을 한국어 문법과 문체를 돌아보지 않는 번역이라고 비판한 후에, 국한문 혼용체가 성경 번역에 적합한 문체라고 판단했다는 것을 알 수 있었다.[12]

1443년 훈민정음이 창제된 이래, 조선 문학사에서는 한문소설과 한글소설이 장르로서 분명히 나누어져 있었다. 한문 소양을 몸에 익힌 것은 과거를 보는 양반 계급뿐이었기 때문에 서민에 대한 포교를 목표로 하고 있었던 선교사들은 번역할 때 한국 고유어 및 한글 전용문을 선택했다. 그러나 이수정이 로스 번역에 대해 내린 비판과 앞의 인용문의 비교에서 알 수 있듯이 문체 차원에서는 한글 전용문은 서양 사상을 번역하기에 반드시 알기 쉬운 문체가 아니었다.

이러한 이수정 번역 성경의 예와 같이 "한문체→국한문 혼용체

---

11 박희숙, 「현토신약성경마가전의 구결과 그 언해에 대해」, 『靑荷成耆兆先生華甲記念論文集』, 신원출판사, 1993, 1150-1178쪽.

12 김성은, 「근대 국한문체 형성과 번역문제」, 『외국학연구』 22집, 중앙대학교 외국학연구소, 2012, 171-176쪽.

→한글 전용문체"가 아닌 "한글 전용문체→국한문 혼용체"로의 이행은 자칫 근대 한국어 문체의 흐름에 역행하는 한 예에 지나지 않는다고 간주되기 쉽다. 그러나 이수정의 국한문 혼용체가 1910년 이후 식민지 시대에 한국의 지식인에 의한 성경 번역에 많은 영향을 준 것은 이미 선행연구에 서 밝혀졌다.[13]

또한 성경 번역의 영역뿐만 아니라 임상석이 지적한 바와 같이 1895년에서 1910년에 이르는 근대계몽기에 신문, 잡지 등의 계몽 매체에서 국한문 혼용체는 중요한 역할을 맡게 되었다.[14] 1896년 독립신문 창간 당시 한글 전용문체는 일반의 호응을 받지 못해서 국한문 혼용체에 주류의 자리를 내주었다. 임형택 역시 『독립신문』이 선도했던 국문체로의 급진적 전환은 일단 실패한 것으로 보고 있다.[15] 신교육의 교재류, 신학문의 출판물뿐만 아니라, 시간이 지나면서 속속 창간된 신문, 잡지류도 대부분 국한문 혼용체를 채택하는 추세였던 것이다.

예를 들어 『독립신문』(1896), 『뎨국신문』(1898) 등으로 시작된 근대적 언론에서 한문은 배제되는 듯했지만, 곧바로 『황성신문』(1898), 『대한매일신보』(1904) 등의 창간으로 국한문 혼용체의 형태로 계몽의 장에 다시 진입한다. 그리고 대한자강회, 서북학회 등의 단체들이 설립되고, 언론을 형성하던 1900년대 중반 무렵, 국한문 혼용체

---

13 오윤태, 『한국기독교사4 개신교 전래사-선구자 이수정편』, 혜선문화사, 1983, 75-78쪽.

14 임상석, 『20세기 국한문체의 형성과정』, 지식산업사, 2008 18-19쪽.

15 임형택, 「근대계몽기 국한문체의 발전과 한문의 위상」, 『민족문학사연구』, 민족문학사학회, 1999, 26-27쪽.

는 오히려 계몽의 전면에 나타난다. 이 시기의 잡지는『가명잡지』
와『신학회월보』등 아동과 부녀자 및 기독교 신자라는 제한적 독
자를 대상으로 삼은 경우를 제외하면, 40종에 달하는 잡지들의 대
부분이 국한문 혼용체를 표기 수단으로 삼고 있었다.

　근대가 되어 한글이 국민의 언어 생활을 담당하는 문자 체계로
서 또 민족문화의 상징으로서 자리매김했을 때, 소박한 음소주의
(音素主義)는 재검토되고, 새로운 권위 있는 자리에 상응하는 규범이
요구되었다. 그것은 표준문자 표기법, 보다 구체적으로는 철자법
의 규범 형성으로 수렴되어 갔다. 한글은 표준화와 규범화에 의해
과거의 소박한 비엘리트 전용의 문자로부터 엘리트를 위해서도 사
용되는 근대 언어로 자리매김하게 되었던 것이다.

　한편 일본어는 어떠했는가? 일본의 문학사에서도 소위 부녀자
중심의 가나문학이 없었던 것은 아니다. 구사조시(草双紙)가 그 대표
적인 예이다. 따라서 당초 재일 선교사도 일본 고유어 및 가나 전용
문을 선택하고자 했다.

　그러나 시키테이 산바(式亭三馬)를 비롯한 구어를 기록한 가나문학
의 문체는 아직 사상을 담고 의견을 개진하기 위한 문장 형식을 갖
고 있지 못했다. 모델로서 습득해야 할 작문 형식을 가지고 있지 않
았다. 소설을 생기 넘치게 만드는 대화문에는 사용할 수 있었지만,
풍경을 묘사하거나 의견을 전개하는 형식을 갖추고 있지 못했다.
잘 정돈된 구조를 갖추어야만 '문장'이라는 문체 규범에 대한 인식
이 강했기 때문에, 단지 입으로 이야기 하는 것을 그대로 모사하는
것만으로는 제대로 된 문체라고 평가받을 수 없었다.

더욱이 일본어의 표기체계는 한자가 주요 명사, 동사의 기능을 하고, 가나는 조사, 어미 등의 보조 수단으로 사용되고 있었다. 따라서 기독교 사상을 번역하면서 무리하게 표기 수단으로서 한자를 폐지하더라도 한어(漢語)의 의미는 배제되기 어려웠다. 일본어 어휘와 문체 문제가 남겨진 것이다. 그 때문에 일본에서 "かなのくわい", "國字改良論"의 시도는 곧 좌절되었다.

본고에서 자세히 다루지 못했지만, 특히 사상 번역에서는 "神"의 예가 보여주듯이 후리가나를단 한어(漢語)가 유통되고, 훈독체 한자 가나 혼용문이 보통문(普通文) 혹은 금체문(今体文)이라고 불리면서 널리 사용되게 된다.[16]

여기서 "보통"이란, 누구라도 읽고 쓸 수 있고, 누구라도 사용할 수 있다는 뜻이다. 근대 초기 일본에서는 유용이나 실용이라는 관념은 진보나 문명과 결부되어 있었다. 그러한 관념은 문체에도 투영된다. 문명 언어로서의 훈독문은 교육의 보급과 미디어를 통해 보통문(普通文)이 되었다. 문장의 유용성은 넓은 범위에서 통용된다는 사실에 있었다.

또한 훈독문은 금체문(今体文)이라고도 불렸다. 금체란 "현대의"라는 뜻이다. 따라서 금체문이란 현대문을 의미한다. 일본 근대 초기에는 현대인가, 그렇지 않은가 하는 경계가 문어와 구어 사이가 아니라, 한문과 훈독문 사이에 있었다. 훈독문을 금체문이라 부르는 순간에 상정되는 고체(古體)란 결국 한문이었다. 한문은 부자유하

---

16 金成恩, 『宣教と翻訳 – 漢字圏·キリスト教·日韓の近代』, 東京大学出版会, 2013, 13 – 34쪽.

며 예로부터 내려온 질곡에 얽매여 있는 문체이다. 하지만 훈독문은 유용하고 자유로우며 문명개화 세상에 걸맞은 문체이다. 이렇게 보면 훈독문을 보통문이나 금체문으로 불렀던 이유가 근대 문체로서의 훈독문의 위상을 잘 나타내고 있다고 할 수 있다.[17] 결국 일본에서는 한문에 기초한 문체, 한문을 읽기 위해 만들어진 훈독문이 근대 문체로 확립되게 된 것이다.

5. 나가며 ― 근대 동아시아를 형성한 타자들

1) 타자를 인식하는 수단 : 번역

이수정, 로스의 예와 같이 근대 국어, 근대 문체는 여러 번역자들의 모색과 시도를 통해 형성되었다. 때로는 전근대 문학사 속의 어휘, 문체를 활용하면서, 때로는 기존의 어휘와 문체의 활용만으로 해결되지 않아 새로운 어휘, 문체를 고안한 결과물이다.

이러한 모색을 가능하게 하는 것이 바로 번역이다. 자국어가 성취할 수 없는 것을 번역이 성취한다. 우리가 자국어 속으로 들어오지 못할 것이라고 생각했던 것을 들어오게 하는 수단이 바로 번역이기 때문이다. 번역을 통해 낯선 사상이 처음 고유한 언어 속으로 들어왔을 때, 생체 이식을 마친 환자처럼 거부 반응이 일어나는 것

---

17 齋藤希史, 『漢文脈と近代日本』, 日本放送出版協会, 2007, 99−100쪽.

은 따라서 당연한 일이다. 모국어 속에 숨기려했던 부족함을 들추어내고, 피하고 싶은 사실을 굳이 마주하게 하고, 대강 넘어가려고 하는 의미를 붙잡아 따져 묻는 일을 번역이 수행하기 때문이다. 바로 이때 자국어의 정체성이 타자를 통해 만들어지기 시작한다. 이렇게 번역은 새로운 사상과 거래를 튼다.

그럼에도 불구하고 한국과 일본 근대문학, 문화연구에서 번역의 가치를 묻는 자리가 비워져 있다는 사실은, 문학, 문화연구 전반을 절름발이로 만들어버리는 가장 근본적인 원인이 되고 있다. 특히 한자와 한문을 사용한 중역은 부인할 수 없는 역사적 사실인 동시에 매우 적극적인 번역 방법의 일환으로서, 각각의 시대적 이념과 결부되어 최선의 역할을 감당했다. 그러므로 한국과 일본의 근대문학, 문화사는 한자와 한문을 통한 근대 번역에 대한 재검토를 필요로 한다. 한국과 일본의 근대문학에서 글쓰기의 실천과 관련하여 한자와 한문을 통한 번역을 언급할 때, 이러한 번역 방법은 개인적인 선택이 아니라, 번역의 급박성, 계몽의 필요성, 약자의 논리라는 시대적 요청에 부응한 공동체적인 선택으로 여기고 접근하는 태도가 필요하다.

2) 한자라는 타자

한국과 일본에서 한자를 국어와 구분하여 외래적인 이언어성(異言語性)을 부여하는 방식은 강한 자국어(自國語) 의식을 가진 근대의 국어 학자뿐만 아니라, 많은 한국인과 일본인에게도 공유되고 있다.

이언어문자(異言語文字)로서의 한자에 대한 시각이 국학자, 혹은 근대 국어학자에게 배타적인 자국어(自言語), 즉 한국어, 일본어 의식을 구성해 간 것이다.

그러나 한국과 일본에서 한자 수용이란 스스로 선택한 결과가 아니다. 동아시아에서 중국은 처음부터 문명적 우월자로 존재했다. 한자란 동아시아 모든 나라에게 받아들이지 않을 수 없는 문명이었다. 그러나 그 문명이란 중화 제국의 주변 모든 지역에 문명적 은혜와 동시에 문화적 구속을 가져다주는 이중적인 유산이었다. 한국과 일본에서 자문화(自文化), 자언어(自言語) 의식은 문명의 어쩔 수 없는 수용과 저항과 함께 형성되었다. 이것은 한국도 마찬가지이다.

하지만, 한자권이라고 해도 한자와 한문은 한국과 일본에서 다르게 수용되었다. 조선시대의 한문은 중국 한문의 문장 구조와 순서를 변경하지 않고 중국음에 더 가깝게 음독되었으며, 일본과 같은 훈독문을 정착시키지 않았다. 즉 일본의 한문은 한국보다 더 토착화되고, 일본어와 타협하여 흡수되었다고 말할 수 있다. 그래서 일본에서는 근대 번역문체로 한문과 구별된 훈독문이 부상할 수 있었던 것이다.

즉 서양 사상이 근대 동아시아에서(19세기 초 선교사들이 기독교 번역을 시작한 중국에서든, 청일전쟁 이후 서양의 제도와 학문에 대해 번역어를 양산한 일본에서든) 일단 한자로 번역된 이상, 그것은 중국어나 일본어라는 개별어로 수용된 것이 아니었다. 동아시아에서 보편성을 획득한 문자(한자), 문체(한문체)로 성립되어 중국, 한국, 일본에서 공통적으로 사용되고, 유통될 수 있었던 것이다. 그리고 그러한 한자와 전근대의 번역 문체는 각각 한국과 일본에서 다시 각 나라의 문맥에 따라 다른 의미를 부여받고, 번역되어 한국어로서, 일본어로서 정착되는 것이다.

이와 같은 과정을 무시한 채, 한자를 단지 이질적 타자로 간주하는 것은 닫힌 내부를 낳을 수밖에 없다. 그리고 모든 언어에서 타언어(他言語)를 전제로 하지 않은 순수한 자국어(自國語)는 있을 수 없음을 전제해야 한다. 순수 언어란 비교언어학이 구성하는 조상어(祖上語)와 같은 인공언어학적 추상이다.

한자와 한문을 배타적으로 밀어내야만 자국어의 순수성이 보장되는 것은 아니다. 각 국의 역사에서 한자나 한문은 전래된 지역의 고유성과 다양성을 환기시켰던 요인으로 작용하였다. 그리고 그 지역의 고유성이나 다양성은 한자나 한문이 전파되기 전부터 이미 존재해왔던 것이 아니라, 한자나 한문이 전파됨에 따라 비로소 부상할 수 있었던 것이다.

한자와 한문을 통한 문화재편은 고대에 국한되는 이야기가 아니다. 본고에서 살펴본 것같이 한자와 한문의 표의(表意) 시스템이 다른 언어에 대해 갖는 대응력이나 조어력의 우수성은 근대 동아시아 사상 번역에 유효하게 작용했다. 이러한 한자와 한문의 우위성은 영어나 히라가나, 한글과 같은 표음문자로는 불가능한 것이기도 하다.

그렇다고 해서 한자와 한문을 문명의 우월자로 인정하고 평생 빚진 심정으로 짐 지고 가자는 것도 아니다. 한자와 한문은 한국어와 일본어 성립과 전개에 피할 수 없는 타자이다. 오히려 이러한 타자의 존재 덕분에 자국어란 끊임없이 외부에 열려가야 하는 유동체임을 의식할 수 있지 않은가? 자국어의 순수함을 주장하고 지키기 위해 늘 타자를 규정하고 배척하는 것보다 외부를 향한 열린 의식이 자국어를 건강하고 튼튼하게 할 수 있을 것이다.

3) 선교사라는 타자

한국의 근대어, 근대문체는 한국인에 의해서만 모색된 것이 아니다. 선교사 로스의 성경 번역의 예처럼 많은 선교사들이 이 땅에 와서 번역 작업을 하였다. 선교사들이 한글 교육과 보급에 선구적인 역할을 한 것은 이미 많은 국어학자에 의해 평가되고 있다. 예를 들어 대표적인 국어학자인 최현배는 "기독교가 한글에 준 공덕"이라는 제목으로 "(1) 한글을 민중의 사이에 전파하였다. (2) 성경을 가르치고 설교를 하는 목사의 활동에 따라, 신도들은 사상 표현의 말씨를 배우며, 글읽고 글쓰는 방법까지 깨치게 되었다. (3) 한글에 대한 존중심을 일으키고 한글을 지키는 마음을 길렀다. (4) 한글의 과학스런 가치를 인정하였다. (5) 배달의 말글을 널리 세계에 전파하였다. (6) "한글만 쓰기"의 기운을 조성하였다."라는 6가지를 공덕으로 들고 있다.[18]

또한 앞서 1장에서 서술한 바와 같이, 동아시아의 번역사를 살펴

---

18 최현배, 「기독교와 한글」, 『신학논단』7, 연세대학교신과대학, 1962, 72 - 76쪽.

보면 19세기 후반은 중국고전에서 한국어, 또는 일본어로 번역이
활발하게 이루어진 전근대 상황에서 1895년 일본의 청일전쟁 승
리 이후 일본어에서 한국어로, 또는 중국어로 중역을 통한 서양 사
상 번역이 시작되는 상황으로 옮겨가는 전환기이다. 이러한 과도
기에 서양 선교사들에 의해 시작된 기독교 문헌 번역, 특히 동아시
아라는 한자권의 번역방법을 활용하고, 동시에 해체하고자 한 선
교사들의 번역론은 근대 동아시아 번역사에 새로운 흐름을 창조
했다.

　서양인이지만, 동아시아에 기독교를 포교하기 위해 빠른 속도로
성경과 종교소설을 번역해야 했던 선교사들은 전근대 번역 문체를
활용하는데 주저하지 않았다. 그러나 God이라는 유일신 개념의
번역어에 대해서는 종래의 한자문화권의 번역 방법론을 활용하
는 것만으로는 불충분했다. 거기에는 비기독교 지역에서 어떻게
하면 기독교 유일신 사상을 전하는 것이 가능한가라는 선교사들
의 신중한 배려와 고안이 있었기 때문이다. 번역의 효율과 속도만
을 중시할 수 없었던 것이다. 그래서 재한(在韓), 재일(在日) 선교사들
은 각각 한국 고유어, 일본 고유어와 씨름하면서 성경 번역을 시
도했다.[19]

　일본의 경우에는 선교사들의 가나 전용문체의 시도는 일본 지식
인들의 반발로 좌절되었지만, 일본어 문자 체계에서 한어(漢語)가 차
지하는 비중, 표기법의 불완전함을 적극적으로 노출시켜 이후 일

19　金成恩, 『宣教と翻訳 −漢字圏·キリスト教·日韓の近代』, 東京大学出版会, 2013, 157−
　　159쪽.

본어 철자법 정립 운동으로 발전했다. 이러한 선교사들의 노력은 사전 편찬과 철자법 정립 등 근대 일본어 발전에 크게 기여했다.

즉 선교사들은 근대 동아시아에서 누구보다도 한자와 한문, 그리고 한중일 각국의 언어를 적극적으로 이해하고자 노력했던 집단으로 평가되어야 한다. 그들의 노력은 단순한 이해를 넘어서 동아시아의 전근대 번역론을 근대 사상 번역을 위해 활용하고, 필요에 따라 해체하면서 한국과 일본의 자국어(自國語) 발달에 공헌하였다.

타자였기 때문에 전통적인 한자, 한문의 권위에 얽매이지 않고, 과감하고 급진적으로 한글과 가나 전용 문체로 번역을 시도하고, 고유어를 번역어로 사용하기도 했다. 기독교 선교를 위한 그들의 번역론 모색은 근대 국민국가 형성이라는 시대적 요청과 맞물려 실제로 한국과 일본의 근대어 발전을 위한 초석이 되었던 것이다. 따라서 이러한 선교사라는 타자를 시야에 넣고 그들의 번역 작품을 근대 문학, 문화사 연구에 포함시킬 때, 동아시아의 근대의 다양성과 역동성은 더욱 명확해 질 것이다.

| 참고문헌 |

金成恩, 『宣敎と翻訳 − 漢字圏·キリスト敎·日韓の近代』, 東京大学出版会, 2013, 157−163쪽.
子安宣邦, 『漢字論』, 岩波書店, 2003, 88−100쪽.
齋藤希史, 『漢文脈の近代』, 名古屋大学出版会, 2005, 236−263쪽.
_____, 『漢文脈と近代日本』, 日本放送出版協会, 2007, 99−100쪽.

福沢諭吉, 『西洋事情』初編, 巻之1, 1872, 「小引」.

村田雄二郎, 「漢字圏の近代―ことばと国家」, 東京大学出版会, 2005, 6-7쪽.

김성은, 「근대 국한문체 형성과 번역문체」, 『외국학연구』22집, 중앙대학교 외국학
　　　연구소, 2012, 171-176쪽.

박희숙, 「현토신약성경마가전의 구결과 그 언해에 대해」, 『青荷成耆兆先生華甲記念
　　　論文集』, 신원출판사, 1993, 1150-1178쪽.

사카이 나오키, 후지이 다케시 역『번역과 주체』이산, 2005, 46-47쪽.

오윤태, 『한국기독교사4 개신교 전래사―선구자 이수정편』, 혜선문화사, 1983, 75-
　　　78쪽.

이수정 역, 『新約聖書馬可傳』, 요코하마미국성서회사, 1884, 1쪽.

이수정 역, 『신약마가젼복음셔언해』, 요코하마미국성서회사, 1885, 1쪽.

임상석, 『20세기 국한문체의 형성과정』지식산업사, 2008, 18-19쪽.

임형택, 「근대계몽기 국한문체의 발전과 한문의 위상」, 『민족문학사연구』, 민족문
　　　학사학회, 1999, 26-27쪽.

정길남 편, 『개화기 국어자료 집성―성서문헌편』, 박이정, 1995, 385쪽.

최현배, 「기독교와 한글」, 『신학논단』7, 연세대학교신과대학, 1962, 72-76쪽.

번역과 문화의 지평

초록

일본문학의 특수성과 국제성

―오에 켄자부로(大江健三郎)를 중심으로―

▌최재철

근·현대 일본문학의 서양문학 수용과 그 의의를 생각해보고, 오에 켄자 부로(大江健三郎;1935 ‒)가 청소년기에 접한 세계문학을 간략히 짚어보며 그 국제성의 기초를 파악하였다. 또한, 오에는 고향인 시코쿠(四国)의 '숲속 골 짜기마을(森の谷間の村)'에서의 원체험을 소재로 한 초기 단편「사육」(1958)과 장편소설『만엔 원년의 풋볼』(1967) 등을 통해 지역적 특수성을 보편적 인 식으로 확대시키면서 국제적 이해를 획득했다는 점을 지적했다.

특히, 오에 문학 내적인 국제성의 요인을 작품에 입각하여, 초기작「기 묘한 일」등의 실존의 인식과『개인적인 체험』등의 공생(共生)의 제안이라 는 두 가지 측면을 중심으로 고찰하였다. 또한, 오에 작품의 번역 소개와 작가의 해외 교류 양상 등을 통해 일본문학과 세계문학의 교류에 대해서 도 조사하였다.

일본문학에 비추어 볼 때, 한 나라의 문학이 국제성을 확보하기위해서 는 지역적 특수성에서 출발하면서도 국제적 보편성을 갖는 문학의 발굴

초록

과 작가의 강연 세미나 참석 등 적극적이고 다양한 해외 교류의 실적, 주변의 지속적인 후원이 필요하다.

그리고 해외 여러 언어권별로 다수의 작품 번역 소개가 무엇보다도 중요하다. 동양권의 문학 일테면 일본의 기존 두 차례의 예를 보면, 한 작가 (가와바타 야스나리/川端康成나 오에/大江健三郎의 경우)의 작품 번역이 약 35년에 걸쳐서 세계 20여개 언어로 총 150여종 정도가 해외에 소개되어야 비로소 '노벨 문학상'을 받을 만큼 국제성이 확보된다는 결론에 다다른다.

日本文学の特殊性と国際性

－大江健三郎を中心に－

❙崔在喆

　近・現代日本文学の西洋文学受容とその意義を考えてみて、大江健三郎(1935－)が青少年期に接した世界文学を簡略に踏まえ、その国際性の基礎を把握した。また、大江は故郷の四国の<森の谷間の村>での原体験を素材とした初期短篇「飼育」(1958)と長篇小説『万延元年のフットボール』(1967)等を通じ、地域的な特殊性を普遍的な認識へと拡大しながら、国際的な理解を獲得したという点を指摘した。

　まず、大江文学の内的な国際性の要因を作品に立脚し、初期作「奇妙な仕事」(1957)等の実存の認識と『個人的な体験』等の共生の提案という二つの側面を中心に考察した。また、大江作品の翻訳・紹介と作家の海外交流の様相等を通じ、日本文学と世界文学の交流についても調べてみた。

　日本文学に照らしてみたとき、一つの国の文学が国際性を確保するためには、地域的な特殊性から出発しながらも、国際的な普遍性を持つ文学の発掘と、作家の講演・セミナー参席等の積極的で、多様な海外交流の実績や、周辺の持続的な後援が必要である。

　そして、海外の様々な言語圏別に多数の作品の翻訳・紹介が何よりも大事である。東洋圏の文学、たとえば日本の既存の二回の例を見ると、一人の作家(川端康成や大江健三郎の場合)の作品の翻訳が約35年に渡り、世界20余の言語で、総150余種ほどが海外に紹介されてはじめて<ノーベル文学賞>を受賞するくらいに国際性が確保された、という結論に至る。(喆)

제 I 부
제 2 장
초 록

무라카미 하루키의 「하나레이 만」론

－한국어 번역을 중심으로－

| 성혜경

무라카미 하루키(村上春樹) 열풍은 여전히 식을 줄 모른다. 신작 『1Q84』 (2009)는 일본에서 발매 2개월 만에 200만부가 팔렸고, 한국에서도 출간 즉시 소설부문 베스트셀러 1위에 올랐다. 이처럼 하루키의 작품들은 일본은 물론이고 세계 각국에서 번역을 통해 널리 읽히고 있으며, 끊임없이 화제를 모으고 있다. 처녀작 『바람의 소리를 들어라(風の歌を聞け)』로 1979년에 군조(群像)신인상을 수상한 이래, 노마(野間) 문예신인상(1982), 다니자키준이치로(谷崎潤一郎) 상(1985), 요미우리(読売) 문학상(1996) 등 일본 유수의 문학상을 수상한 바 있는 하루키는, 2006년에 프란츠 카프카상을 수상하면서 차기 노벨문학상의 유력한 후보로까지 거론되고 있다. 『상실의 시대』, 『해변의 카프카』 등으로 국내에서도 폭넓은 독자층을 확보하고 있는 하루키의 작품들이 한국에서 어떻게 읽히고 있으며 수용되고 있는지는 흥미로운 과제라 하겠다. 한국인 독자들의 대다수는 번역을 통해서 그의 작품과 만나고 있는데, 한국어 번역을 통해 하루키 작품의 특징과 주제는 충분히

전달되고 있는지도 한 번쯤 진지하게 짚어 볼 필요가 있다고 생각된다. 본고는 2005년에 발간된 『도쿄기담집(東京奇譚集)』에 수록된 단편 「하나레이 만(ハナレイベイ)」의 작품분석을 통해 이 점에 대해 살펴보았다. 『東京奇譚集』은 발매 직후 아마존 재팬에서 1위를 차지할 정도로 인기였으며, 하루키 단편의 특색을 잘 나타내주는 작품집으로 평가받고 있다. 5편의 이야기가 수록된 이 단편집에서 특히 이채를 발하는 것이 「하나레이 만」이다. 하루키는 '가족'을 그린 작품들이 거의 없는데, 「하나레이 만」은 하와이에서 비극적인 사고로 하나 뿐인 아들을 잃은 어머니의 이야기를 다루고 있다. 아들을 잃은 어머니의 비탄과 통곡은 동서고금을 막론하고 수많은 문학 작품과 회화, 조각 등을 통해 형상화되어 왔다. 이 보편적인 주제를 매우 현대적이며 하루키 특유의 건조한 문체로 그려낸 것이 「하나레이 만」이다. 하루키 작품의 특징으로 '가벼움'을 들 수 있는데, 그 이면에 놀라운 깊이를 발견하게 되는 경우가 종종 있다. 「하나레이 만」의 내용 또한 일상의 디테일을 가벼운 필치로 그려내는 데 일관하고 있다. 그러나 그 가벼움의 배후에는 늘 그렇듯이 '상실'이라는 무거운 정신적 상흔이 자리잡고 있다. 수시로 언급되는 음악에 관한 이야기들도 작품의 주제와 유기적인 연관을 가지며 절묘하게 전개되는 것을 볼 수 있다. 하루키 특유의 문체와 문학적 장치, 그리고 세심한 주의를 기울이며 정교하게 구축된 언어공간을 이해하고 정확하게 전달하기 위해서는, 작가가 반복적으로 사용하는 키워드와, 특별한 의미를 담고 있는 단어와 표현들에 주목할 필요가 있다. 본고는 작가가 특유의 방식으로 풀어내고 있는 어머니와 아들의 이야기를, 번역의 문제와 함께 살펴보았다. 단어 하나하나에 담겨진 뜻이나 행간의 의미를 읽어내는 작업이 뒷받침될 때, 하루키 문학의 폭이 얼마나 넓어질 수 있는가를 확인하는 계기가 되었다고 생각한다.

村上春樹の「ハナレイ・ベイ」論

－韓国語訳を中心に－

▍成惠卿

　村上春樹は韓国で最も人気のある日本人作家である。彼の作品は小説をはじめ、エッセイや対談集にいたるまでほとんどが翻訳されており、なかでも『ノルウェイの森』や『海辺のカフカ』は幅広い読者層を得ている。韓国人読者は主に韓国語訳を通して春樹の作品に接しているが、彼の作品が韓国でどのように読まれており、受容されているかは興味深い研究課題である。韓国における春樹の影響力を考えると、彼の文学世界が翻訳を通してどこまで伝わっているのか、すなわちその翻訳の質を検証する作業も必要であると思われる。本稿は、2005年に刊行された『東京奇譚集』に収録された短編「ハナレイ・べい」の作品分析を通してこの問題を探ってみた。

　発売直後から高い関心を集めた『東京奇譚集』は、春樹の一連の短編集のなかでもとりわけ高い評価を得ている作品である。ここに収められた五つの短編のなかでも異彩を放つのが「ハナレイ・ベイ」である。村上は家族をテーマとした作品がほとんどないことで知られるが、「ハナレイ・ベイ」は息子を事故で亡くした母親の悲劇を描いている。子を亡くした母の悲しみと慟哭は古今東西を問わず、文学や絵画、彫刻などで繰り返し取り上げられてきたが、この普遍的なテーマをきわめて現代的でクールな筆致で描いたのが「ハナレイ・ベイ」である。春樹特有の文体と文学的装置、そして細心な注意を払いながら築き上げられた言語空間を理解し、正確に伝えるためには、作家が繰り返し使っているキーワードや、特別な意味合いをもつ単

語や表現に注目する必要がある。音楽のように積み重ねられた一連のことばに込められた意味や行間を読み解く作業が伴う時、一見「軽い」都会的な小品に思われた作品が計り知れない深さと広がり見せてくれるのを確認するのができるのである。日本語はもとより、原作に対する深く、的確な理解に基づいた翻訳が求められる所以である。

제Ⅱ부
제1장
초 록

이바라기 노리코와 번역

—『한국현대시선』을 중심으로—

▌양동국

이바라기 노리코(茨木のり子, 1926-2006)는 일본 전후시의 장녀라고 평가받는 여성 시인이다. 50세부터 갈고 닦은 한글 실력으로 강은교, 황동규, 김지하 등 12명의 주요 한국 현대시인의 시작품 62편을 번역해 엮은 앤솔로지 역시집 『한국현대시선』(花神社)을 출판한 것은 65세 때인 1990년이었다.

이바라기 노리코가 한국과 한국 현대시에 대한 깊은 관심과 이해, 그리고 애착을 담은 『한국현대시선』에서 국가와 민족, 그리고 층위로 얼룩진 근대 이후의 문학 관념과 경계를 벗어난 그녀의 탈경계적 인식을 엿볼 수 있다. 본고에서는 역시집 『한국현대시선』을 중심으로 번역시의 특징과 시인의 번역관에 대해 천착해 보았다. 우선 번역의 특징으로는 각행을 충실히 번역하면서도 한편으로는 생략이라는 극단적인 월권을 가하고 있음을 확인했다. 이는 그녀의 시상과 사상이 원시에 투영된 결과이지만 번역 이론의 범위에서 벗어나지 않는다. 이러한 역자의 태도는 언어의 심미적이며 능동적 기능성을 중요시하는 "원전 길들이기"(domestication)에 상응하는

번역관이기도 하다. 그렇다고 결코 원시의 시상에서 벗어나지 않으면서
도 역시에서의 시상의 일관성은 시인의 시작 태도와도 상응하는 사상성
에 중심을 두어 보완하는 번역 자세도 견지하고 있었다. 즉 이바라기 노리
코의 번역은 합치와 일탈을 적절히 혼용하면서 시인으로서의 미감을 중
요시한 번역이라고 하겠다.

　『한국현대시선』은 이전의 김소운, 김종한 등 한국인에 의한 근대시의
번역과는 다르게 문화권력 속의 수용과 배려, 혹은 층위화 속의 포용과는
동떨어진 진정한 의미에서 수평적 문화교류를 내보인 번역이라는 의의를
내포하고 있음을 잊어서는 안 될 것이다.

초록

茨木のり子と翻訳

―『韓国現代詩選』を中心に―

|| 梁東国

　茨木のり子(1926-2006)は現代日本の代表的な女流詩人である。茨木のり子は一九九〇年、『韓国現代詩選』(花神社)という翻訳詩集を出版したが、その時、彼女は65歳であった。『韓国現代詩選』には、姜恩喬、金芝河、趙炳華など、十二人の韓国の代表詩人の六二編の詩作品が編まれている。韓国現代詩の翻訳は政治的な背景と民衆の願望まで知っていなければできないとても至難な文業であろう。その難関を乗り越えて翻訳したのは、茨木のり子が韓国に大きな愛着を持っていたことを意味する。

　本稿は、『韓国現代詩選』を中心に、詩人の翻訳における特徴について突き詰めてみた。茨木のり子は韓国現代詩を充実に翻訳しているが、一方では詩語や詩行を省略する極端的な訳者の越権も見られる。つまり、茨木のり子の翻訳は、合致と逸脱を適切に混用しているが、そこには詩人としての美感や文学性を重んじていたことが窺える。またそれは原文を自国語に飼い慣らす翻訳(Domestication)にふさわしい訳業ともいえる。

　茨木のり子の『韓国現代詩選』は、金素雲や金鐘漢などの、近代の韓国人による翻訳業とは異なり、文化権力のなかでの受容と配慮、あるいは位層化のなかでの包容ということとは掛け離れた真の意味における水平的な文化交流の意義が認められる訳業・詩文業であることを忘れてはならない。

다니자키 준이치로와 번역
-문체 혁신과 일본적 주체성의 재구축-

▌이한정

이 논문은 다니자키 준이치로와 번역에 관해 논했다. 다니자키는 서양 문학의 번역, 일본 고전의 현대어역 등에 종사했다. 또한 근대일본어의 문장은 서양의 '번역문체'에 의해 성립했다고 보고, '번역문체'로 쓰는 구어문은 고유 일본어의 다양한 특징을 살려 써야 한다고 말했다.

그러나 토마스 하디의 단편을 일본어로 번역하는 경우에 그 자신은 직역조의 '번역문체'로 번역하면서 원작의 취향과 서양 문장의 어법을 일본어 번역문에 담았다. 또한 도쿄 출신인 다니자키는 표준어로 쓴 연재소설 『만지』를 단행본으로 묶을 때에는 일부러 소설의 대사와 지문에 소설의 배경이 되는 오사카말을 전면적으로 채용했다. 또한 『겐지모노가타리』와 같은 일본의 고전을 현대어로 옮길 때에는 동일 언어 내의 번역을 통해서 현대어에 고전 문체를 살려나갔다. 다니자키는 원문의 형식을 최대한 살리는 번역을 통해 일본어 문장에는 없었던 새로운 구어문체를 만들었던 것이다.

한편으로 다니자키에 있어서 번역은 창작과 관련된 실천일 뿐만 아니

초록

라 '일본어'를 발견하는 경로의 역할도 했다. 『문장독본』에서 '서양의 문장과 일본의 문장'은 언어적 성격이 서로 전혀 다르다는 점에 주목하고 그 다른 언어 간의 차이를 통해서 일본어의 고유성을 발견하고 있다. 서양어라는 거울을 이용해서 일본어라는 자기의 얼굴을 새롭게 살피려고 했던 것이다. 다니자키는 번역 실천으로 언어를 보다 철저히 인식했던 작가였다. 그러나 그에게 '서양어'라는 언어에 대한 '일본어'라는 구도는 너무나도 강렬했다. '번역'은 작가의 문체창조에 영향을 끼쳤다. 한편으로는 서로 다른 언어 사이를 왕래하면서 자기 언어를 새롭게 발견하는 과정이기도 했다. 다니자키에게 번역은 근대적 주체를 확립할 수 있는 수단이었고, '국어'의 탄생에 의한 근대일본어의 균질성을 넘어서려는 여정이기도 했다.

谷崎潤一郎と翻訳

－文体革新と日本的主体性の再発見－

▌李漢正

　本稿は谷崎潤一郎と翻訳との関わりについて論じたものである。谷崎は西洋文学の翻訳、日本の古典の現代語訳などに携わった。また、近代日本語の文章を西洋語の「翻訳文体」を抜けきられていないものと捉え、「翻訳文体」で書く口語文において日本語の多様な特長を生かすべきだと説いた。

　しかしながら、トマス・ハーディの短篇「グリーブ家のバアバラの話」を日本語に訳する際には自ら直訳調の「翻訳文体」を用いて、原作の趣と語法を日本語の訳文に取り入れることにを志向した。また、東京出身の谷崎は標準語で書き出した連載小説『卍』を単行本として纏めるにあたっては、全体の会話と地の文に大阪言葉を用いた。『源氏物語』のような日本の古典を現代語に置き換える同一言語内の翻訳を通して現代語に古典の文体を取り入れている。谷崎は原文の形式を訳される日本語のなかに採入れ新たな口語文体を作り上げたのである。

　一方、谷崎にとって翻訳というものは創作につながる実践だけではなく、「日本語」を見出す経路でもあった。『文章読本』のなかの「西洋の文章と日本の文章」は両言語の隔たりに注目して、その異言語間の差異を通して日本語の固有性を発見したものである。西洋語という鏡を利用して日本語という自分の顔を改めて見直すようになったと言えよう。谷崎は翻訳という方法で西洋・西洋語を他者とする日本・日本語の近代主体として自分を生み出した。彼は「翻訳」という概念を持って言語の認識を徹底してきた作家でもある。しかし、彼において「西洋語」という言語に対

초록

する「日本語」の観念はあまり強かったのである。「翻訳」は作家の文体創造に影響を与える。その一方で両言語間で自分の言語を改めて発見するプロセスでもある。谷崎にとって翻訳は近代的主体を確立してくれる手段でもあったし、「国語」の誕生による近代日本語の均質化を乗り越える道程でもあったと思われる。

「고향」에서 「조선의 얼굴(朝鮮の顔)」로

─현진건 단편소설의 구축과 일본어 번역─

▌권정희

이 글은 현진건의 「고향」과 그것의 일본어 번역 「창작번역 조선의 얼굴 (創作翻訳朝鮮の顔)」을 비교함으로써 문학 번역의 문제를 고찰하려는 것이다. 원작과 거의 동시에 발표된 일본어 번역은 번역자를 명시하지 않은 채 표제에 「창작번역(創作翻訳)」을 병기했다. 창작과 번역 사이의 다양한 관계의 가능성을 내포하는 「創作翻訳」은 현진건의 창작과 번역 행위를 둘러싼 인식을 규명하기 위한 재료이다. 문단 활동 초반, 일본어를 매개로 서구 문학의 번역으로 '습작' 했던 현진건의 소설 장르 구축의 프로세스를 해명하는 단서가 된다. 따라서 이 글에서는 「고향」과 일본어 번역 「창작번역 조선의 얼굴(創作翻訳朝鮮の顔)」과의 차이를 규명하였다. 일본어번역에서는 화자의 위치를 반성, 제고하면서 소설 장르의 공통 규범·규칙·공공성에 대한 자각이 두드러지는 등 한국어 원작의 사적 언어·해학성 ·반어 (irony)의 특질이 약화되는 변화를 보게 된다. 이러한 차이의 분석을 통하여 원작은 다중언어의 상황을 주제화했다는 새로운 해석이 제출된다. 그러므로 이 글은 식민지의 이중 언어 상황 속에서 이질적 언어와 교섭하면서 형성된 한국 현대문학의 특질 및 번역의 번역 불가능성/가능성을 탐색하는 데 기여할 것이다.

초록

「故郷」から「朝鮮の顔」へ

－玄鎮健の短編小説の構築と日本語翻訳－

┃ 權丁熙

　この論文は玄鎮健の「故郷」とその日本語翻訳「創作翻訳朝鮮の顔」を比較する
ことによって、文学翻訳の問題を考察することを目的とする。原作とほぼ同時に発
表された日本語翻訳には、訳者が明示されずに、表題に「創作翻訳」というジャン
ル表紙が並んで書き込まれていた。創作と翻訳の間の多様な関係の可能性を内包
する「創作翻訳」は、玄鎮健の創作と翻訳行為をめぐる認識を糾明するための端緒
になり得る。すなわち、玄鎮健の文壇活動初期、日本語を媒介にした西欧文学の
翻訳を通して、「習作」した玄鎮健の小説ジャンル構築のプロセスを解き明かす手
がかりになる。したがって、この論文では、「故郷」と「創作翻訳朝鮮の顔」との差異
を明らかにした。その結果、日本語翻訳では語り手の位置を反省しながら、小説
ジャンルの共通規範と規則および公共性に対する自覚が目立つなど、原作の私的
言語・滑稽性・反語(irony)の特性が弱化される変化があった。このような差異の分
析を通じて、原作は多重言語の状況を主題化したという新しい解釈が提出されたの
である。したがって、この論文では、植民地の二重言語状況の中で異質的言語と
交渉しながら形成された韓国現代文学の特質の一端を明らかにしつつ、翻訳の不
可能性/可能性を模索したという意義がある。

제Ⅲ부
제1장
초 록

『계림정화 춘향전(鷄林情話 春香伝)』의 번역 양상

┃ 이응수·김효숙

한국의 고전문학작품 중에서 그 문학적인 가치는 물론 대중적인 인지도가 가장 높은 작품이라고 한다면 단연『춘향전』을 들 수 있을 것이다. 이 작품은 판소리에서 소설이라는 형태로 정립된 후 조선후기에는 베스트셀러가 되었다. 그리고 그 후 판소리, 창극, 희극, 오페라, 뮤지컬, 드라마, 영화 등 다면적인 접근과 다각적인 재해석을 통해 현대인들에게 대단히 친숙한 작품이 되었는데, 현재는 한국에서뿐만 아니라 세계 각국 20여 개의 언어로 번역되어 읽혀지고 있다.

이러한『춘향전』이 외국어로 처음 번역된 것은 1882년 당시 오사카아사히(大阪朝日) 신문의 기자였던 나카라이 도스이(半井桃水)에 의해서이다. 본고에서는『춘향전』의 최초의 번역본인『계림정화 춘향전(鷄林情話 春香伝)』을 대상으로 하여 원전의 세계가 어떻게 계승되고 또 어떻게 변형되었는지 분석하였다.

초록

『鶏林情話 春香伝』の翻訳様相

▎李応寿・金孝淑

　韓国の古典文学作品の中で、その文学的な価値は勿論のこと、現在一般大衆にもっともよく知られている作品といえば、まず『春香伝』を挙げることができよう。この作品はパンソリから小説という形に定着し、朝鮮後期にはベストセラーとなった。その後さらにパンソリ、唱劇、戯曲、オペラ、ミュージカル、ドラマ、映画など、実に多様なアプローチと多面的な解釈を通して、現代人に極めて馴染み深い作品になった。そして、現在では韓国だけではなく、世界の20ヶ国の言葉に翻訳され読まれている。

　こうした『春香伝』が初めて外国語に訳されたのは、1882年当時大阪朝日新聞の記者として釜山に滞在していた半井桃水によるものであった。本稿では『春香伝』の最初の翻訳本である『鶏林情話春香伝』を対象にして、その原典の世界がどのように受け継がれ、またどのように変容していたのか、その翻訳のありようを分析している。

김동인의 번역 · 번안 작품 연구 서설

▌정응수

이 글은 김동인의 번역·번안 작품에 대한 기본적인 정보와 번역 텍스트를 확정하기 위해 쓴 것이다. 김동인은 모두 4편의 번역 작품과 2편의 번안 작품을 남기고 있는데, 이를 정리하면 다음과 같다.

먼저 1920년에 발표한 「죽음과 그 전후」는 아리시마 다케오(有島武郎)의 희곡 「죽음과 그 전후(死とその前後)」(1917)를 번역한 것이다. 총 7막 중 서막과 제1장만 번역했는데, 일부만 번역한 이유는 알 수 없다. 그리고 1924년에 발표한 「마지막 오후」와 「객마차」는 헝가리 극작가 페렌츠 몰나르(Ferenc Molnár)의 작품을 번역한 것이다. 물론 몰나르의 작품을 직접 번역한 것은 아니고 일본어 번역본을 텍스트로 사용한 중역이다. 번역 텍스트로는 모리 오가이(森鷗外)의 「마지막 오후(最終の午後)」(1913)와 「객마차(辻馬車)」(1913)가 사용되었다. 또한 1925년에 발표한 「마리아의 재주꾼」은 프랑스 소설가 아나톨 프랑스(Anatole France)의 「성모의 곡예사(Le Jongleur de Notre Dame)」를 번역한 것인데, 노가미 규센(野上臼川)의 「마리아의 재주꾼(マリヤの手品師)」

초록

(1913)이 번역 텍스트로 사용되었다.

　1925년에 발표한 「유랑인의 노래」는 영국 소설가 워츠 던톤(Watts Dunton, Walter Theodore)의 『에일윈(Aylwin)』(1898)을 번안한 것이다. 텍스트는 김동인의 메이지학원(明治学院) 선배이기도 한 도가와 슈코쓰(戸川秋骨)의 『에일윈 이야기(エイルキン物語)』(1915)이다. 마지막으로 1934년에 발표한 「사진과 편지」는 1924년에 번역한 몰나르의 「마지막 오후」를 번안한 것이다. 즉 본인이 일단 번역한 작품을 10년 후에 다시 번안한 것이다.

金東仁の翻訳・翻案作品研究序説

▌鄭應洙

　これは韓国近代作家の金東仁(1900－1951)の翻訳・翻案作品の底本を確定するために書いたものである。金東仁は4編の翻訳作品と2編の翻案作品を書き残している。これを整理すると、次のようである。

　まず、1920年に発表した「死とその前後」は有島武郎の同名の戯曲の「死とその前後」(1917)を翻訳したものである。全七幕の内、序幕と第一章だけを翻訳している。一部のみを訳した理由は明らかでない。そして、1924年に発表した「最後の午後」と「客馬車」は、ハンガリー作家のモルナール・フェレンツ(Molnar Ferenc、1878－1952)の作品を翻訳したものである。もちろん、モルナールの作品から直接翻訳したのではなく、日本語の翻訳本をテキストにした重訳本である。翻訳のテキストとして使われたのは、森鴎外の「最終の午後」(1913)と「辻馬車」である。また、1925年に書いた「マリアの才人」はアナトール・フランス(Anatole France、1844－1924)の「聖母の曲芸師(Le Jongleur de Notre Dame)」を訳したものであるが、テキストは野上臼川の「マリヤの手品師」(1913)である。

　1925年に発表した「流浪人の歌」はイギリスのウォッツ ダントン(Watts Dunton, Walter Theodore. 1832-1914)の『エイルヰン』を翻案したものである。その底本は、金東仁の明治学院の先輩でもある戸川秋骨の『エイルヰン物語』(1915)である。最後に、1934年発表した「写真と手紙」は、1924年に翻訳した「最後の午後」を翻案したものである。すなわち、自分が翻訳した作品を、10年後に、また翻案したのである。

근대한국의 루소『사회계약론』번역과 수용

－1909년「盧梭民約」을 중심으로－

❚ 이예안

　　이 연구는 루소『사회계약론』에 대한 한국 최초의 번역인「盧梭民約」
(1909)을 검토한 것이다. 19세기 말 일본에는 이미 루소『사회계약론』에 대
한 복수의 번역본이 있었으며, 중국에서는 이들을 저본으로 번각본이 출
간되었다.「盧梭民約」은 일본의 기존 번역들 중에 나카에 조민(中江兆民,
1847-1901)이 한문번역한『民約譯解』(1882-1883)를 번역저본으로 삼는 한편,
양계초가 소개한 루소사상을 전제로 성립한 것이었다. 이러한「盧梭民約」
에는 근대한국의 루소『사회계약론』수용을 둘러싼 일본과 중국이라는 두
경로의 착종이 여실히 드러나 있다.

　　조민이 루소의『사회계약론』을 한문번역하여『민약역해』를 집필한 목
적은 루소의 사상을 충실히 전달하는 데 있지 않았다. 그의 목적은, 이질
적인 루소사상을 어떻게 메이지일본 그리고 아시아에 이해시킬 것인가
그리고 어떻게 그 토양에 부합하는 사상으로 변환시킬 것인가에 있었다.
이러한 의도가 있었기에 조민은『민약역해』에서 유교적 정치사상을 바탕

으로 루소사상을 수용하여, 민약, 의회, 율례, 자유 등을 둘러싼 논의로 재구성하여 이들을 새로운 근대적 정치사상으로 제시한 것이다.

이러한 내용을 「로사민약」은 거의 그대로 받아들여 소개했다. 「로사민약」은 『민약역해』를 번역저본으로 삼음으로써, 유교사상을 바탕으로 루소사상을 소개할 수 있었다. 그렇지 않았으면 근대 한국에 한층 더 이질적이었을 민약, 의회, 헌법, 자유 등에 관한 논의를, 그에 대한 위화감을 최소화하여 제시할 수 있었을 것이다. 그런데, 루소의 추상적인 사회계약론에 대해서 조민이 메이지 일본이라는 개별 상황에서의 근대국가 설립론으로 바꾸어 놓은 그 내용을, 근대 한국에서 그대로 수용한 결과로서 초래되는 것들 또한 짚고 넘어갈 필요가 있다. 조민이 루소의 '사회계약'을 '민약'으로 번역할 때 그 이면에서는 루소의 기본이념이 배제되어 버렸기 때문이다. 즉 '사회계약'에 의거한 '개인'과 '사회'의 이상적인 관계, 이에 근거한 '개인'의 '자유'와 '권리', 그리고 이상적인 '사회'의 모습, 그 전체상은 묻혀버리고 말았다. 이렇게 루소사상의 원래 모습과는 동떨어져 있는 것들이었음에도 불구하고 이를 근대 한국에서는 '루소사상'으로 수용하고 있었던 것이다.

초록

近代韓国におけるルソー『社会契約論』の
翻訳と受容

－1909年「盧梭民約」を中心に－

‖ 李禮安

　本稿は、ルソー『社会契約論』に対する韓国最初の翻訳として、「盧梭民約」(1909)を検討したものである。19世紀末の日本には既にルソー『社会契約論』に対する複数の翻訳が存在しており、中国ではこれらを底本にした翻刻本が刊行されていた。「盧梭民約」は、日本で出た既存の翻訳のなかで、中江兆民（1847－1901）の漢文翻訳『民約訳解』（1882－1883）を翻訳底本にする一方、梁啓超によって紹介されていたルソー思想を前提に成立したものである。このような「盧梭民約」には、近代韓国におけるルソー『社会契約論』の受容をめぐって、日本と中国という二つの経路の錯綜が如実に表されている。

　兆民がルソー『社会契約論』を漢文翻訳して『民約訳解』を執筆した目的は、ルソーの思想を忠実に伝えることにあったのではない。彼の目的は、異質的なルソー思想を明治日本、そして近代アジアに理解させること、そしてその土壌に附合する思想に変換して提示することにあった。そのような意図があるが故に、兆民は『民約訳解』の翻訳文体として漢文を用い、儒教的な政治思想を土台にしてルソー思想を受容して、民約・議会・律例・自由などをめぐる議論に再構成し、これらを近代的政治思想として提示したのである。

　そのような内容を「盧梭民約」はほぼそのまま受容して紹介した。「盧梭民約」は

『民約訳解』を翻訳底本にすることによって、儒教思想を土台にしてルソー思想を紹介することができた。そうでなかったら近代韓国においてさらに異質的であったはずの民約・議会・憲法・自由などに関する議論を、それらに対する違和感を最小限にして提示できたのである。しかしながら、ルソーの抽象的な社会契約論に対して、兆民が明治日本という特殊な状況を考慮しながら近代国家設立論として再構築したその内容を、そのまま近代韓国に受容した結果として惹起されたものもまた、検討する必要がある。兆民がルソーの「社会契約」を「民約」に翻訳するとき、その裏面ではルソーの基本理念が排除されていたからである。すなわち、「社会契約」に依拠する「個人」と「社会」の理想的な関係、それに根拠づけられた「個人」の「自由」と「権利」、そして理想的な「社会」の在り方、その全体像が埋もれてしまった。このようにルソー思想とかけ離れたものであったにもかかわらず、そのようなものが近代韓国では「ルソー思想」として理解されていたのである。

제Ⅲ부
제4장
초 록

근대 기독교 사상 번역과 한자

김성은

본고에서는 한자문화권의 언어적 근대 문제를 "기독교"와 "번역"이라는 두 가지 축으로 해명하고자 했다. "한자문화권" "기독교" "번역"이라는 연구주제는 한 편의 논문에서 다루기에는 방대한 내용이지만, 본고에서는 먼저 이 세 가지 연구주제가 만나는 접점에 대해 이야기 하면서 새로운 시각으로 동아시아 근대를 규명하는 시론으로 삼고자 한다.

이를 위해 먼저 유럽과 다른 동아시아, 한자문화권의 언어적 근대가 가지는 특성이 무엇인지 살펴보았다. 다음으로 근대 동아시아의 기독교 선교 역사를 통해 선교사들의 번역론과 기독교 문헌 번역에서 한자, 한문의 역할을 검토하였다. 이를 통해 근대라는 시대의 급박함과 계몽의 필요성이 동아시아에서 한자와 한문을 활용한 빠른 번역을 요구하였고, 한자의 조어력(造語力)이 활용되어 근대 사상 번역이 빠른 속도로 이루어졌음을 알수 있었다.

이러한 "한자문화권" "기독교" "번역"에 관한 논의는 근대 동아시아의 타자 인식을 위한 중요한 실마리를 제공한다. 첫 번째로 타자를 인식하는 수단으로 번역을 재평가하고, 두 번째로 한자라는 타자가 한국과 일본에서 어떻게 규정될 수 있는지, 세 번째로 나아가 외국인 선교사라는 타자에 의해 근대 동아시아에 남겨진 문화유산을 어떻게 평가해야 하는지라는 세 가지 점에서 새로운 연구주제를 환기시키고, 근대 동아시아의 다양성과 역동성을 밝혀줄 것이다.

초록

近代思想の翻訳と漢字

┃金成恩

　本稿では漢字圏の言語的近代について「キリスト教」と「翻訳」を二つの軸として解明していきたいと思う。近代東アジアにおいて「キリスト教」は宣教活動によって特殊でありながら普遍、または普遍でありながら特殊という両極を往還する思想であった。したがって、「キリスト教」の「翻訳」のあり方を分析することは日韓の「自画像」を描く一つの有効な手段と考えられる。

　そのためにまずヨーロッパとは異なる東アジア漢字圏における言語的近代の特徴を検討した。つぎに、近代東アジアにおけるキリスト教宣教の歴史を探り、宣教師の翻訳論と漢字論を分析した。その結果、近代には時代の急変、啓蒙の必要性によって漢字と漢文を活用する翻訳が行われたことが明らかになった。

　このような「漢字圏」・「キリスト教」・「翻訳」に関する議論は他者認識について重要な手掛かりを提示してくれる。第一に、他者を認識する手段として翻訳を再評価し、第二に、漢字という他者を日本と韓国でいかに定義すべきか、第三に、近代東アジアで宣教師という他者によって行われた文化遺産をいかに評価すべきかについて、新しい視点を提供しうると考える。

초출정보

제 I 부   문학의 세계성과 번역의 시야

제1장   일본문학의 특수성과 국제성   ▌최재철
-오에 켄자부로(大江健三郎)를 중심으로-

▌ 이 글은 『외국문학연구』제22호(한국외대 외국문학연구소, 2006.2)
에 게재된 논문을 일부 수정 보완한 것임.

제2장   무라카미 하루키의 「하나레이 만」론   ▌성혜경
-한국어 번역을 중심으로-

▌ 본고는 『외국문학연구』37호(2010.2)에 발표한 논문을 일부 수정
한 것이다. 참고로 본 논문은 임홍빈 번역을 분석 대상으로 하고 있
는데, 논문 발표 후 양윤옥 번역이 2014년에 새롭게 출간되었음을
밝힌다(『도쿄 기담집』, 양윤옥 역, 비채, 2014).

제 II 부   합일과 일탈로서의 번역

제1장   이바라기 노리코와 번역   ▌양동국
-『한국현대시선』을 중심으로-

▌ 이 논문은 『비교일본학』제30집(2014년 6월)에 실린 것을 본 저서
의 취지에 맞춰 수정한 것이다.

제2장   다니자키 준이치로와 번역   ▌이한정
-문체 혁신과 일본적 주체성의 재구축-

▌ 이 논문은 『일본어문학』제46집(일본어문학회, 2009)에 게재된
것이다.

제3장 「고향」에서 「조선의 얼굴(朝鮮の顔)」로   ▮권정희
  -현진건 단편소설의 구축과 일본어 번역-

  ▮『한국문학이론과 비평』제54집(16권 1호), 한국문학이론과 비평
  학회, 2012.3

 번역과 문화적 교섭

제1장 『계림정화 춘향전(鷄林情話 春香伝)』의
  번역 양상   ▮이응수·김효숙

  ▮『일본언어문화』제27집 (2014년 4월) pp.769-790

제2장 김동인의 번역·번안 작품 연구 서설   ▮정응수

  ▮이 글은 『일본문화연구』제36집(동아시아일본학회, 2010.10)에
  게재된 논문을 일부 수정 보완한 것이다.

제3장 근대한국의 루소『사회계약론』번역과 수용 ▮이예안
  -1909년 「盧梭民約」을 중심으로-

  ▮이 논문은 『일본문화연구』제40호(동아시아일본학회, 2011년
  10월)에 게재된 것을 수정한 것이다.

제4장 근대 기독교 사상 번역과 한자   ▮김성은

  ▮이 논문은 「근대 사상 번역과 한자-한일 기독교 문헌 비교를 중심으
  로」, 『일본근대학연구』45집(한국일본근대학회, 2014.8.30)을
  수정, 가필한 것이다.

저자약력

┃ 최재철
한국외국어대학교 일본언어문화학부 교수

┃ 성혜경
서울여자대학교 일어일문학과 교수

┃ 양동국
상명대학교 일본어문학과 교수

┃ 이한정
상명대학교 일본어문학과 조교수

┃ 권정희
성균관대학교 국어국문학과 초빙교수

┃ 이응수
세종대학교 일어일문학과 교수

┃ 김효숙
세종대학교 일어일문학과 겸임교수

┃ 정응수
남서울대학교 일본어과 교수

┃ 이예안
한림대학교 한림과학원 HK 연구교수

┃ 김성은
전남대학교 일어일문학과 조교수